당신의 외진 곳

당신의 외진 곳

장은진 소설

민음사

차례

외진
곳

집을 옮기고 첫날 밤이었다.

바깥에서는 바람이 휘이휘이 소리를 내며 불고 있었고, 창문이 부들부들 떨 때마다 방은 냉기로 차올랐다. 그릇에 수돗물을 받아 두면 다음 날 아침 얼어붙어 있을 것 같은 강추위였다. 나와 여동생은 불을 끄고 각자 이불을 두 채씩 포개어 머리까지 뒤집어쓰고 자리에 누웠다. 그때 웅크린 몸으로 이빨을 덜덜거리던 여동생이 갑자기 소리쳤다.

"아, 씨발 좆나 춥네. 내일 뽁뽁이 사다 창문이나 덮자."

이불에 반쯤 묻혀 탁해진 목소리 때문인지 동생이 방금 한 게 욕이란 생각은 들지 않았다. 바쁘게 짐을 정리하느라 보일러에 기름 넣는 걸 깜빡했더니 코딱지만 한 방에 닥친 재앙이었다.

"기름보일러라 난방비 많이 들 텐데. 그냥 전기장판 살까?"

"어쩌다 우리가 여기까지 왔을까? 난 저렇게 창호지로 된 방문은 첨 봐."

"나도."

방은 전에 살던 원룸을 딱 반으로 접어 놓은 크기였다. 급하게 보증금을 빼야 했고, 역시나 반토막 난 보증금에 맞추어 방을 구하다 보니 동생 말대로 '여기까지' 굴러오게 된 것이었다. 추운 날씨에 짐을 옮기는 과정도 정신이 쏙 빠질 정도로 다급하게 진행되었다. 방을 빼야 하는 날짜가 바로 오늘이었던 것이다. 날짜를 내일로 착각하는 바람에 우리가 살던 방에 새로운 세입자가 짐을 들여놓는 일과 우리의 짐을 빼는 일이 동시에 이루어졌다. 점심을 먹다 말고 당장 짐을 옮겨야 해서 밥통이 있던 자리에 곧바로 토스터가 놓였고, 운동화 네 켤레뿐이라 자리가 남아돌던 신발장은 하이힐과 부츠로 가득 찼다. 우리 짐은 오도 가도 못한 채 시멘트 바닥에 반나절 동안 까발려진 채로 놓여 있어야 했다. 정말 엄동설한에 '길바닥에 나앉은 사람'이 된 것이었다. 사람들이 지나다니며 누추한 우리 살림을 자주 힐끔거리는 데다 눈까지 내려서 짐 위에 보자기와 수건을 조각조각 이어

붙여 덮어 두어야 했다. 포장 이사를 할 만큼 물건이 많은 게 아니라서 작은 용달차를 렌트한 뒤 면허증이 있는 대학 동기를 불러 운전을 부탁했다. 여기까지 오는데 울퉁불퉁한 비포장길이 어찌나 많은지 용달차 안에서 우리의 몸은 서로 여러 번 부딪쳤고, 자주 출렁였다. 동생은 안쪽 볼과 혀를 동시에 깨물어서 피까지 났다. 짐을 대충 옮긴 뒤 정신을 차리고 나니 저녁 먹을 시간이 한참 지나 있었다. 음식을 배달시키기엔 후미지고 위치를 설명하기도 어려운 곳이었는데 주인집의 도움으로 겨우 보쌈과 군만두를 시켜 먹을 수 있었다.

그때 무언가를 걷어차듯 발을 휘두르며 동생이 다시 소리쳤다.

"우리한테 사기 친 그 개새끼를 어떻게 잡아 죽일까?"

나는 뭉개진 목소리로 대답했다.

"죽여야지. 언젠가 꼭. 돈도 돌려받고."

입도 얼어붙은 듯 우리의 대화는 더 이상 이어지지 않았다. 각자의 이불 속에서 자기 숨으로 덥힌 공기로 추위를 조금씩 누그러뜨리며 우리는 천천히 잠이 들었다.

일주일이 지나도록 우리 자매에게 적응되지 않는 게 하나 있었다. 언제나 방 한 칸짜리 집에서 살아온 인생이지만, 그래도 그동안 살던 방에는 배려하듯 화장실이 공간 안에 덧붙어 있었다. 그런데 여긴 화장실이 멀리 떨어진 곳에, 딴청 부리듯 다른 공간에 놓여 있었다. 그러니까 화장실에 가려면 제일 먼저 휴지를 챙긴 뒤, 방문을 열고 나가 마루에 앉아서 신발을 신고 긴 마당을 지나야 하는 것이었다. 게다가 그것은 공동 화장실이라 볼일이 생길 때마다 집을 옮겼다는 사실을 실감 나게 깨달도록 해 주었다. 하루에 여섯 번 화장실을 사용하면 변기에 쭈그리고 앉아 가난과 그것이 몰고 온 온갖 불편함을 여섯 번 생각하게 되는 것이었다. 날도 추워서 화장실에 가는 건 매번 우리에게 큰 결심이 필요한 일까지 되어 있었다. 동생은 되도록 오래 참거나, 자주 가는 일이 안 생기도록 물을 적게 마셨다. 그러다 병난다고 말을 해도 듣지 않았다. 여름이 되면 좀 나아지겠지만, 여름까지 머물고 싶지는 않았다. 살기에 좋은 환경이 아닌 걸 주인아주머니도 아는지 방을 계약하던 날 남이 들을까 봐 나지막한 목소리로 말했다.

"오래 말고, 조금만 살다 가."

집주인은 60대 부부였다. 그들은 이 집을 네모집이라 불렀다. 집 구조가 'ㅁ' 자 모양으로 되어 있어서인데, 세를 놓지 않고 여섯 식구가 네모집 전체를 쓰면서 살던 시절이 있었다고 한다. 남부러울 게 없어서 그때는 아흔아홉 칸짜리 집에 사는 것 같았다던 아주머니는 몰락한 가문의 여주인처럼 처량한 표정으로 하늘을 쳐다보며 한숨을 내쉬었다. 그러나 나는 그 한숨에 그다지 공감할 수 없었다. 아무리 그래 봤자 세입자에게 그들은 집주인이고, 월세가 하루만 늦어도 방문을 두드릴 것이므로. 그렇게 떵떵거리며 살다, 둘째 아들놈이 사업을 크게 말아먹어서 자식 덕 보고 살기는 애초에 글렀다고 판단한 내외는 자기 살길을 도모하기 위해 방을 개보수했다. 아들놈이 쫓아와 있는 돈 다 내놓으라고 할까 봐 서둘러 집을 고치는 데 써 버린 것이다. 공동 화장실과 샤워실 그리고 세탁실을 만들어 코인 드럼세탁기를 세 대 들여놓고, 부엌이 없는 방에는 물을 쓸 수 있게 수도관을 연결하고 보일러도 따로 놓았다. 네모집에는 주인 내외가 기거하는 방을 빼면 총 아홉 개의 방이 있었고, 부엌이 딸린 방은 방세가 조금 더 비쌌다. 방마다 번호가 붙어 있는데 우리가 사는 곳은 9번 방으로 네모집에서 모서리에 해당하는 끝방이었다. 아주머니는 그러면서 내년 봄에는 문짝을 교체할 거라고 했다. 왠지 작년에도 새로운 세입자한테 똑같은 말을 했을 것 같았다.

나는 두루마리 화장지를 손에 들고 고무신 변기에 다리를 벌리고 앉아 오늘의 가난에 대해 두 번째 생각하는 중이었다. 공동 화장실은 엉덩이를 걸치고 사용해야 하는 변기보다 고무신 형태의 구식 변기가 위생적이었다. 단점은 오래 앉아 있으면 다리가 저린다는 것이었다. 나는 다리가 저려 오기 전에 서둘러 용무를 끝낸 뒤 화장지를 변기에 버리고 발로 레버를 눌렀다. 오늘의 두 번째 가난이 소리를 내며 물과 함께 어둠 속으로 빨려 들어갔다. 그때 누군가 화장실로 들어오는 소리가 들렸다. 되도록 다른 세입자와 마주치지 않고 살아 보려 애썼는데 네모집의 구조상 불가능한 모양이었다. 공동 화장실과 샤워실, 그리고 방문을 열면 바로 보이는 중앙마당. 여긴 원룸과는 다른 것이다. 화장실을 나가자 내 또래로 보이는 단발머리 여자가 세면대에서 손을 씻고 있었다. 여자는 치약과 비누 거품이 하얗게 튄 거울을 통해 나를 쳐다보며 인사했다. 나도 애초의 다짐을 잊고 얼떨결에 얼룩덜룩한 거울을 향해 고개를 숙이고 말았다. 네모집에 세 들어 살고 있다는 것 자체가 사정을 묻지 않아도 나와 처지가 다르지 않다는 뜻이므로 이 사람도 어딘가에서 밀려왔을 것이다. 힘의 원천이 무엇이든, 그 힘이 없으면 사람은 외진 데로 밀려나는 것이었다. 바깥으로, 중심에서 먼 변두리로, 어둡고 냄새나는 구석 자리로.

"지난주에 9번 방으로 이사 오셨죠?"

"아, 네."

"전 3번 방이에요."

"네."

"9번 방이 웃풍은 세도 재수가 좋은 방이에요."

"네?"

"그 방에 살던 사람들 다 잘돼서 나갔어요."

"여기 오래 사셨나 봐요."

"2년 됐어요. 사는 데 좀 불편하긴 해도 방세가 싸니까요."

나는 동의한다는 듯 고개를 끄덕였다. 손을 다 씻은 여자는 자기 옷에 물기를 닦더니 화장지 좀 빌려 달라고 했다. 나한테 먼저 인사를 하고 말을 건 것도 화장지를 얻어 쓰기 위한 꿍꿍이가 아닐까, 하는 생각이 들었다. 내가 엉거주춤 두루마리 화장지를 건네자 여자는 손에 한 열 바퀴쯤 돌돌 감아서 화장실로 들어갔다. 두루마리는 절반으로 줄어 있었다. 속으로 헤픈 여자라고 생각하며 화장실을 나가는 내 등 뒤로 여자의 발랄한 목소리가 닿았다.

"자전거 탈 줄 알아요? 알면 대문 앞에 세워진 자전거 언제든 필요할 때 써요. 여긴 컵라면 하나 사러 편의점 가는 길도 멀잖아요. 그리고 밤에는 되도록 혼자 다니지 말고요."

헤프지만 공짜를 좋아하는 여자는 아닌 것 같았다.

3번 방 여자의 자전거를 타고 편의점에서 컵라면과 햄버거를 사 왔다. 여기가 얼마나 한적한 곳이냐면 네모 집이 있는 데서 한 정거장만 더 가면 버스 종점이 나왔다. 버스를 타고 종점까지 가 본 사람은 알겠지만 어느 순간부터 낡고 허름한 건물들이 많아지고, 그조차도 띄

엄띄엄 떨어져 있으며, 밤에는 다른 곳보다 빨리 어두워
져서 행인을 찾아볼 수 없었다. 그러니 가까운 곳에 편
의점이 있을 리 없었다. 그나마 자전거 페달을 세게 밟
은 덕에 방에 도착했을 때 약한 불에 올려 둔 물이 막
끓기 시작해서 동생과 나는 컵라면에 곧바로 뜨거운 물
을 부을 수 있었다. 치자 단무지에 라면을 먹으며 아까
3번 방 여자한테 들은 '9번 방의 재수'에 대해 얘기하자
동생이 모처럼 환하게 웃으며 말했다.

"그 다단계 사기꾼 새끼도 잡을 수 있다는 건가?"

"뭐든 잘돼서 나간다니까."

동생과 나는 평소 잘 믿지 않던 미신적인 것에 희망
을 걸고 있었다.

"그 말을 들어서 그런지 방이 하나도 안 추운 것 같
다."

동생이 라면 국물에 찬밥을 말면서 뽁뽁이로 뿌옇게
덮여 있는 창문을 쳐다봤다. 벽 전체를 아예 비닐로 막
아 두어서 우리는 겨울이 끝나지 않는 한 창문을 열 수
없었고, 창백한 바깥 풍경도 볼 수 없었다. 우리는 두껍
고 투명한 유리창을 갖고 있지 않았다.

"참, 편의점에 물어봤어?"

국물을 한 모금 삼킨 동생이 깜빡 잊고 있었다는 듯
상에 컵라면을 내려놓으며 물었다.

"안 구한대."

"새벽도?"

나는 고개를 끄덕였다. 중학생 때부터 일본 드라마와 애니메이션에 빠져 살던 동생은 대학에서 일본어를 전공했다. 졸업 후에는 여행사에 취직해 일본인 관광객 가이드를 했지만 도가 지나친 오너의 갑질과 횡포를 견디다 못해 책상을 엎고 회사를 뛰쳐나왔다. 지금은 편의점 아르바이트를 하고 있는데, 그 편의점 점주도 호락호락하지 않기는 마찬가지였다. 손님이 없는 틈에 스마트폰으로 일본 방송을 보며 공부라도 하려고 하면 점주가 CCTV로 감시하고 있다 전화질을 해 대는 모양이었다. 네모집으로 이사를 오고 방세는 줄었지만, 교통비 때문에 발보다 발가락이 커진 상황이기도 해서 동생은 가까운 편의점으로 옮기고 싶어 했다. 밤낮 바뀌는 걸 무엇보다 싫어하면서 새벽 타임도 마다하지 않겠다는 걸 보면 그 점주가 어지간히 못마땅한 모양이었다.

"언니는 발표 날짜가 다음 주 언제랬지?"

"금요일."

"합격하면 얼마나 좋을까."

"면접도 만만치 않대. 선배들 중에 2차에서 떨어진 사람도 많아."

다음 주 금요일은 중등 교원 임용고시 필기시험 합격자 발표가 있는 날이다. 역사교육학과를 졸업하고 두 번째 도전이었다. 현재는 과 선배 친척이 운영하는 어린이

집에서 보육 교사 보조로 일하고 있다. 아르바이트라 생각하면 월급이 적은 편은 아니었고, 하루에 네 시간만 일하면 되니 임용고시를 준비하며 다니기에도 괜찮았다. 다만 집을 옮긴 후 동생처럼 출퇴근 시간이 왕복 세 시간으로 늘어서 어려움을 겪고 있었다.

컵라면을 먹고 물은 한 잔도 안 마신 동생은 점주 욕을 실컷 한 뒤 유튜브로 일본 방송을 시청했고, 나는 시험공부 하느라 그동안 보지 못했던 소설책을 전자도서관에서 대출해 읽었다. 둘 다 머리까지 이불을 둘러쓰고 방바닥에 누운 채였다. 그때 바람이 세게 불어와 얇은 창호지 문과 창문이 떨어져 나갈 듯 크게 흔들렸다. 창문을 덮고 있던 뽁뽁이가 바스락거리는 소리를 내며 풍선처럼 빵빵하게 부풀어 올랐다. 방 안에서 산사태를 맞는 것 같았다. 아니, 가진 게 없다고 협박을 받는 기분이었다. 바람이 부는 각도와 시간이 달라서 다른 방의 문들이 흔들리는 소리도 얇은 벽과 창호지를 통해 순차적으로 들려왔다. 여긴 왜 다른 사람들의 방까지 신경 쓰게 하나, 하는 의문이 들었다. 순간, 여기서 잘돼서 나갈 것 같지 않다는 불길한 생각이 들었다. 그렇다고 여기보다 더한 데도 없을 것 같았다. 동생도 나와 같은 생각을 했다는 걸 마주친 눈동자로 알 수 있었다. 그날 밤, 바람은 잠자리에 들 때까지 잦아들지 않았고 그 바람 소리를 잊기 위해 맘먹고 전기장판 온도를 조금 높였다.

퇴근하고 돌아오는 길에 장을 봐서 계란말이와 어묵 볶음을 만들고, 조갯살을 넣고 미역국을 끓였다. 김도 구워서 여섯 조각으로 잘라 놓았다. 밥이 되는 동안에는 주인아주머니로부터 코인 드럼세탁기 사용법을 듣고 숙지한 뒤 일주일 동안 모아 둔 빨래를 돌렸다. 세탁기 돌아가는 소리가 고요한 네모집을 흔들었다. 네모집은 사람이 산다면 부딪칠 수밖에 없는 구조로 되어 있는데도 지금까지 만난 세입자는 3번 방 여자뿐이었다. 세입자가 우리와 3번 방 여자뿐인가 싶었지만, 간밤에 화장실에 가려고 마당으로 나왔을 때 아홉 개의 방에 모두 불이 켜져 있는 걸 보았다. 그 불빛이 오래된 창호지 문을 통해 은은하게 스며 나와 마당을 밝히는데 괜히 마음이 편안해지면서 안도감이 들었다. 어떤 방에서는 가래 끓는 소리가 들렸고 또 다른 방에서는 라디오 소리가 희미하게 흘러나왔다. 한 군데도 빠짐없이 모두 불이 켜진 방을 보고 있자니 한 번도 만난 적 없는데도 이상하게 모두 아는 사람처럼 느껴졌다. 나와 같은 주소를 가진 사람들. 다들 하루 일을 마치고 무사히 집으로 돌아왔구나, 하는 생각에 나는 화장실 가는 것도 잠시 잊은 채 마당 한가운데 서서 집 안을 한 바퀴 빙 돌아보았다. 방이 아홉 개인 걸 알면서도 손가락으로 하나하나 짚어 가며 빛으로 가득 찬 문을 세어 보기까지 했다. 네모집의 세입자들은 불빛과 소리로만 자기 존재를 알려

오는 것 같았다. 빛으로 칠해진 방문과 그 방문을 여닫는 소리로. 신발을 끄집는 소리와 종잇장처럼 가벼운 한숨 소리로. 나는 그들이 여기 오래 머물지 않고 사정이 나아지면 곧장 다른 데로 옮길 마음을 품고 살아서 그런 거라고 생각했다. 어차피 곧 떠날 텐데 깊은 정을 나누면 뭐 하나, 라는 마음으로 머물고 있어서. 그들은 혹여 화장실과 세탁실, 마당과 대문에서 마주치더라도 알은척하지 않을지 모른다고. 어쩌면 알은척하는 게 귀찮아서 서로 마주치지 않도록 각별히 조심하며 다니고 있거나 다른 방 세입자가 활동하는 시간대가 언제쯤인지 귀 기울여 알아낸 뒤 일부러 피하고 있는지도 몰랐다. 어쩌면 그들은 그것을 배려라 여기는지도. 나 또한 그래서 누구든 만나게 되면 인사를 나눠야 하는지 고민이 되었다.

방 바깥 마루에 건조대를 놓고 빨래를 널고 있을 때 동생이 아르바이트를 마치고 돌아왔다. 동생은 몹시 지쳐 보였고, 표정은 조금 어두웠다. 나는 아무것도 묻지 않고 빨래를 마저 넌 뒤 동생이 옷을 갈아입는 동안 서둘러 저녁상을 차렸다. 모처럼 장을 봐서 차린 상이라 반찬은 푸짐했지만 동생은 식사 내내 한마디도 하지 않았다. 하루 동안 있었던 일을 빠짐없이 털어놓아야 직성이 풀리는 애가 조용히 밥만 먹으니, 모처럼 반찬이 여러 개 올라온 저녁상이 무안해지고 말았다. 동생은 식사를 하는 둥 마는 둥 하다 믹스커피를 한잔 타서 마시고서야 차분하게 입을 뗐다.

"편의점 관뒀어."

나는 왜냐고 묻지 않고 동생의 얘기를 들어주었다.

"CCTV에 대고 빽큐를 날려 줬어. 참다 참다 도저히 못 참겠어서. 역시나 바로 전화를 걸어서 욕을 하더라고. 그래서 나도 내가 아는 욕을 다 해 줬지. 처음 들어 보는 욕이 많은지 혀를 내두르더라. 욕으로는 누구도 날 못 이기지. 여기서 가까운 다른 편의점 알아볼래. 널리고 널린 게 편의점이야. 사람 구하는 데도 있겠지."

동생은 울고 싶을 때 우는 대신 욕을 하는 습관이 있었다. 아는 욕을 다 했다는 건 그만큼 많이 울고 싶은 날이었다는 뜻이다.

"잘했어."

동생은 그 말이 듣고 싶었던 것 같았다. 잘했다는, 그 말. 커피 잔을 비운 동생은 후련한 표정으로 설거지를 했고, 나는 방을 쓸고 닦았다.

청소를 끝낸 뒤 양치질하고 손에 로션을 바르고 있을 때, 남자 두 명이 옆방 문을 열고 들어가 짐을 나르는 소리가 들렸다. 이사를 가는 모양이었다. 여기서는 어떤 낌새도 없이 어느 날 갑자기 이루어지거나 결정되는 사건이 이사인 듯했다. 어디로 가는지는 알 수 없으나 조금이라도 중심에 가까운 데였으면 좋겠다고 생각했다.

8번 방에 사는 사람을 나는 본 적 없지만 동생은 마당에서 한숨 쉬며 담배 피우는 뒷모습을 두 번인가 본 적이 있다고 했다. 혼자 사는 50대 아저씨라는데 3번 방 여자 말로는 미장일을 한단다. 여기 사람들은 진짜 임시로 살아서 엉덩이를 방바닥에 반만 내려놓고 있는 것 같았다. 출발선에서 엉덩이를 엉거주춤 들고 있는 100미터 달리기 선수처럼 언제든 튀어 나갈 준비를 하며 사는 것으로 보였다.

몇 번 후다닥거리는가 싶더니 짐 옮기기는 금방 끝나 버렸고, 옆방은 숨 막힐 정도로 조용해졌다. 왠지 보란 듯 방문을 활짝 열어 놓고 떠났을 것 같았다. 옆방이 남기고 간 고요함을 깨뜨릴까 봐서인지, 빈방이 울릴까 봐서인지 동생은 콧잔등에 까맣게 발라 놓았던 코 팩을 뜯어내며 소곤거리듯 말했다.

"여긴 꼭 여관 같지 않아? 그냥 잠시 머물다 가는 곳."

"너 여관 가 봤어?"

나도 괜히 작은 소리로 말하게 되었다.

"꼭 가 봐야 알아? 드라마 같은 데 많이 나오잖아. 그리고 가 봤으면 또 어때서?"

"하더라도 좋은 데 가서 하라고. 호텔 같은 데."

"언니는 호텔에서 해 봤어?"

"호텔로 데려가는 놈이 있었으면 그놈이랑 계속 연애했지."

전세든 월세든 자기 집이 아닌 곳은 어디나 여관이나 마찬가지였다. 좀 오래 투숙하는 손님일 뿐인 것이다. 오늘 밤, 8번 방의 창호지로 불빛은 스며 나오지 않을 것이고 방은 텅 비어 있을 거라고 생각하자 우리 방이 옆방의 한기까지 떠안은 듯 춥게 느껴졌다. 누군가 떠났다는 것이 왠지 배신당한 듯한 기분을 들게 했다.

집에서 하루쯤은 쉴 줄 알았는데 동생은 다음 날 바로 편의점 아르바이트를 구하러 여기저기 돌아다녔다. 3번 방 여자의 자전거를 타고, 그 자전거로 닿을 수 있는 거리의 모든 편의점을 둘러봤지만 동생을 원하는 곳은 한 군데도 없었다. 돌아오는 길에는 빙판에 미끄러져 자전거가 넘어졌는데 다행히 크게 다치지는 않은 것 같았다. 자전거를 돌려주다 3번 방 여자와 친해진 동생은 내내 그 방에서 과자를 얻어먹으며 이런저런 얘기를 나누다 내가 퇴근할 무렵에야 우리 방으로 건너왔다. 동생은 간호조무사인 3번 방 여자에 대해 말해 주었다. 여자는 낮은 연봉과 간호사보다 못한 대우를 받는 것에 지쳐서 간호 전문대에 들어가려고 준비 중이라고 했다. 그뿐 아니라 각 방의 세입자에 대한 얘기도 번호 순서대로 해 주었지만 하나도 귀에 들어오지 않았다. 어차피 조금 있다 가 버릴 사람들이고, 우리 또한 오래 있을 생각이 없으니까. 어쩌면 이미 아는 이야기 같아서 그랬는지도 모르겠다. 많이 안 다쳤다 생각했는데 동생은 저녁밥을 먹고 난 뒤 무릎이 아프다며 인상을 찌푸렸다. 바지를 걷어 올리고 보니 시퍼렇게 멍이 들어 있었다. 비상약이 없어서 3번 방 여자한테 동전 파스를 얻어다 붙였다.

　피곤한 하루를 보낸 동생은 파스 기운 때문인지 금방 잠이 들어 버렸고, 나는 조용히 방을 나와 세탁실로 갔다. 오늘은 속옷을 빨 생각이었다. 속옷은 모아 두었다 다른 빨래와 섞이지 않게 따로 빠는 게 좋았다.

　세탁실로 들어서는데 마른 체형의 남자가 세탁기 한 대를 사용하고 있었다. 남자는 턱을 받치고 쭈그리고 앉아서 드럼세탁기의 투명 창을 골똘히 들여다봤다. 세제 거품이 투명 창으로 거칠게 부서져 내리는 걸 지켜보고 있었는데, 그것은 꼭 선창 너머로 보는 폭풍 치는 바다 같았다. 어쩌면 남자는 내년에도 갈 수 없을 한여름의 바다를 미리 그리워하고 있는 건지도 몰랐다. 인기척에 뒤돌아본 남자와 눈이 마주쳤다. 처음 보는 사람이었다. 인사를 건네야 하나 잠깐 고민이 되었고, 남자 또한 나와 같은 고민을 하는 것 같았지만 서로가 하지 않는 쪽으로 갈피를 잡았다. 인사란 한번 하기 시작하면 다음에도 계속해야 하고, 가끔 그것은 번거로움과 불편으로 다가오기도 하니까. 계속하다 실수로 한 번 빠뜨리면 나한테 무슨 불만이 있나 오해하게 되거나, 버릇없다는 소릴 들을 수도 있었다. 고의가 아닌데도 찰나의 순간에 어긋나 버린 인사는 관계를 오히려 서먹하게 만들기도 했다.

세탁기 앞에 머물러 있던 남자는 멋쩍은 듯 내가 세탁기를 사용할 수 있도록 자리를 비켜 주었다. 하지만 속옷이라 좀 난감했다. 돌아가는 내내 드럼세탁기의 창문을 통해 세탁물이 보일 것이기에. 생리혈이 묻은 팬티도 여러 장 있는 터라 저녁에 다시 올까, 잠시 갈등을 했지만 어차피 오래 볼 사이도 아닌데 싶어 투입구에 동전을 넣고 속옷을 집어넣었다. 세제와 섬유 유연제가 자동으로 나온다는 사실을 까맣게 잊고 세제를 찾으러 자리에서 일어났을 때 남자는 보이지 않았다. 일부러 자리를 피해 준 것 같았다. 배려를 받았다는 생각에 아까 동생이 해 준 얘기를 귀담아듣지 않은 게 조금 후회되었다. 어떤 사정으로 이 먼 데까지 밀려오게 되었는지. 무슨 일을 하는 사람인지. 언제부터 살기 시작했는지. 남자의 세탁기가 열심히 빨고 있는 건 여름 이불이었다.

이런저런 생각으로 그날 밤은 늦도록 잠이 오지 않았다. 동생은 내가 옆에서 여러 번 뒤척이는데도 아랑곳하지 않고 코까지 골며 잘 잤다. 나는 겉옷을 챙겨 입고 방을 나왔다. 아침부터 내린 폭설로 마당에는 눈이 제법 높게 쌓여 있었다. 달에 첫발을 내딛는 우주인처럼 나는 발자국이 하나도 찍히지 않은 순결한 마당에 발을 내디뎠다. 짐작보다 발이 너무 깊숙이 들어가서 당혹스러웠는데, 대신 눈 밟는 소리에서 깊이가 느껴졌다. 나는 마당 한가운데 서서 언제부턴가 생겨 버린 버릇대로 아홉 개의 방 중 불이 켜져 있는 곳이 몇 군데인지 세어 봤다. 숫자가 적으면 왠지 허전했고, 많으면 괜히 입가에 미소가 번졌다. 아홉 개의 방에 모두 불이 들어와 있으면 한 가지 질문에 아홉 개의 똑같은 대답을 듣게 된 시간 같아서 나도 모르게 와, 하고 감탄사가 흘러나왔다. 오늘은 두 군데였다. 허전해서 맨손으로 눈을 한 줌 주위 단단하게 뭉쳤다. 허리를 수그려 뭉친 눈을 굴리며 몸집을 점점 키워 나갔다. 두텁게 쌓인 눈 때문에 몇 번 굴리지 않았는데도 주먹만 한 눈 뭉치가 금세 농구공만큼 커졌다. 그때 등 뒤에서 방문 열리는 소리가 들렸다. 고개를 돌려보니 5번 방이었고 아까 세탁실에서 본 그 남자였다. 한밤중 마당에서 혼자 눈을 굴리고 있는 모습에 당황한 건지, 아니면 다른 이유 때문인지 남자는 문을 닫고 도로 들어가 버렸다. 마주치면 안 된다는 원칙을 깨고 싶지 않은 것 같았다. 화장실에 가고 싶은 걸 방해한 것 같아 미안한 마음이 들었지만 그렇다고 눈 굴리는 걸 포기하지는 않았다. 그때였다. 느닷없다 싶게 5번 방의 문이 다시 열리고 남자가 신발을 신고 나와 나처럼 눈을 뭉치고 그 눈을 눈밭에 굴리기 시작했다. 남자는 장갑을 끼고 있었다. 남자와 나는 말없이 두 덩어리의 눈을 완성했다. 내가 만든 건 좀 커서 아래에 두었고 남자가 그 위에 자신이 만든 눈 덩어리를 올려놓았다. 그리고 남자는 다시 자기 방으로 들어갔다. 남자가 아니었다면 장갑을 끼지 않은 내 손은 지금보다 더 시려웠을 것이다.

남자와 내가 만든 눈사람은 오랫동안 마당에 서 있었다. 스스로 녹아서 작아지고 찌그러질 때까지 아무도 건드리지 않았고, 무너뜨리지도 않았다. 무시받듯 자신이 애써 만들어 놓은 눈사람을 누군가 무참히 망가뜨렸던 기억을 그들 모두 가지고 있을 거라고 나는 생각했다.

눈사람이 한 줌의 형태 없는 눈으로 돌아갈 즈음, 8번 방에 새로운 세입자가 들어왔고, 무릎이 나온 동생은 절뚝거리지 않고 걷게 되었으며, 오늘은 임용고시 필기시험 합격자 발표가 있었다. 밤에 결과를 전해 들은 동생이 말했다.

"우린 아직 젊어."

아직 젊어 만만하게 보고 실패와 좌절이 이토록 자주 찾아오는 걸까. 젊음과 청춘이 절망을 이겨 낼 수 있는 약이라면 젊지 않은 나이에 실패와 좌절이 찾아오면 무엇으로 이겨 낼 수 있을까. 어떤 핑계를 대서 미래를 기약할 수 있을까. 나는 미래에 준비되어 있을 무수한 절망들을 어떻게 견뎌 낼지까지 앞서 생각하다 불현듯 두려워지고 말았다. 동생이 내 두려움을 듣고 있다 대답했다.

"그땐 연륜이란 게 생기지 않을까? 삶의 연륜."

동생은 잠시 허공을 보고 뭔가를 생각하다 이어서 말했다.

"나무의 나이테처럼 나이를 먹으면 삶에 그려지는 무늬들."

이럴 때 보면 나보다 두 살 어린 동생이지만 두 살 많은 언니 같다는 생각이 들었다. 스물다섯 해를 산 동생의 삶 어딘가에 내게 없는 어떤 무늬가 그려져 있을 것 같았다. 언제, 무슨 일을 겪어서 얻게 된 건지는 알 수 없지만 결코 지워지지 않아서 어려울 때마다 드러나는 무늬. 좌절을 이겨 내게 해 주는 건 옆 사람과 그 사람이 건네는 말이기도 하다는 걸 오늘 밤 나는 알게 되었다. 나이를 많이 먹으면 사라진 젊음은 찾을 수 없어도 사람의 말은 찾아갈 수 있는 것이니. 무늬란 다른 사람 눈에는 보이지 않는 것이라서 대신 말의 형태로 나오는 것이다. 그리고 그렇게 갖게 된 무늬는 자신뿐 아니라 타인을 위해서도 쓰게 된다.

젊음도 없고, 옆 사람과 그 사람의 말조차 없다면 감내하는 것뿐이었다. 사람한테는 매일 무슨 일이 일어나고 있었다. 내적 갈등이든, 걱정이든, 어떤 일에 대한 결과든. 사람들은 그걸 밖으로 드러내지 않고 해결 방법을 모색하기 위해 발버둥 치며 살아갔다. 그 많은 일들이 투명 유리에 비치듯 다 보인다면 일상은 살 수 없을 만큼 끔찍하게 시끄러울 것이고, 혼란 그 자체일 것이다. 네모집의 세입자들이 고요하게 보이는 건 실패와 좌절이 없어서가 아니라 감내하고 있어서였다. 어떤 곳보다 더 많은 절망을 품고 사는 데가 여길지도 모르니 어쩌면 죽기 살기로 버티고 있을지도.

그래도 가끔씩은 시련이 밖으로 드러날 때가 있었다. 투명 유리 때문이 아니라 소리 때문에. 지금 밖에서 들리는 저 소리처럼. 주인집 둘째 아들이 술을 먹고 밤늦게 찾아와 부부 내외한테 행패를 부리고 있었다. 아들은 부부에게 욕을 징그럽게 쏟아 내며 물건을 집어 던졌다. 아들이 부부에게 갖고 있는 불만이, 부부가 아들에게 간절히 바라는 삶의 자세가 소리를 통해 고스란히 퍼져 나왔다. 방에 가만히 앉아서도 그들의 문제가 무엇인지 알 수 있었다. 그렇다고 그들을 말리거나 소리를 멈추게 하기 위해 방문을 열고 나가는 세입자는 아무도 없었다. 모두에게 익숙한 문제이지만 그들만의 문제이기도 했기 때문이다. 다만 세입자들은 불을 켜 둔 채로, 혹은 불을 끈 상태로 자신의 어떤 시절을 생각하며 고개를 끄덕이고 있을 것이다. 저렇게 밖으로 드러나지 않았을 뿐인 자신들의 오래된 시련을 떠올리며. 나는 둘째 아들도 동생처럼 우는 대신 욕을 하는 사람이라고 생각했다. 많이 울고 싶은가 보다 하고. 부부 내외는 아들에

게 욕을 하지 않고 울었다. 너에게 해 줄 수 있는 게 더
는 없다며.

크리스마스이브였다.

다른 해 같으면 친구든 애인이든 무리 지어 중심가를
쏘다니며 먹고 마시느라 바빴을 텐데 올해는 춥기도 하
고, 실패와 좌절의 기운에서 온전히 빠져나오지 못한 상
태인 데다, 중심가에 가기엔 너무 멀어서 동생과 단둘이
방에서 이브를 보내기로 했다. 생각해 보니 이렇게 가족
과 크리스마스이브를 맞는 건 초등학생 때 이후 처음이
었다. 의미 있는 날에 가족보다 친구나 애인을 먼저 찾
는 나이라서 그랬다고, 누구나 그렇게 각도가 틀어지는
시절이 잠시 있는 거라면서 동생과 나는 캔 맥주를 부
딪쳤다. 크리스마스 분위기를 좀 더 내고 싶은지 동생
이 잡동사니가 든 상자를 뒤져서 향초를 꺼냈다. 선물로
받았던 것 같은데 누구로부터 무슨 이유로 받았는지 생
각나지도 않고, 언제 쓰고 둔 건지도 기억에 없는 물건
이었다. 탁해진 유리컵에 든 초는 먼지가 잔뜩 끼어 있
었다. 너무 굳어서 불도 안 붙고 향도 안 날 것 같았지만
가운데 놓여 일렁이는 그것은 좁은 방 안을 은은한 불
빛과 향으로 채워 주었다. 방 안에서 촛불 하나 반짝이
고 있을 뿐인데 아쉬운 대로 크리스마스 분위기가 조금
났다. 맥주 캔을 잡고 있는 손이 시려서 우리는 가끔 그

촛불 가까이 손을 대고 쬐기도 했다.

　크리스마스 하면 떠오르는 것들에 대해 애기를 나누고 있을 때 여러 명의 사람들이 한꺼번에 마당으로 들어오는 소리가 들렸다. 동생과 나는 숨을 죽이고 방문 너머로 귀를 기울였다. 잠시 후, 축복 가득한 성탄절 되십시오, 라는 말에 이어 마당에 모인 사람들이 「고요한 밤 거룩한 밤」을 부르기 시작했다. 교회에서 나온 청년들이 각 가정을 방문하며 캐럴을 불러 주고 다니는 모양이었다. 우리는 더없이 고요한 밤에 「고요한 밤 거룩한 밤」을 숙연한 마음으로 들었다. 방 안은 아늑해지고 마음은 잔잔해졌다. 여기에 크리스마스는 있구나, 라는 생각이 들었다. 아니 어쩌면 내일이 크리스마스인 것도 모르던 사람들에게 저들이 알려 준 건지 모르겠다. 특별히 누구를 만나지 않고 이벤트가 없어도, 아는 것만으로 크리스마스는 존재하는 것이다. 노래가 끝나 가는 게 아쉬워서 한 곡만 더 들었으면 좋겠다 생각하고 있는데 다음 곡이 이어졌다. 역시 고요한 노래였다. 원래는 한 집당 한 곡씩만 부르는 건데 여긴 여러 세대가 모여 있는 걸 알고 두 곡을 불러 주는 건가, 싶었다. 어쨌든 중심가로 가지 않고 집에 있어서 들을 수 있었던 노래였다. 집에 남은 사람들을 위한.

　그들이 떠난 뒤 맥주도 다 마셔 가고 화장실도 갈 겸 해서 방을 나와 마당으로 나가 보았다. 눈이 내리는 가운데, 놀랍게도 아홉 개 방의 불이 전부 켜져 있었다. 와, 나도 모르게 탄성이 흘러나왔다. 오늘 밤 왜 중심가로 가지 않았나요? 각자 다른 이유와 사정이 있겠지만 집에 있는 편이 좋을 것 같아 그러기로 했다는 일치된 대답을 들은 것 같았다. 불 켜진 방. 그것은 마치 오래된 나무에 전구를 둥그렇게 휘감아 놓은, 크리스마스트리 같은 모습으로 앉아 있었다.

그러나 자정 무렵 한 개의 전구가 꺼지는 사건이 발생했다. 잠자리에 들 시간이라 방에 널브러진 맥주 캔과 그릇들을 치우려고 자리에서 일어나는데 갑자기 방문이 왈칵, 열리더니 누군가가 뛰어들어 왔다. 3번 방 여자였다. 잠옷 차림에 젖은 머리를 수건으로 감싸 올린 여자가 공포에 질린 얼굴로 우리를 쳐다보며 자신을 좀 숨겨 달라고 했다. 손바닥만 한 방에 몸을 숨길 만한 데는 없었지만 여자는 스스로 숨을 곳을 찾아 비닐 옷장을 열고 안으로 들어갔다. 동생이 옷장 지퍼를 밖에서 닫아 주었고, 우리는 숨을 죽이고 다시 자리에 앉아 아무 일 없다는 듯 술을 마시는 척했다. 밖에서 누군가가 세입자들의 방문을 1번부터 차례로 여는 소리가 들려와서였다. 드디어 끝방인 우리 방문이 열렸고, 덩치가 산만한 사내가 누군가를 찾는 듯 충혈된 눈으로 방 안을 살폈다. 술 냄새가 진동했다.

"아저씨, 뭐야? 뭔데 남의 방문을 함부로 열고 지랄

이야!"

동생이 사내를 향해 소리쳤고, 사내는 사과의 말은커녕 미안한 기색도 없이 한참을 노려보다 방문을 닫았다. 사내가 완전히 돌아가고, 동생이 비닐 옷장의 지퍼를 열었을 때 여자는 웅크린 자세로 앉아 폭설을 맞은 사람처럼 바들바들 떨고 있었다. 괜찮다고 말해도 여자는 쉽게 밖으로 나오지 못했다. 숟가락을 넣어 문고리를 잠그고 나서야 조금 안심한 듯 옷장에서 나왔다.

"옛날 남친인데, 자기는 죽어도 못 헤어진대요."

애인과 데이트를 해야 하는 특별한 날에 여자는 전 애인한테 쫓기고 있었다. 여자는 악몽을 꾸는 듯한 눈동자로, 앞으로 어떻게 해야 할지 모르겠다고 걱정했다. 한때는 사랑하고 의지도 했을 사람이 도망치고 싶은 무서운 사람이 되다니. 우리는 경찰의 도움을 받아 보는 건 어떠냐고 했지만 여자는 그럴 수 없는 딱한 사정이 있는 듯 울먹이며 고개를 저었다. 남자가 다시 찾아올 것 같다며 여자는 그날 밤 우리 방에서 같이 잤다. 둘이 자다 셋이 누워 있으니 서로의 어깨가 닿을 정도로 좁았다. 여자는 창문이 조금만 들썩거려도 깜짝깜짝 놀랐지만 동생과 내가 번갈아 가며 말을 걸자 곧 안정을 찾았다. 그러다 어둠 속에서 여자가 혼잣말하듯 말했다.

"여기 있으면 못 찾아올 줄 알았는데……."

그래서 2년이나 산 모양이었다. 단순히 방세가 싸서

가 아니라. 내가 대답했다.

"여기도 사람 사는 곳이잖아요."

"크리스마스가 오는 데라 그럴까요……."

그렇게 말하던 여자는 크리스마스 다음 날 한밤중에 도망치듯 이사를 가 버렸다. 어쩌면 여자가 간 곳은 여기보다 더 바깥일지도 몰랐다. 크리스마스마저 오지 않는 곳. 우리는 자전거를 더는 빌려 탈 수 없게 되었다.

5번 방 남자는 세탁을 자주 했다. 거품을 구경하고 싶어서 그러는 것 같았다. 어쩌면 파도치는 바다가 보고 싶은 걸까. 남자와 부딪치는 곳도 늘 세탁실이었지만, 남자와 나는 서로 알은척을 하지 않으면서 각자 세탁만 했다. 처음부터 그렇게 시작해서인지 오히려 그게 자연스러웠고, 알은척하지 않는 게 다른 방식의 인사가 되어 있었다. 저기 있구나, 라고 눈으로 보면서 생각하는 것만으로도 충분히 불편하지 않게 공간을 함께 쓸 수 있다는 것을 알게 되었다. 아직 말이 필요하지 않아서 그렇지, 어느 한쪽이 무심코라도 말을 건네는 상황이 오면 알은척하지 않음이 인사로 인정되었던 지난 시간은 지워질 것이다. 나는 속으로 누가 먼저 침묵을 깨게 될지 내기를 걸었던 것도 같다.

무릎이 나은 뒤로 매일 아르바이트를 구하러 나가던 동생은 요 며칠간은 따끈한 전기장판 위에 팔자 좋게 드러누워 꼼짝하지 않았다. 다만 누군가와 열심히 메시지를 주고받았다.

내가 다니는 어린이집에는 오늘 심각한 문제가 생겼다. 아동 학대 신고가 접수되었다며 경찰이 CCTV 영상을 확보하러 어린이집을 찾아온 것이었다. 남자아이의 허벅지와 팔뚝에 꼬집혀서 생긴 멍 자국이 여러 군데 발견되었다고 했다. 가해 교사로 지목된 담당 보육 교사는 아이들끼리 장난감을 두고 다투다 생긴 불상사이지 자신과는 무관하다며 펄쩍 뛰었고, 어린이집은 발칵 뒤집혔다. 패닉에 빠진 원장은 학부모로부터 걸려 온 수십 통의 전화에 응대하느라 초주검이 되어 버렸다. 뒤숭숭한 분위기 속에서 교사들의 퇴근은 두 시간이나 늦어졌다.

집에 돌아오니 동생은 게으름을 털고 일어나 빨래를 널고, 저녁상을 차려 상보로 덮어 놓고 나를 기다리고 있었다. 늦어진 식사 시간 때문인지 밥맛이 좋아서 한 공기 더 담아 와 첫술을 뜰 때 동생이 언니야, 라고 낮은 목소리로 불렀다. 할 얘기가 있는 눈치였다.

"후미코 알지?"

후미코는 동생이 대학 다닐 때 교환학생으로 왔던 일본인이다. 동생은 남보다 조금이라도 빨리 일본어를 잘하고 싶어서 후미코에게 다가가 자주 말을 걸었다. 후미코도 동생에게 한국어로 자꾸 말을 걸었다. 이국의 언

어는 둘을 가까워지게 해 주었다. 졸업 후 후미코는 고
국으로 돌아갔지만 제법 친한 사이가 되어 아직까지도
이메일로 안부를 주고받으며 지내는 걸로 알고 있다. 나
는 우유를 넣어 부드럽고 촉촉한 계란말이를 베어 물며
고개를 끄덕였다.

"후미코가 그러는데, 일본은 지금 경기가 호황이라
구직난보다 구인난이 심각하대. 일할 사람을 못 구해서
가게를 닫아야 할 정도라, 한국 대학생들을 연수시켜 자
기 나라로 좀 보내 달라고까지 한대."

나는 밥상에 수저를 가만히 내려놓았다.

"후미코 말이 거긴 프리터로 사는 젊은 애들도 많고,
시급이 세서 월급쟁이 못지않게 번대. 같은 일을 할 거
면 일본에서 하는 게 훨씬 나을 것 같아. 현지에서 아르
바이트하며 일본어를 더 익히는 것도 나쁘지 않을 것 같
고. 봐서 정규직 자리를 구해도 괜찮고. 정 힘들면 한국
어를 가르쳐도 되고."

동생은 좀 진취적인 데가 있었고, 나보다 겁이 없는
편이었으며, 미래를 걱정하거나 불안해하지 않는 성격
이었다. 닥치면 그때 가서 하는 게 걱정이지 미리 할 필
요는 없다고 생각하는 애였다. 내가 아닌 동생이라서 세
울 수 있는 계획으로 보였다. 동생은 벌써부터 좀 들뜬
것도 같았다. 여길 벗어나는 게 일단은 좋은 걸까?

"방은?"

"후미코가 당분간 자기 집에 있어도 좋대."

화장실 때문일까? 물을 많이 마시고 싶어진 걸까? 하지만 일본이라니…… 왠지 여기보다 더 외진 곳 같았다.

"지진도 많고 방사능 문제도 있어서 건강에 해롭지 않을까? 위험하지 않을까?"

"후미코가 사는 데는 오사카야. 후쿠시마와 좀 떨어진 데라 괜찮을 거야."

"그래도."

"그렇게 따지면 일본하고 우리나라도 별로 안 멀어."

동생은 이미 마음을 굳힌 듯 보였다.

"후미코는 좋은 친구지?"

혐한에 대한 정서가 걱정되어 물었다.

"생각도 바르고, 한국 사람에 대해 우호적이야."

"……."

"걱정돼?"

"응."

"그냥 어학연수 간다고 생각해."

"어학연수?"

"그래, 어학연수."

"어학연수라니까 근사하긴 하다."

"나 대학 때 진짜 가고 싶어 했잖아. 동기들 중에 나만 못 갔어."

"그랬지."

"일본어로 먹고살겠다는 애가 일본에 안 가 봤다는 것도 이상하고."

"근데 일본어는 욕이 몇 가지 안 된다던데 욕 못해서 어쩔 거야?"

"욕할 일 있으면 한국말로 해야지. 욕은 한국말로 찰지게 해야 한 것 같아."

"구인난이라니 일본 애들은 좋겠다. 하지만 방사능, 그건 안 좋네."

"우리나라도 곧 그런 시절이 오지 않을까? 마냥 바닥만 치지는 않을 거야. 그때쯤 돌아오면 돼."

동생은 나보다 어린데도 항상 어른스럽고 당찼다. 재해와 재난이 많은 나라에서도 살아 돌아올 아이였다. 여기 혼자 남을 내가 걱정되는지 동생이 넌지시 물었다.

"나랑 같이 갈래?"

"일본어도 모르는데 어떻게 가."

"몰라도 일할 수 있는 데는 여기보다 많을 거야. 거긴 호황이라니까."

나는 잠시 생각에 잠겼다. 어린이집 상황이 마음에 걸렸지만 얘기하지는 않았다. 나는 잘 알고 있었다. 내가 가지 않을 걸 알면서 물어봤다는 걸. 여기 혼자 두고 가는 게 미안해서 해 본 말이라는 걸.

"방사능 때문에 께름칙해?"

"……"

"언니, 넌 오래 살고 싶구나? 난 오래 안 살고 싶어."

나는 안다. 동생이 일본에 가려고 하는 건 오래는 안 살고 싶어도, 당장은 살기 위해서라는 걸.

"내 꿈은 여기에 있잖아."

꿈이 있는 곳이면 거기가 어디든 견딜 수 있을 것이다. 동생도, 나도.

어린이집은 결국 내일부터 운영 정지된 후 폐쇄 절차에 들어가게 되었다. 우울증을 겪던 담당 보육 교사의 학대가 사실로 밝혀졌고, 피해 어린이가 두 명 더 있다는 것까지 드러났다. 폐쇄되지 않더라도 경찰 조사에 들어갔다는 소식이 전해진 뒤로 학부모들이 아이를 어린이집에 보내지 않아, 오늘도 아이들 대부분이 결원 상태였다. 보조 교사였을 뿐이라 짐이 많지 않아서 어린이집을 나오는 손은 무겁지 않았다. 대신 돌아오는 길에 시장에 들러 가벼운 양손을 음식으로 무겁게 채웠다.

음식이 식을까 봐 걸음을 빨리했다. 가빠지는 숨을 따라 흩날리는 눈송이 사이로 하얀 입김이 퍼져 나갔다. 자전거가 있으면 좋겠다는 생각이 들자 3번 방 여자의 얼굴이 떠올랐다. 집에 가까워질수록 빛이 줄어들고 어둠은 짙어졌다. 북쪽에서 불어오는 바람은 차고 거칠었다. 그러나 거기에도 집들이 있었고, 사람이 살았으며, 불빛이 흐르고 있었다. 집을 옮긴 후 내 몸에도 무늬

하나가 생겼다는 느낌이 들었다. 언제가 될지는 알 수 없으나 그것이 말의 형태로 드러나 누군가에게 도움을 주게 될 무늬라고 생각하자 걸음이 더 빨라졌다.

집에 거의 다 왔다. 다행히 음식은 아직 온기를 잃지 않았다. 모두 동생이 좋아하는 것들이었다. 일본에 가면 그리울 음식들. 일본으로 떠나기 전 마지막 밤이라 동생은 아마 들뜬 얼굴로 짐을 싸고 있을 것이다. 이제 물을 실컷 마실 수 있게 된 동생의 마음이 무거워지지 않도록 어린이집 얘기는 하지 않을 생각이었다.

열려 있는 녹슨 대문을 지나 마당 한가운데 서서 잠시 거칠어진 숨을 골랐다. 차분하게 숨을 고르며, 불이 들어온 방의 개수를 세었다. 그래도 다섯 군데나 되었다. 동생이 가고 나면 나는 더 자주 저 네모난 불의 개수를 세며 지내게 될 것이다. 그때 등 뒤로 누군가가 걸어오는 소리가 들리더니 혼잣말인 듯한 작고 부드러운 말이 내 옆을 스쳐 지나갔다.

"오늘은 좀 늦었네요."

5번 방 남자였다. 남자가 자기 방으로 들어가 불을 켜자 창호지 문이 노랗게 밝아졌다. 불은, 그로써 여섯 군데가 되었다. 나는 동생의 이름을 부르며 9번 방의 문을 열었다.

울어 본다

밤이 되면 냉장고는 자주 운다. 가끔은 크게도 운다.

깨어 있는 이 하나 없는 고요한 밤, 냉장고 우는 소리
가 들리면 여자는 부엌으로 나가 냉장고 문을 열고 안
으로 고개를 살며시 집어넣는다. 귀를 기울이듯. 어떤
말을 전하려는 울음인지 알아보려는 듯. 하소연을 다
들어주겠다는 듯. 무슨 할 말이 그리도 많냐는 듯. 그럴
때면 냉장고 입구는 노란색 립스틱을 바른 커다란 입 같
다. 그 입속에는 다양한 이야기들이 보관되어 있다. 시
간이 지나도 썩지 않는 것들이다. 그래서 늘 생생하게
팔딱대는 것들이다. 잊혀지지 않는 줄거리다.

여자는 냉장고 문을 닫고 몸통에 손바닥을 댄다. 그

것이 울 때마다 손바닥이 심장처럼 뛴다. 안은 냉혹하게 차갑지만 바깥은 다정하게 따뜻하다. 여자는 생각한다. 냉장고는 따뜻한 물건일까, 차가운 물건일까? 둘 다라 한다면 그것은 냉장고의 이중성이라 해야 할까?

냉장고는 낮에도 분명 울지만 부산한 움직임과 다른 소음에 가려 잘 들리지 않는다. 아니 누구도 들으려고 하지 않는다. 사람이 집에 없으면 들을 수도 없다. 어쩌면 냉장고는 사람이 부재중인 낮에 안간힘으로 더 크게 울지도 모른다. 다른 소리를 이겨 보려 몸부림치면서. 그러므로 밤은 누군가의 울음을 알아차리기에도, 남한테 알리기에도 좋은 시간이다. 몰래 울기에도 좋은 때다. 하여튼 밤은 여러모로 울기 좋은 시간이다. 모든 사람들이 밤에 운다면 슬픔은 오래가지 않을 것이다. 여자는 생각한다. 눈물이 나는 건 슬퍼서일까, 기뻐서일까? 둘 다라 한다면 그것은 눈물의 이중성이라 해야 할까?

어느 순간 냉장고는 울음을 뚝 그친다. 그런데도 울음소리가 계속 들린다. 여자가 우는 소리다. 여자는 밤이 되면 자주 운다. 가끔은 크게도 운다. 자주, 그리고 크게 우는데도 아무도 나와 보는 사람이 없다. 그래서 마음 놓고 울 수 있다. 왜 우는지는 여자도 모른다. 한 가지 이유 때문인 것 같기도 하고 여러 가지 문제 때문인 것 같기도 하다. 여자는 이제 습관적으로 밤에 운다.

냉장고처럼.

우느라 잠이 오지 않는 스산한 밤이면 여자는 이불을 가져다 냉장고 옆에 깔고 눕는다. 보일러 온도를 높여 놓아서 바닥은 뜨끈하다. 엉덩이 밑으로 손을 넣어 본다. 더 따뜻해진다. 찬바람에 딸꾹질하듯 유리창이 들썩인다. 창문이 꽉 닫히지 않았는지 틈새로 바람이 들어올 때마다 귀신의 흐느낌 같은 소리가 들린다. 무서워진 여자가 울음을 그친다. 그러자 이번에는 냉장고가 이어서 울기 시작한다. 여자는 어둠 속에서 눈을 감고 그 소리에 집중해 본다. 심장박동 소리 같아서 리듬을 따라가다 보면 언제 잠들었는지 모르게 스르르 잠에 빠지는 순간이 있다. 그러나 오늘 밤은 냉장고가 울다 멈추기를 일곱 번이나 반복했는데도 잠이 오지 않는다.

여자는 이불을 걷고 일어나 냉동고 문을 연다. 바닐라색 얼음 틀을 꺼내 양쪽으로 비튼다. 우지직. 정사각형으로 단단하게 언 투명한 얼음이 여기저기서 두더지처럼 고개를 내민다. 여자는 가장 높이 솟은 얼음을 집어 입에 넣고 다시 바닥에 눕는다. 얼음은 소스라치게 차갑고, 혀에 찰싹 달라붙어서 한동안 떨어지지 않는다. 시간이 좀 흐르자 입안에서 얼음이 부드럽게 돌아다니며 날카로웠던 각을 천천히 녹인다. 딱딱한 얼음이 이에 스치면 기분 좋은 소리가 난다. 그것은 마치 하이힐을 신고 꽁꽁 언 시멘트 바닥을 걸을 때 나는 단정한 소리와 비슷하다. 녹은 얼음물이 이 사이로 시리게 파고든다. 여름보다는 더디지만 얼음은 점점 작아져 결국 알갱이가 된다. 여자는 절대 얼음을 깨물지 않고 끝까지 녹여 먹는 버릇이 있다. 그 순간, 종잇장처럼 얇아진 얼음이 혀 위에서 스륵, 사라지고 여자의 입안은 텅 빈다. 한 개 더 먹을까. 이상하게 여자는 여름보다 겨울이 되면 얼음 생각이 간절하게 난다. 이어 여자는 어렸을 때 냉장고에 얼린 얼음을 '얼음 사탕'이라 불렀던 오랜 기억 하나를 끄집어낸다.

여자의 집은 가난했다. 이름도 출생지도 모르는, 멀리 있는 사람과 비교할 필요 없이 가까운 동네 친구들과 견주어 봐도 확실히 가진 게 적었다. 당시 여자가 부잣집과 가난한 집을 나누는 기준은 단순했다. 부엌에 냉장고가 있느냐 없느냐. 친구들 중 냉장고가 없는 집은 여자네 뿐이었다. 물론 전에도 여자는 자기 집에만 냉장고가 없다는 걸 잘 알고 있었다. 그게 창피한 일이라거나, 집에 냉장고가 있는 걸 부러워해야 할 만큼 대단한 일이라고는 생각하지 않았다. 냉장고가 있으면 여름에도 음식을 신선하고 차갑게 보관할 수 있다는, 냉장고의 필요성이나 좋은 점은 배워 알고 있었지만 '없음'에는 다 그럴 만한 사정이 있기 때문이라고 생각했다. 그러니까 생길 만한 이유가 생기면 자연스럽게 생기리라 생각했다.

집에 냉장고가 있는 게 부러운 일임을 알게 된 건 초등학교에 입학하고 처음 맞는 여름방학 때였다. 날도 덥고 심심해서 여자는 처음으로 사귄 같은 반 친구 집으로 놀러를 갔다. 초대받은 건 아니었고, 여름방학을 보통 어떻게 보내는지 궁금해서 기별도 없이 찾아간 길이었다. 친구 집은 낮은 슬레이트 지붕에 금방이라도 쓰러질 듯 위태로운 모양을 하고 있었다. 굳이 세간을 구경하지 않아도 형편이 훤히 들여다보이는 그런 집이었다. 여자는 대문 밖에서 친구의 이름을 작게 불렀다. 크게 부르면 집이 흔들릴 것 같아서였다. 친구는 갑작스러운 방문에도 싫어하거나 당황하지 않고 여자를 반갑게 맞아 주었다.

외화를 좋아한다는 친구는 방에 드러누워 TV를 보던 참이었다. 한국 영화나 만화 영화도 아니고 외국 영화를 보는 게 취미라니, 여자는 친구가 자기보다 조숙하고 어른스럽게 느껴졌다. 친구는 장롱에서 베개를 꺼내주며 같이 보자고 했다. 친구처럼 고상해지고 싶어진 여자는 얼른 베개를 베고 누웠다. 친구의 아빠나 엄마 것이었는지 베개는 평소 여자가 베던 것보다 높았고, 눕자마자 보인 건 TV 브라운관이 아니라 천장이었다. 천장은 너무 낮은 데다 가운데가 움푹 주저앉아서 금방이라도 얼굴로 쏟아질 것 같았다. 가끔 천장 위로 쥐새끼가 진짜 쥐새끼처럼 지나가는 소리가 들렸다. 여자는 자꾸 뒤로 미끄러지는 베개를 고쳐 베며 친구에게 물었다.

"아빠 베개야?"

친구는 아무렇지 않게 자기는 아빠가 없다고 말했다. 막냇동생이 엄마 배 속에서 나올 즈음 오토바이 사고로 죽었다고. 그때 친구가 입에 뭔가를 집어넣고 오물거렸다. 입술이 꿈틀거릴 때마다 예쁜 소리가 났고 양쪽 볼이 번갈아 가며 볼록거렸다. 사탕인가? 하지만 친구의 입에서는 아무 냄새도 나지 않았다. 과일 향이나 설탕 냄새 같은. 여자가 아는 친구라면 자기 집을 찾아온 동무에게 사탕 한 개쯤은 줄 수 있는 아이라 믿었다. 그 믿음대로 친구가 여자에게 물었다.

"덥니?"

여자는 응, 이라고 대답해야 할 것 같아 그렇게 말했다. 그러자 친구가 옆에 놓인 분홍색 직사각형 틀을 여자에게 무심히 건넸다. 분홍 틀에는 꽃 모양의 구멍이 숭숭 뚫려 있었고, 그 안에 반질반질한 갈색 빛깔의 무언가가 들어 있었다. 여자는 누룽지 사탕이냐고 묻고 싶었으나 묻지 않고 한 개를 꺼내 입에 넣었다. 그것은 짐작과 달리 차디찬 얼음이었다. 보리차로 얼려서 보리차 맛이 구수하게 나는. 하지만 여자에게는 단맛이 나는 사탕처럼 느껴지던 놀라운 순간이었다. 여자는 영화에 집중하고 있는 친구에게 물었다.

"어디서 샀어?"

친구는 처음에는 무슨 말인지 알아듣지 못하다가 집에서 만든 거라고 말했다. 여자는 자리에서 벌떡 일어나며 물었다. 어떻게? 호기심 가득 찬 눈빛을 차마 외면할 수 없었는지 친구가 영화 보는 걸 단념하고 여자를 부엌으로 데리고 갔다. 부엌 역시 천장이 낮았다. 시커멓고 지저분한데다 어수선한 느낌까지 났다. 어두컴컴한 부엌에서 친구는 아까 것과 똑같이 생긴 꽃무늬 틀에 보리차를 부었다. 그러고는 냉장고 위 칸을 열었다. 천장이 얼마나 낮은지 냉장고가 바듯하게 닿아서 문을 열 때 천장에 스치는 소리가 기괴하게 났다. 친구는 물이 흐르지 않게 조심하며 그 안에 틀을 넣었다. 활짝 열린 냉장고 안에서는 차고 하얀 냉기가 입김처럼 뿜어져 나왔다. 친구는 여기다 물 대신 딸기 우유를 넣고 얼리면 딸기 사탕이 만들어지고 커피를 부으면 커피 사탕이 된다고 말했다. 플라스틱 막대가 꽂혀 있는 길쭉한 틀을 보여 주며 이걸로는 아이스바도 만들 수 있다고 설명해 주었다. 한여름에도 차가운 얼음을 맛볼 수 있다니. 그것도 집에서. 그날 여자는 냉장고 위 칸이 하는 일에 대해 처음으로 알게 되었다. 왜 냉장고가 두 칸으로 나뉘어져 있는지를. 냉장고만 있으면 언제든 집에서 얼음을 만들어 먹을 수 있다는 사실도. 어둡고 습한 부엌에서 친구의 냉장고는 막 삶아 낸 행주처럼 하얗고 깨끗하게 빛나고 있었다.

여자는 멍한 표정으로 다시 방으로 들어와 얼음을 쉴 새 없이 집어먹으며 TV를 시청했다. 얼음은 겨울에 먹을 때와는 완전히 다른 맛이 났다. 역시 얼음은 더울 때 먹어야 하는 거란 생각이 들었다. 여자는 한 개라도 더 먹기 위해 나중에는 입에 넣자마자 딱딱한 그것을 깨물었다. 아무리 먹어도 얼마든지 공짜로 만들어 낼 수 있는 것이기에 눈치 같은 건 보이지 않았다. 여자는 얼음을 씹으면서 줄곧 냉장고 생각에 빠져 있었다. 아빠도 없이 엄마와 두 동생이랑 사는 친구네 집에도 있는 냉장고가 우리 집에는 왜 없을까? 우리 집은 아빠도 있고 동생은 하나뿐인 데다, 천장도 낮지 않은데. 여자는 얼음 알갱이를 이리저리 굴리며 친구에게 물었다.

"너희 집은 전세야, 월세야?"

"자가."

친구는 시선을 TV에 고정한 채 던지듯 대답했다.

"자가?"

생소한 말이었다.

"그게 뭔데?"

"쫓아내는 사람이 없어서 이사 안 가도 되는 집."

말투는 기계적인데 왠지 멋진 설명처럼 들렸다.

여자는 얼음과 함께 '자가'란 단어를 여러 번 입안에 넣고 굴렸다. 집이 있으면 저런 어렵고 고급스러운 단어도 알게 되는구나, 어떤 단어를 아는 것조차 형편을 따르게 되는구나, 라고 여자는 생각했다. 맞는 말이었다. 경험이 있고, 경험을 한다는 건 곧 그 경험이 가리키는 단어를 익히는 과정이었다. 알던 단어라도 경험을 하게 되면 진짜 자기 단어가 되는 것이었다. '자가'란 단어는 아무리 볼품없고 허름해도 우습게 봐서는 안 되는 집을 의미했다. 여자는 말없이 얼음 세 덩어리를 연달아 입에 넣었다. 여자의 집은 천장이 낮지는 않지만 '월세 단칸방'이라 집주인이 나가라고 하면 언제든 비워 줘야 하는 집이었다. 경험으로 알게 된 언어. 그래서 냉장고가 없었던 것일까? 여자는 친구처럼 천장이 한없이 낮아도 좋으니, 너무 낮아서 뉘어 놓아도 좋으니 냉장고가 있는 집이었으면 좋겠다고 생각했다.

여자가 얼음을 먹을 수 있는 건 겨울철이었다. 겨울은 얼음이 필요한 계절은 아니었다. 오히려 차가운 걸 되도록 피하고 싶은 계절이었다. 날이 추워지고 눈이 내리면 처마 밑에는 항상 바늘처럼 뾰족한 고드름들이 길이가 다르게 매달려 있었다. 여름에는 얼음을 먹을 수 없기 때문에 춥고 차가운데도 여자는 창밖으로 팔을 뻗어 고드름을 잡아서 분질렀다. 그러고는 손이 시리지 않게 밑부분을 수건으로 돌돌 감아 동생과 함께 아이스바처럼 혀로 핥아 먹었다. 여름에는 먹고 싶어도 구할 수 없는 것이므로 될 수 있는 한 양껏 먹어 두어야 했다. 가끔은 수돗가로 가 고무 다라이 속에 얼어 있는 얼음을 돌멩이로 깨 대접에 한가득 담아다 이불을 둘러쓰고 뜨거운 아랫목에서 깨물어 먹기도 했다. 그러면 여름에 먹는 얼음 맛을 알 수 있을 것 같았다. 겨울 얼음은 녹여 먹는 재미가 있고 맛도 좋지만 속이 금방 얼얼해지는 게 단점이었다. 여름이라면 시원하다고 느꼈을 차가움이었다. 여자는 얼음 녹은 물을 삼키며 생각했다. 얼음이 꽝꽝 어는 겨울 중 며칠을 끊어다 가장 무더운 한여름 어딘가에 붙여 놓을 수 있으면 좋겠다고. 창가로 해가 들면 고드름은 물방울을 뚝뚝 떨어뜨리며 천천히 녹아내렸다. 여자는 아까워서 남동생과 나란히 창틀에 엉덩이를 걸치고 앉아 입을 벌려 그 물을 받아 먹기도 했다. 한번은 남동생이 찬 걸 너무 많이 먹어 배가 아픈지 인상을 쓰며 고드름이 우는 것 같다고 말했다.

친구 집에서 목격한 대로라면 냉장고만 있으면 땡볕이 내리쬐는 한여름에도 고드름을 먹을 수 있다는 얘기였다. 여자는 친구에게 양해를 구하고 얼음 세 덩이를 손에 쥐고 집으로 달려갔다. 남동생에게도 먹여 주고 싶어서였다. 한여름에 먹는 달디단 고드름의 맛에 대해 알려 주고 싶었다. 아랫목에서 이불을 뒤집어쓰고 먹던 얼음은 여름을 흉내 낼 뿐이었다는 걸 보여 주고 싶었다. 그러나 집에 도착하기도 전에 주먹 안의 그것은 물기조차 남지 않고 사라지고 없었다. 남동생한테 거짓말을 한 꼴이 되고 말았지만 여자는 여름방학 내내 그 친구 집에 가서 얼음을 얻어먹었다. 그냥 수돗물을 얼려 만든 얼음도 충분히 예쁘고 맛있었다. 그러나 언제까지 얼음을 구걸할 수는 없었다. 너그러운 친구는 갈 때마다 얼음을 여자에게 내주었지만 눈치가 안 보인다고는 할 수 없었다. 그런 애가 아니란 걸 알면서도 친구가 속으로 '집에 냉장고도 없는 애'라고 한번은 말해 봤을 것 같았다.

'집에 냉장고가 있는 애'가 되고 싶어진 여자는 친구 집에 가는 걸 중단하고, 대신 엄마가 외출하고 없을 때 찬장에 보관해 둔 반찬을 밖에 꺼내 놓기 시작했다. 망을 보던 남동생이 엄마가 돌아오는 신호를 휘파람으로 보내면 재빨리 다시 찬장에 집어넣었다. 반찬 가짓수가 몇 개 되지 않아서 시간이 많이 필요하진 않았다. 그 과정을 두세 번 반복하자 음식은 계획대로 금방 쉬어 빠졌다. 여자는 아프지도 않은 배를 움켜쥐며 화장실을 들락거리는 척했다. 남동생한테도 똑같이 하라고 시켰다. 그리고 어느 날 밤 부엌에서 상을 차리던 엄마가 아빠에게 말하는 소리가 작게 들려왔다. 올해가 덥긴 더운가 봐요. 반찬이 금방 쉬네요. 냉장고를 사야 할 것 같아요. 여름방학이 거의 끝나 갈 무렵이었다.

냉장고가 집에 들어오기로 한 날 여자는 방학 동안

얼음을 아낌없이 주었던 친구 집에 찾아갔다. 자랑도 하고 싶고, 고마웠다는 말도 전하기 위해서였다. 하지만 자랑도 고마웠다는 말도 하지는 못했다. 얼음을 먹으러 가지 않았던 일주일 사이 무슨 일이 있었는지 친구는 다른 도시로 이사를 가고 없었다. 천장 낮은 집은 이미 헐리고 보이지 않았다. 마치 쫓기듯 급하게 떠난 것처럼 막냇동생 것으로 보이는 멀쩡한 구두 한 짝이 버려져 있었고, 분홍색 얼음 틀은 가장자리가 깨진 채 그 옆에 놓여 있었다. 냉장고가 있던 자리였다. 여자는 흙 묻은 그 얼음 틀을 손에 들고 거리를 돌아다니다 어둑해질 즈음에야 집으로 돌아갔다.

집으로 들어서자 약속대로 부엌에 냉장고가 도착해 있었다. 그러나 그것은 친구네 집에서 보던 것과 아주 많이 달랐다. 덩치도 작았고 색깔도 누리끼리했다. 여기저기 검은 녹도 슬어 있었다. 중고 냉장고였다. 아래칸은 자석 기능이 약해져 접촉이 잘 되지 않는 탓에 문을 닫을 때마다 불편하게 벽돌로 눌러 놓아야 하는 형편이었다. 결정적으로 위 칸은 고장이 나서 작동되지 않는다고 엄마가 말했다. 여자는 그 말이 사실인지 확인하기 위해 위 칸을 열고 안을 뚫어져라 들여다봤다. 노란색 불이 들어오는 아래 칸과 달리 위쪽은 불도 켜지지 않고 하얀 입김도 나오지 않았다. 여름방학 동안 여자를 괴롭혔던 날씨만큼이나 더운 온기와 퀴퀴한 냄새만 홀러나왔다. 거짓말이 아니었다. 얼음을 만들지 못하는 냉장고를 냉장고라 부를 수 있을까. 여자는 어디 가서 집에 냉장고가 있다고 말해도 되는지 알 수 없었다. 여자는 깨진 얼음 틀을 그 안에 던져 넣고 문을 쾅, 닫았다. 그러고는 방으로 들어가 울었다. 아무도 왜 우는지 묻지 않았다. 묻는다고 해도 뭐라 대답해야 할지 여자도 알 수 없었다. 중고 냉장고는 가족 누구에게도 냉장고로 기억되지 않았고 인정받지도 못했다. 다행히 그건 3개월 후 아래 칸마저 완전히 고장 나서 첫눈이 오던 날 아빠가 리어카로 실어 고물상에 버렸다. 겨울이라 냉장고는 더 이상 필요 없었다. 얼음도.

밤이 되면 여자는 자주 잠을 못 이룬다. 가끔은 날을 꼬박 샐 때도 있다.

우느라 잠이 오지 않는 것과는 다른 느낌의 불면이다. 잠이 안 올 때는 억지로 울어 보기도 한다. 우는 건 뭐라도 하고 있다는 뜻이다. 그러면 잠이 오지 않는다는 사실이 조금은 받아들여진다. 하지만 지금처럼 눈물조차 나지 않는 밤이면 긴 불면이 여자를 당혹스럽게 한다. 병이 아닐까 싶다. 정신과 상담을 받거나 처방전이 필요한 게 아닐까. 비슷한 나이에 엄마에게도 불면증이 있었다. 유전일까? 여자는 겁이 나서 뭐라도 해야겠다고 생각한다. 여자는 보일러 온도를 끝까지 높여 놓고

맨손체조를 해 본다. 야단치듯 보일러 돌아가는 소리가
커진다. 땀은 금방 흐른다. 하지만 피곤하거나 기진맥진
하지는 않다. 그저 더울 뿐이다. 여자는 베란다로 나가
창문을 열고 밖으로 팔을 내민다. 금세 시원해진다. 눈
이 느리고 얌전하게 내리고 있다. 느리고 얌전해서 그런
지 손에 스치는 눈송이들이 차갑다는 느낌은 별로 들지
않는다. 소복하게 눈이 쌓인 바닥에는 발자국이 하나도
찍혀 있지 않다. 밤에는 아무도 돌아다니지 않는다는
증표이자 잠을 자야 한다는 약속이고 합의이다. 여자는
세상의 합심에 잠시 시무룩해진다.

여자는 하얀 눈발 사이로 주변에 들쭉날쭉 솟아 있
는 아파트를 둘러본다. 불이 켜진 곳은 없다. 딱 한 군데
만 빼고. 저 멀리 처량하게 서 있는 청아아파트. 맨 왼쪽
위에서 두 번째 칸. 항상 불이 켜져 있는 곳이다. 어두워
지면 잠을 자야 하는 거라는 약속과 합의를 깬 유일한
곳. 여자는 잠이 오지 않는 밤이면 방에서 나와 그 집을
쳐다보곤 한다. 역시나 오늘도 배반하지 않고 그곳에는
불이 또렷하게 켜져 있다. 그 집을 보고 있으면 묘한 안
도감이 느껴진다. 나 혼자만 잠을 못 이루고 있는 게 아
니라는 위안. 나와 비슷한 사람이 세상에 단 한 사람만
있어도 힘이 될 때가 있다. 비록 서로의 얼굴은 몰라도
존재한다는 것만으로도 충분히 그렇다. 동지애를 느낀

여자는 가끔 컨디션이 나아져 잠이 오더라도 불을 켜둔 채 잠자리에 든다. 저 사람도 혹시 여자가 켜 둔 작은 불빛에 안도감을 느낄지 모른다는 생각에. 불안한 마음을 추스르기 위해 한 번쯤 베란다 문을 열고 여자처럼 한밤중 불이 켜진 아파트가 있는지 애타게 찾아봤을지 몰라서. 받은 만큼 갚고 싶어서. 그것은 무언의 약속이자 의리 같은 것이었다.

여자는 불면의 밤이 시작되면 저쪽을 보고 있다는 사실을 알리기 위해 불을 껐다 켜 보기도 한다. 하지만 저쪽은 여자의 신호를 받지 못했는지 똑같이 불을 껐다 켜지는 않는다. 그러면 많은 이야기들이 궁금해진다. 하는 일이 무엇이며, 불을 밝히고 있는 사람은 여자인지 남자인지. 그저 밤낮이 뒤바뀐 생활을 하고 있어서 밤늦게까지 불을 켜 두는 것뿐인지, 아니면 여자처럼 불면증이 있는 것인지. 깊은 절망에 대해 아는지. 누군가의 갑작스러운 죽음을 겪어 본 적이 있는지. 밤에 소리 죽여 울어 본 적은 있는지. 얼음을 사탕이라 생각하고 맛 본 적이 한 번이라도 있는지. 그리고…… 혹시 자신을 아는지.

찬 공기를 오래 쐬서 추워진다. 여자는 창문을 닫고 부엌으로 들어간다. 냉장고 옆에 이불이 깔려 있다. 여자는 책이라도 읽어 볼까 한다. 재미도 없고 서사도 없어서 저절로 잠이 오는. 다행히 그런 책은 그렇지 않은 책보다 훨씬 많다. 여자는 냉동실에서 얼음 한 덩이를 꺼내 입에 넣은 뒤 읽을 만한 책을 찾아 들고 다시 부엌으로 간다. 잠시 걸음을 멈춰 서서 첫 페이지를 펼친다. 첫 장을 읽자마자 왜 샀지, 하고 후회했던 책이다. 하지만 오늘은 쓸모가 있을 것 같다. 세상의 모든 책들은 결국 나름의 가치를 갖고 태어난다. 여자는 냉장고에 등을 기대고 앉아 이불을 끌어다 무릎을 덮는다. 그사이 입 안에서 돌아다니던 얼음은 녹고 없다. 얼음은 언제나 결국 사라진다. 우리를 닮았다.

재미도 없고 서사도 없는 책을 열 장이나 읽었는데도 잠이 오지 않는다. 여자는 이 책의 쓸모를 잘못 판단했다 결론 내리고 미련 없이 덮는다. 등 뒤에서 냉장고는 징징거리며 여자의 등을 만진다. 때리는 것일까, 아니면 어르고 다독이는 중일까. 그날도 여자가 집으로 돌아와 가장 먼저 한 일은 냉장고에 등을 기대고 한참을 멍하니 서 있는 것이었다. 냉장고 우는 소리가 등을 지나 심장 깊숙이 파고든다. 어서 울라고 재촉하는 것도 같다. 냉장고 우는 소리에 여자도 결국 따라서 운다. 울고 나면 눈이 묵직해지거나 피로해질 것이고, 그러면 잠을 잘 수 있을 것 같아 나중에는 억지로 소리 내 울어 본다.

여자의 등을 단단하게 받치고 있는 냉장고는 여자의 첫 냉장고다.

엄마의 첫 냉장고는 여자가 중학교 1학년이 되었을 때 생겼다. 집에서 살림만 하던 엄마는 어느 날 갑자기 돈을 벌겠다고 선언했다. 혼자 버는 것보다 둘이 벌면 형편이 나아질 거란 말에 아버지는 빈말로도 말리지 않았다. 아버지는 오래전부터 엄마도 함께 일해 주길 바라 온 듯한 눈으로 미역국을 떠먹었다. 그 눈빛이 엄마에게는 서운하면서도 한편으론 오기가 나게 한 모양이었다. 엄마는 보름 동안 악착같이 일자리를 찾아 돌아다녔고, 마침내 자동차 부품 공장에 취직을 했다. 아침마다 출근하는 사람이 된 엄마는 스스로를 무척이나 자랑스러워했다. 매일 피곤해하면서도 월급날을 생각하면 희한하게 모두 참아진다고 말했다.

엄마는 첫 월급을 이틀 만에 다 써 버렸다. 돈을 벌면 꼭 사야 하거나 사고 싶었던 목록을 번호를 붙여 가며 50가지나 수첩에 적어 놓았는데 6번까지 지우고 났더니 월급이 한 푼도 남지 않았다. 그렇게 따지면 다음 달과 그다음 달 월급도 쓸 곳이 예약돼 있어서 며칠 만에 바닥날 게 뻔했지만 엄마는 돈을 벌어 좋은 점이 많다는 걸 알게 되었다. 남편의 눈치를 보거나 남편과 번거롭게 의견을 나누지 않고 사고 싶은 걸 살 수 있다는 것. 자식

들이 원하는 걸 오랫동안 고민하지 않고 들어줄 수 있다
는 것. 엄마는 자기 힘으로 집 안에 들인 물건들이 여기
저기서 반짝거리는 걸 보면서 진작 일을 할걸, 하고 후회
하기도 했다. 여자의 집은 엄마가 받는 월급만큼 넉넉해
졌다.

엄마가 첫 월급으로 산 첫 번째 살림이 냉장고였다.
번호 1번. 중고도 아니고 덩치가 작지도 않은, 흠집 하
나 없고 녹슨 데도 없는 금성냉장고. 냉장고는 찬장이
있던 자리에 놓였다. 엄마는 자신의 첫 냉장고를 굉장
히 아꼈다. 괜히 한밤중에 일어나 행주로 냉장고를 닦거
나 잠이 안 오면 문을 활짝 열어 놓고 느닷없이 냉장고
정리를 하곤 했다. 그것은 엄마에게 냉장 보관이 필요한
식재료를 마음 놓고 사다 둘 수 있는 즐거움을 주었고,
요리하는 재미에 빠진 엄마의 칼질 소리를 한 키 높여
놓았다. 엄마가 만든 음식은 냉장고 덕에 신선하고 맛도
훨씬 좋아졌다. 다른 집 엄마들이 그렇듯, 전기 요금 많
이 나온다며 자주 여닫지 말라는 고리타분한 잔소리도
했다.

엄마는 냉장고를 사기 전, 냉장고가 생기면 미숫가루
에 얼음을 동동 띄워 먹는 걸 제일 먼저 해 보고 싶다 했
고, 아버지는 차가운 수박을 숟가락으로 파먹고 싶다
했으며, 남동생은 겉면에 물방울이 송글송글 맺힌 우유
를 팩째 마시고 싶다 말했고, 여자는 보리차로 얼린 얼

음을 먹고 싶다고 생각했다. 냉장고가 들어오던 날 네 식구는 한꺼번에 원하던 것을 다 했고, 그 후로도 종종 각자가 원하는 것을 원하는 방식으로 하면서 때론 시원하고 가끔은 차갑게 지냈다. 행복한 풍경이었다.

이상한 건 냉장고가 생기면 매일 그렇게 원하는 걸 하고 살 것 같았는데 시간이 지나자 모든 게 시시해지기거나 시들해지기 시작했다는 것이었다. 여자는 얼음이 예전 친구 집에서 얻어먹던 것만큼 맛있지 않다는 걸 느꼈다. 어느 순간부터는 얼음을 얼리는 것도 귀찮아졌고, 여름에 얼음을 먹을 수 있다는 사실도 더 이상 신기하지 않았다. 얼음은 얼음일 뿐 사탕이 될 수는 없었다.

그즈음 엄마는 냉장고가 집에 어울리지 않는다는 걸 알게 되었다. 집에 비해 냉장고가 너무 크고 좋았던 것이다. 엄마는 냉장고에 맞는 집으로 이사를 가고 싶다고 생각했다. 엄마는 수첩에 적어 둔 남은 목록들을 모두 지우고 번호도 없이 한가운데 '집'이라고 큼지막하게 썼다. 집은 이제 엄마가 구매하고 싶은 유일무이한 목록이 되었고, 넓은 집으로 이사할 때까지 절약해야만 했다. 냉장고는 24시간, 사계절 내내 돌아갔으나 그 시작처럼 풍요롭지는 않았다. 엄마는 돈을 조금이라도 더 벌기 위해 야근에 특근까지 했고, 자주 피곤해했으며, 음식은 맛이 없어졌다.

그날은 특히 여자가 반찬 투정을 심하게 하던 아침이

었다. 도시락 반찬이 나흘째 똑같은 데다 간까지 맞지 않았다. 여자는 엄마한테 화를 내며 부엌 바닥에 도시락을 집어 던지고 학교에 갔다. 점심은 매점에서 컵라면과 크로켓 한 개로 때웠다. 그것은 엄마가 대충 싸 주는 도시락보다 훨씬 풍미가 있었다. 매일 이렇게 사 먹는 것도 나쁘지 않겠다는 생각이 들었다. 그러니까 엄마가 도시락 반찬에 신경을 안 쓴다는 핑계로 인스턴트를 마음껏 먹을 수 있다는 게 여자는 오히려 좋았다. 만족스러운 점심을 끝내고 매점을 막 나서는데 짝꿍이 다급하게 여자를 찾아와 이상한 소식을 전해 주었다.

사고의 원인은 잦은 야근과 불면증이었다. 일하다 깜빡 졸았던 게 안전사고로 이어졌다고 공장 관계자는 말했다. 짝꿍이 전해 주기로는 응급실이라 했는데 여자가 병원에 도착했을 때 엄마는 영안실로 옮겨진 상태였다. 엄마는 검은 기름때가 덕지덕지 묻은 작업복을 입고 있었다. 체구가 작은 엄마한테는 좀 크고 갑옷처럼 무거워 보이는 옷이었다. 여자는 그날 처음 엄마가 어떤 모습으로 공장에서 일하는지 알았다. 노동 환경이 그리 좋은 공장이 아니란 사실도. 일이 많이 어렵고 힘들었겠다는 것도. 엄마의 손톱 밑에도 더러운 기름때가 잔뜩 끼어 있었다. 그 또한 여자는 처음 봤다. 그 검은 손으로 엄마는 쌀을 씻고 열무를 다듬고 나물을 무쳤다. 여자는 엄마의 손을 잡았다. 냉장고 속을 감돌던 냉기처럼 차갑고 싸늘한 손이었다. 엄마가 마지막으로 전하고 싶은 말은 무엇이었을까. 결국 잘 살라는 말이었겠지. 이것저것을 다 합해도 삶은 사는 것밖에는 아니고, 거기서 '잘' 살면 성공한 거니까.

엄마를 꽁꽁 언 땅에 묻고 집으로 돌아온 여자는 목이 말라 부엌으로 갔다. 문 앞에서 여자는 자기도 모르게 멈춰 섰다. 엄마가 없는 자리에 커다란 냉장고가 우두커니 서 있었다. 냉장고를 산 지 이제 겨우 1년 반, 냉장고에 녹도 슬지 않은 시간이었다. 냉장고는 아무것도 모르는 듯 열심히 돌아가고 있었다. 하지만 분명, 그것은 울고 있었다. 여자는 냉장고에 등을 기대고 서서 그날 부엌 바닥에 던져 놓고 갔던 도시락을 먹었다. 밥은 얼음처럼 차갑고 딱딱했지만 엄마가 싸 준 마지막 도시락이었다.

그러나 여자에게는 울 여유가 없었다. 아무 일도 일어나지 않은 건 아니지만 아무 일도 일어나지 않은 것처럼 생각해야 했다. 엄마가 없어 더욱 가난해졌지만 가난하지 않은 듯 살아가야 했다. 그냥 살아가기도 아니고, '잘' 살기 위해서 여자는 다음 날부터 엄마를 대신해 아침 일찍 일어나 밥을 짓고 남동생의 도시락을 쌌다. 처음에는 서툴렀지만 점점 솜씨는 나아졌고 속도도 빨라졌다. 그 속도와 함께 여자는 고등학생이 되었고 대학생이 되었다. 그 모든 게 냉장고가 있어서라고 여자는 생각했다. 그것은 여자가 부엌에서 하는 수고를 덜어 주었다. 가끔은 여자가 해야 할 일을 대신해 주기도 했다. 냉장고가 있어서 쉴 수도 있었다. 그래서 여자는 냉장고가 부엌을 관장하거나 관조하는 신 같다고도 생각했다. 여자는 아버지의 아침과 저녁을 차려 주고 남동생의 도시락을 챙겨 주는 일이 지칠 때면 냉장고에 등을 대고 서서 눈을 감고 있곤 했다. 그러면 그것은 여자를 대신해 울어 주기까지 했다. 울지 않고도 운 것 같아서 여자의 가슴은 냉장고처럼 금방 차가워졌다. 냉정함이 필요했던 긴 시간이었다. 하는 일이 참 많은 냉장고는 그 자체가 당시 여자에게는 하나의 부엌이었고, 세계였다. 어디든 냉장고가 있는 곳이 부엌이었고, 부엌이 없으면 냉장고가 곧 부엌이 되었다.

여자가 취직을 하고 집에서 독립했을 때 아버지가 독립 선물로 사 준 것도 그 작은 부엌, 냉장고였다. 아버지가 대리점에서 직접 골랐다는 냉장고는 혼자 사는 여자가 쓰기에는 굉장히 용량이 컸다. 들어가서 지내도 될 정도로 안은 깊고 넓었다. 여자는 아버지가 일부러 큰 냉장고를 골랐을 거라고 생각했다. 첫 냉장고가 원룸으로 들어오던 날 여자는 늦은 저녁 아버지에게 전화를 걸어 물었다. 왜 하필 냉장고냐고. 아버지가 말했다. 세탁기는 없어도 빨래가 썩거나 상하지 않지만 음식은 금방 상하는 거라 꼭 필요하잖니. 그리고 이어 말했다. 냉장고는 엄마 같은 것 아니냐.

그렇게 말했던 아버지는 여자가 떠난 자리가 컸는지 연애를 하기 시작했다. 아버지에게도 엄마가 필요했던 것이다.

밤이 되면 여자는 자주 허기를 느낀다. 가끔은 참을 수 없을 정도로 크게 느끼기도 한다.

그러면 먹는 수밖에 달리 도리가 없다. 허기를 달래지 않으면 잠이 오지 않는다. 불면증을 극복하기 위해 배가 고프지 않은데도 억지로 먹을 때도 있다. 식곤증이라도 유도해 보려고 노력하는 것이다. 그러나 대체로 불면과 허기는 동시에 찾아온다. 잠이 안 와서 허기가 지는 것인지 허기 때문에 잠이 안 오는 것인지 알 수 없으나 둘은 꼭 붙어 다니며 그렇지 않아도 무력한 여자의 밤을 괴롭힌다. 배고픔도 불면증만큼이나 고통스럽다.

창밖의 눈은 눈처럼 내리고, 보일러 돌아가는 소리와 냉장고 우는 소리가 번갈아 들린다. 양을 세듯 소리의 리듬에 맞춰 숨을 쉬어 보지만 이번에도 잠이 드는 건 실패다. 배고픔이 더 크기 때문일까. 울음이 터져 나올 것만 같다. 여자한테는 무엇으로든 그 입을 틀어막고 싶은 밤이다. 크게 울어도 울음을 알아차릴 사람 하나 없고, 그래서 몰래 울 필요도 없는 처지지만 여자는 왠지 울고 싶지 않다. 오늘 밤의 울음은 패배 같기 때문이다. 여자는 결국 자리에서 벌떡 일어나 냉장고 앞으로 가 앉는다. 이불을 머리 위까지 둘러쓰고 냉장고 문을 연다. 새어 나오는 노란 불빛에 여자의 눈이 잠시 찌푸려진다. 그것은 창밖의 가로등 불빛을 닮아 있다. 노란 가로등 불빛을 지나는 눈송이처럼, 눈은 내리지 않지만 그 안도 바깥만큼이나 차다. 그리고 바람 없이 춥다. 여자는 이불 밖으로 오른쪽 발을 내밀어 냉장고 문이 닫히지 않도록 잡아 둔다. 그렇지 않아도 수족 냉증이 있는 발가락 끝이 냉기에 찌릿해진다.

아버지가 사 준 냉장고는 듬직할 만큼 크다. 옆으로 눕히면 그것은 진짜 커다랗고 두툼한 입술 같을 것이다. 가끔은 거대한 위장처럼 보이기도 하고, 깊은 지하 동굴 같기도 하며, 작동이 간편한 단순한 상자로 여겨지기도 한다. 안은 빈 공간을 조금도 허용하지 않겠다는 듯 음식으로 가득 차 있다. 냉장고가 이보다 더 컸다면 더 많은 음식으로 채워져 있었을 것이다. 가끔은 빈틈없이 꽉꽉 채워진 냉장고를 들여다보는 것만으로도 허기가 잠잠해질 때가 있다. 부자가 된 느낌도 든다. 반대로 냉장고가 비어 있으면 배가 고프지 않은데도 배가 고프다는 생각이 든다. 이 모든 게 다 최근에 벌어진 일이다. 여자는 사냥할 타이밍을 노리는 맹수처럼 냉장고 속 음식을 응시하며 허기가 수그러들기를 기다린다. 하지만 오늘 밤은 이 또한 실패다.

여자는 식빵에 마요네즈를 듬뿍 발라 입에 넣는다. 아니 틀어막는다. 조금만 늦었어도 패배할 뻔한 것을 식빵이 구해 준다. 여자는 이어서 사각 어묵을 롤케이크처럼 돌돌 말아 두 번 만에 베어 먹고, 귤을 까서 한입에 넣은 뒤, 딱딱하게 굳은 피자 두 조각을 겹쳐서 뜯어 먹다가, 콜라를 한 번도 멈추지 않고 마시고 나서는, 청국장에 썰어 넣을 생두부를 손으로 파먹고, 날달걀을 송곳니로 구멍을 뚫어 쪽쪽 소리 내어 빨아 먹는다. 마치 대결에 나선 푸드 파이터 같다. 그런데도 허기는 가시지 않는다. 그렇다고 맛으로 먹는 것도 아니다. 맛에 대해서라면 아무것도 느낄 수 없다. 그저 다 같은 맛이 난다. 이걸 먹어도 저걸 먹어도 맛이 안 나는 맛이다. 이상한 것은 이렇게 한밤중에 먹는데도 살이 찌지 않는다는 것이다. 살이 찌지 않아 여자는 더 안심하고 먹게 된다. 먹은 만큼 살이 찐다면 그것을 핑계 삼아서라도 멈출 수 있을 텐데. 더 이상한 것은 이렇게 먹는데도 냉장고는 여전히 꽉꽉 채워져 있다는 사실이다. 생각보다 허기가 작은 걸까, 냉장고가 큰 걸까, 음식이 많은 걸까, 위장이 작은 걸까. 여자는 무엇 하나 줄지 않는 지금의 상황이 화수분 같아 겁이 난다. 여자가 갑자기 먹기를 중단한다. 그러자 기다렸다는 듯 울음이 터지고 만다. 눈물은 아까부터 나고 있었지만 음식이 입을 틀어막고 있어서 울지 않았다고 착각하고 있었을 뿐이다. 눈물은 소리가 없어서 그것을 증명하려면 입이 필요하다. 입이 있어도 소리가 전해지지 않는다면 그 또한 눈물을 증명할 수 없다. 눈물은 금방 말라 버리기에. 그래서 여자는 눈물을 증명하는 또 하나의 방법을 알고 있다.

여자의 입에서 흘러나온 울음소리가 냉장고의 커다란 입속으로 들어간다. 늦은 밤 냉장고만이 여자의 울음을 허용한다. 그리고 알아차린다. 알아주는 존재가 있어서 울음소리는 점점 더 커진다. 커다란 냉장고 때문에 더 크게 울리는 것도 같다. 울음소리는 얼어서 눈이 되고, 그것은 가로등 불빛을 닮은 노란빛을 지나 눈처럼 내린다. 여자는 점점 추워진다. 보일러가 높은 온도를 유지하며 돌아가고 있고 이불을 둘러쓰고 있는데도 몸이 덜덜 떨린다. 여자는 추워서 허기를 잊는다. 여자는 냉장고 문을 누르고 있던 발을 거두어 이불 속으로 집어넣는다. 그러자 냉장고 문이 자력에 이끌려 저절로 닫힌다. 노란 가로등이 꺼지고 눈은 보이지 않는다. 가로등이 꺼진 게 아니라 눈이 멈춘 걸까. 여자는 이불을 쓴 채그대로 냉장고 옆에 쓰러지듯 눕는다. 방바닥은 뜨겁고 딱딱하게 얼었던 몸은 노곤하게 녹아든다. 잠이 올 것 같다. B는 잠을 설친 적도 울어 본 적도 없겠지. 먹고 먹어도 좀처럼 끝나지 않는 허기를 느낀 적도.

　　B는 대학교 과 선배였다. 여자가 기억하는 B의 대학생 때 모습은 그리 선명하지 않았다. 활동적인 사람이 아니라서 학교생활 내내 몇 번밖에 보지 못한 데다 이름만 겨우 알고 있어서 그렇게밖에 표현할 수 없었다. B는 선후배는 물론이고 동기들과도 어울리지 못했다. 선배를 대접할 줄도 후배를 챙길 줄도 몰랐다. 늘 혼자 학생 식당에서 저렴한 백반으로 끼니를 때웠고 수업도 혼자서 들었다. 전공 과목 수업 때도 동기들과 멀찍이 떨어져 구석에 앉았다. 그렇다고 공부에 매진하는 것도 아니었다. 성적이 우수해서 학기마다 장학금을 받는 처지는 아니란 얘기였다. 겨우 학사 경고를 면하는 수준의 학점을 받았다. 그저 어떻게든 남들 눈에 띄지 않게 조용히 지내다 졸업하는 게 유일한 목표인 것처럼 보였다. 공부를 잘해 장학금을 받으면 그 또한 사람들한테 거슬리는 존재가 되므로 일부러 학점을 조절하는 거라고 말하는 사람도 있었다. 그래도 수업은 빠지지 않고 꼬박꼬박 출석했는데, 그걸 두고 사람들은 대리 출석해 줄 친구가 없어서일 뿐이라고 수군거렸다. 시간이 지나면 B 같은 부류에게는 소문이 무성하게 따라다니게 되어 있었다.

B에 대한 소문은 극과 극을 오갔다. 굉장한 부잣집 아들인데 신분을 감추기 위해 사람들과의 접촉을 일부러 피하는 거라는 낭만적인 소문과 소년원 출신이라는 어둡고 칙칙한 소문까지. B는 사람들 속에서 소문만 무성한 채로 지내다 소문처럼 무사히 대학을 졸업했다.

여자가 B를 다시 만난 건 출근하는 지하철에서였다. 지하철이 막 출발하는데 뒤에서 누군가 어깨를 가만히 두 번 두드렸다. 고개를 돌려 보니 모르는 남자가 여자를 쳐다보며 부드러운 미소를 짓고 있었다. 누구세요? 라는 여자의 한마디에 B는 자신에 대해 아주 선명하게 설명하기 시작했다. 여자는 놀란 표정을 지었다. 여자의 이름을 알고 있어서도, 먼저 여자한테 다가와 알은체를 해서도 아니었다. 대학교 때의 B와는 전혀 다른 인상을 하고 있었기 때문이었다. 검정색 뿔테 안경을 쓴 하얀 얼굴은 스마트했고, 다이어트를 혹독하게 했는지 수트가 잘 어울리는 몸매로 바뀌어 있었다. 여자는 신분을 감춘 굉장한 부잣집 아들이란 소문이 진짜였나, 하고 속으로 생각했다.

B는 여자보다 한 정거장 전에 탔다가 한 정거장 나중에 내렸다. B의 집은 여자보다 한 정거장 전에 있었고, 회사는 여자보다 한 정거장 다음에 있었다. 두 사람의 출근 시간과 퇴근 시간은 거의 비슷했다. 그래서 시간만

어기지 않으면, 그러니까 정해진 시간에 도착하고 출발하는 지하철을 놓치지만 않으면 두 사람은 매일 만날 수 있었다. B는 어느 날 출근할 때와 퇴근할 때의 지하철 칸 번호를 알려 주며 거기서 기다리겠다고 말했다. 말하자면 데이트였고, 자연스럽게 서로에게 스며들 듯 시작된 연애였다. 여자는 매일 '거기서' B를 만났고, B는 '거기서' 매일 여자를 기다려 주었다. 그리고 '거기서' 여자는 B에 대해 매일 조금씩 알아 가게 되었다.

B는 굉장한 부잣집 아들도 아니었고, 그렇다고 어두운 소년원 출신도 아니었다. B는 그저 평범한 남자일 뿐이었다. 환경에 따라 자신을 바꿀 줄 아는 사람. 학생 때는 타인의 눈치를 보지 않고 마음껏 자유를 즐기다 사회에 진출해서는 적극적으로 거기서 요구하는 색깔에 맞추어 자신을 변화시킬 줄 아는. 자기 안에서 원하는 게 무엇이고, 또 자기 바깥에서 바라는 게 무엇인지 알고 스스로를 훼손하지 않는 한도 내에서 변신하는 사람. 타인에게 피해를 끼치지 않는 범위 내에서 적당히 균형을 유지할 줄 아는 사람.

매일 출퇴근길에 이뤄지는 B와의 설레는 데이트 덕에 여자는 징글징글하고 고단했던 출퇴근길을 몹시 기다리게 되었다. 그토록 길고 무료하게 느껴지던 지하철 안에서의 따분한 시간들이 너무도 금방 지나가 버려서 집과 회사가 좀 더 멀었으면 좋겠다고 생각했다. B와의 헤어짐은 늘 아쉬웠다. 내려야 할 역이 다가와 하던 얘기가 중간에 끊기면 퇴근길 지하철이나 다음 날 출근길 지하철에서 만나 얘기를 이어 갔다. 아무리 다음 이야기가 궁금해도 밤에 전화를 하거나 문자를 보내지 않았다. B의 잔잔한 눈을 들여다보고, 옷에서 나는 깨끗한 냄새를 맡고, 손가락을 만지작거리면서 오감을 자극받으며 듣는 얘기가 얼마나 달콤한지 알기 때문이었다. 보통의 연인들처럼 함께 영화를 보거나 커피숍에 앉아 아메리카노를 마시지 않아도, 주말이 되면 교외로 굳이 드라이브를 가지 않더라도 불만이 생기지 않는, 꽤 신선하고 독특한 데다 질리지 않는 데이트 코스라고 생각했다. 유리 지갑 직장인에게는 더할 나위 없이 경제적인 연애이기도 했다.

어느새 여자에게 데이트는 일상이 되어 있었다. 일을 하듯, 일의 연장선에서 하는 데이트였기에 출근하지 않는 주말에는 데이트를 쉬고 각자가 원하는 다른 일상을 이어 갔다. 밀린 빨래를 돌린다든가 친구를 만난다든가 하는 사적인 일들을. 간혹 어느 한쪽이 야근이나 중요한 회식이 잡혀 지하철에서 만나지 못하게 될 때는 주말의 하루 정도를 평범한 연인들이 보내는 방식으로 데이트를 즐겼다. 영화를 보고 커피를 마시고 저녁을 먹은 뒤 모텔에 가는 순으로. 어쩌다 한 번쯤은 시시한 연인이 되어 보는 것도 나쁘지 않았다.

그러던 어느 날 여자는 정해진 시간에 도착한 출근길 지하철에서 B를 만나지 못했다. 지하철이 연착될 만한 사고가 있었던 날도 아니었다. 처음 있는 일이라 여자는 걱정이 되어 덜컹거리는 지하철에서 B에게 전화를 걸었다. 전화기가 꺼져 있다는 멘트가 덜컹거리며 흘러나왔다.

다행히 여자는 그날 퇴근길 약속한 칸에서 B를 다시 만날 수 있었다. 그러나 표정이 어딘지 모르게 어두워 보였다. B는 여자한테 몇 마디 인사를 건네고는 뭔가를 심각하게 고민하는 얼굴로 새까만 유리창만 오랫동안 쳐다봤다. B는 끝까지 시시한 연인이 되고 싶지 않았던 걸까. 여자가 내려야 하는 역이 안내 방송에서 흘러나오길 기다렸다가 B가 말했다. 헤어지자. 여자는 그 말에 대한 대답이며 이유를 물을 시간도 얻지 못한 채 지하철에서 쫓기듯 내려야만 했다.

그에 대한 이유는 다음 날 출근길 지하철에서 들을 수밖에 없었다. 여자는 초조하게 출근 준비를 마치고 지하철을 기다렸다. 그리고 문이 열렸다. 여자는 그때까지도 B로부터 엊저녁에 들은 그 말이 '지하철 데이트'란 특수한 연애 방식을 노린 B의 장난이라고 생각했다. 자칫 지루해질 수 있는 데이트 패턴에 약간의 긴장감을 주려는 그의 귀엽지만 잔인한 노력이라고. 약속한 칸에 B가 굳은 얼굴로 고개를 숙이고 앉아 있었다. 여자는 가까이 다가가 B 앞에 손잡이를 잡고 서서 물었다. 헤어지자는 말이 정말이냐고. 고개를 들어 여자를 올려다보던 B가 시선을 떨어뜨린 채 고개를 끄덕였다. 여자는 이유를 물었다. B는 오랫동안 꾸물거렸다. 그럴수록 여자는 다그쳤다. 이유를 알아야 헤어지든 말든 할 거 아니냐며. B는 계속 꾸물거렸고, 여자가 내려야 할 역은 점점 다가오고 있었다. 말하라고! 여자는 크게 소리를 질렀다. 승객들이 동시에 여자를 쳐다봤다. 그 시선이 창피했는지 B가 마지못해 입을 열었다. 못생겨서. 그러고는 조금 있다 덧붙였다. 애교도 없고. 그 말을 남기고 B는 내려야 할 역에서 내렸다. 내려야 할 역을 이미 놓쳐 버린 여자는 종점까지 갔다. 회사에 두 시간이나 지각한 여자는 그날 팀장한테 심한 꾸중을 들어야 했다. 결국 여자의 연애의 시작은 지하철이었고, 이별도 지하철이었다.

여자는 지하철에서 더는 B를 만날 수 없었다. 일부러 다른 노선을 이용하거나 탑승 시간을 늦추거나 빨리한 거라고 생각했다. 여자는 적어도 B가 얼굴도 예쁘고 애교도 많은 여자를 만나고 있을 거란 걸 알았다. 어쩌면 그 여자 또한 지하철에서 만났을 수도 있다. 지하철에는 여자가 많았다. 그만큼 선택의 기회도 많았다. 여자는 그중 하나였을 뿐이었다. 지하철을 이용하는 수많은 여자 중 잘못 선택한 한 명. 돈이 들지 않는 경제적인 데이트라 누구와 해도 무방했을 그런 연애. 경제적이라 당장 그만두어도 아깝거나 아쉬울 게 없는 그런 관계.

출퇴근길은 다시 지긋지긋하고 피곤해졌고, 여자는 집에 돌아오면 알 수 없는 허기에 시달렸다. 몸이 종종 달아오르면 여자는 열을 식히기 위해 냉장고에서 얼음 틀을 꺼내 무릎 위에 올려놓고 얼음을 한 개씩 집어 먹었다. 얼음을 먹고 있으면 저절로 눈물이 났다. 얼음은 울음이었다. 분노, 미움, 원망, 증오, 억울함, 복수심 같은 온갖 복잡한 감정들이 혼합되어 만들어진 눈물이 네모진 얼음 틀 속으로 떨어져 고였다. 그렇게 여자는 자신도 모르게 B 때문에 흘린 눈물을 모았다. 여자의 울음은 냉장고 속으로 들어가 차갑게 얼었다. 참 열심히도 울었고, 그래서 더 이상 쏟을 눈물이 없다고 여긴 어느 날 여자는 냉장고에 얼려 둔 눈물을 꺼냈다. 고작 두 덩어리에 불과했다. 여자는 두 개의 차디찬 얼음을 한꺼번에 입에 넣었다. 오래된, 한때의 자기 눈물을. 무수한 밤, B 때문에 흘렸던 눈물의 증명을. 조금 짰다. 그것은 세상에 존재하지 않을 것 같은 '소금 사탕'이었다. 얼음은 금방 녹았고, 그렇게 여자는 자기 눈물을 삼켰다. 결국은 조금 짠맛이 나는 물일 뿐인 그것을.

밤이 되면 여자는 자주 외롭다고 느낀다. 가끔은 '외롭다'가 '괴롭다'로 바뀌기도 한다.

고독은 입구만 있고 출구는 없는 것 같다. 그러니 버틸 용기가 없다면 되도록 문을 열고 들어가지 말아야 한다. 여자는 괴로워질까 봐 베란다로 나가 창문을 활짝 연다. 하늘에서는 작고 하얗고 가벼운 얼음이 내린다. 사이사이, 간혹 눈이 눈물처럼 무겁게도 떨어진다. 오늘은 올해의 마지막 날이다. 그러니까 내일은 '화이트 설날'이 될 전망이다. 그런데 여자는 당장 전화할 데가 없고 이야기를 나눌 상대도 없다. 여자는 너무 늦은 시간이라서, 라고 생각해 버린다. 아무도 없어서가 아니라 밤이니까 그렇다고. 여러모로 밤은 합리화하기 좋은 시간이다.

대신 여자는 청아아파트 맨 왼쪽 위에서 두 번째 칸을 쳐다본다. 불이 꺼져 있다. 그새 이사를 갔거나 혹시 어디가 아픈 걸까. 여자는 괜히 걱정이 된다. 무슨 일이 생긴 건 아닌지. 아니면 연말이라 대부분의 사람들처럼 지인과 함께 제야의 종소리를 들으러 시내로 나갔을까. 그런 생각이 들자 여자는 문득 배신감을 느낀다. 의리를 지킬 줄 안다고 믿었는데. 여자는 배신자가 되지 않기 위해 잠이 오는 밤에도 일부러 불을 켜 두고 잠자리에 들곤 했는데. 여자의 섭섭한 마음이 전해진 걸까. 그때였다.

어디선가 첫 번째 타종을 마친 제야의 종소리가 희미

하게 들려오자, 맨 왼쪽 위에서 두 번째 칸에 기적처럼 불이 들어온다. 그러고는 조금 있다 다시 꺼진다. 점멸이 여러 번 반복된다. 여자한테 보내는 신호다. 늦은 밤마다 당신의 존재를 알고 있었다는. 배신자가 아니라는. 여자는 섣부른 오해가 괜히 미안해져 얼른 거실로 뛰어가 자기도 똑같이 저쪽을 향해 신호를 보낸다. 여러 번 불을 껐다 켜는 것으로. 어둡고 고요한 밤, 불빛으로 포장한 새해 선물이 핑퐁처럼 오랫동안 먼 거리를 오간다. 그렇게 한밤의 고독을 절반씩 나누어 갖는다.

선물 교환을 끝낸 여자는 창문을 닫고 부엌으로 들어온다. 마침 냉장고 우는 소리가 들린다. 냉장고는 울어야 제 일을 해낼 수 있다. 한참 서서 가만히 소리를 듣고 있던 여자가 냉장고 문을 연다. 가로등을 닮은 노란불이 켜지고 안에서 차가운 냉기가 흘러나온다. 여자는 상체를 기울여 냉장고 속 깊숙이 자신을 집어넣는다. 그러고는 소리 내 울어 본다. 한 가지 이유 때문인 것 같기도 하고 여러 가지 문제 때문인 것 같기도 하다. 어쩌면 제 일을 해내기 위해서인지도 모른다. 소리가 울려 퍼지고, 이번에는 냉장고가 아니라 여자가 자신의 눈물을 허용한다. 울자 차가운 눈물이 흐르고 여자의 몸은 따뜻해진다. 따뜻해지기 위해서는 차가운 게 필요하고 차가워지기 위해서는 따뜻한 게 필요하다. 오늘 밤 여자는 잠이 안 오고, 허기는 가시지 않으며, 외로움이 괴로움으로 바뀌어도 괜찮을 것 같다고 생각한다. 눈 오는 새해니까. 살아가는 날들 중에는 부끄러운 것들이 훨씬 많으니까. 여자는 울음을 그치고 냉장고 문을 닫기 위해 허리를 편다. 그때 냉장고가 좀 더 크게 소리 내 물어본다. 잘 살고 있느냐고.

이불

남자가 눈을 떴다.

한때 매일 아침 울리며 기상 시간을 알리던 「내가 제일 잘나가」가 아닌 숟가락 떨어지는 소리에. 간신히 눈을 떴지만 방바닥이 모처럼 뜨끈해서 당장은 일어나고 싶지 않았다. 남자는 시체처럼 가만히 누워, 게으른 거북이마냥 눈만 끔뻑이며 창밖을 내다봤다. 눈이 내리고 있었다. 크리스마스를 2주 앞두고 내리는 첫눈이었다. 남자는 메마른 목소리로 눈이네, 라고 읊조린 후 한없이 늘어지고 싶은 마음에 창문을 향해 조금 돌아누웠다.

남자는 나른하게 가물거리는 눈동자로 눈송이 하나가 떨어지는 모양을 주의 깊게 지켜봤다. 아무리 평년보다 포근한 겨울이 될 거라고 기상청에서 떠들어 대도 첫

눈은 꼭 내렸다. 늦더라도, 반드시. 그건 마치 늦더라도 기필코 뭔가를 '이룬다'거나 '해낸다'는 뜻 같기도 했다. 그러니까 저 눈은 지금 높은 데서 떨어지면서, 부딪치고 깨지면서 무언가를 이루고 있는 셈이었다. 녹아 없어지면서 드디어 해내고 마는 것이었다. 뭔가를 이루거나 해내는 것이 저렇듯 흔적 없이 사라지는 방식이라면 남자도 얼마든지 그럴 수 있을 것 같았다.

문득 남자는 첫눈에는 사람을 설레게 하는 기묘함 같은 게 있다고 생각했다. 다만 남자가 아쉬운 건 그 수많은 첫눈들을 늘 혼자서 맞이했다는 것이었다. 오늘의 첫눈이 유독 쓸쓸하게 다가오는 건 분위기 있는 카페나 어수선한 회사의 커다란 유리창이 아닌 어두컴컴한 반지하 창문으로 그것을 올려다보고 있기 때문이었다. 창문이 지상으로 절반만 걸려 있어서인지 기분도 딱 반토막이 났다. 눈뿐만 아니라 날씨가 화창한 날에도 남자의 방에는 햇볕이 절반만 들어왔다. 생활력이 충분치 않으면 햇볕마저 충분하게 볼 수 없는 것이다.

남자의 눈꺼풀이 막 감기려는 그때, 숟가락 떨어지는 소리가 한번 더 들렸다. 다시 들으니 그건 '떨어지는'게 아니라 일부러 '떨어뜨리는' 소리 같았다. 남자는 뒤늦게 어제 지방에서 엄마가 올라왔다는 사실을 기억해 냈다. 그 엄마가 좁다란 부엌에서 얼른 일어나라고 울리는 알람 소리였다. 더불어 오늘의 첫눈을 혼자 맞는 게 아니라는 걸 알리는 부산한 움직임이기도 했다. 그 엄마는 아무것도 모르므로 남자는 정신을 차린 뒤 무거운 몸을 재빨리 일으켜 세웠다.

"밖에 눈 온다."

다리가 양쪽으로 휜 엄마가 허리를 잔뜩 구부린 채 상을 들고 방으로 들어왔다.

"밥 먹고 회사 가야지."

남자는 아침을 먹지 않고 출근하는 타입이었다.

"늦었어."

남자는 자리에서 일어나 헝클어진 머리를 쓸어 올리며 말했다.

남자는 부엌 옆으로 난 화장실 겸 목욕탕으로 들어가 후다닥 이를 닦고 세수를 마쳤다. 춥기도 하고, 결정적으로 귀찮아서 머리는 감지 않기로 했다. 남자는 다시 방으로 들어와 먼지 쌓인 양복을 챙겨 입은 뒤 넥타이를 매고 양말을 신었다. 엄마가 남자의 출근 준비하는 모습과 동선을 하나도 놓치지 않고 지켜보고 있었다. 남자는 마지막으로 코트를 입고 백팩을 손에 든 채 서둘러 방을 나서며 엄마한테 물었다.

"진짜 혼자 갈 수 있겠어?"

남자는 문턱에 앉아 구두 뒤축을 손가락으로 당기고 발을 집어넣었다.

"내가 서너 살 먹은 애도 아니고 걱정할 것 없다. 코

닿는 덴데 뭘."

엄마는 아서라는 듯 손사래를 쳤다.

"그나저나 한 술이라도 뜨고 가면 좋을 텐데."

아쉬움과 섭섭함이 묻어나는 목소리였다.

"늦었다니까."

남자는 방 쪽으로 조금 돌아앉아 엄마를 쳐다봤다.

"이따 끝나면 전화나 줘."

남자가 말했다.

"응."

"길 미끄러우니까 조심하고."

남자는 백팩을 메고 문턱에서 일어났다.

"열쇠는 쓰레기봉투 밑에 놔둬."

남자는 소맷부리를 걷어 시계를 들여다본 뒤 다소 분주하고 시끄러운 몸짓으로 현관문을 열고 나섰다. 지상으로 향하는 일곱 개의 계단을 오르자 올해의 첫눈이 남자의 어깨 위로 느긋하게 떨어졌다.

집에서 멀어질수록 남자의 소란스러운 움직임과 발걸음은 점차 느려졌다. 어느 지점에 이르러서는 두 발을 접착제로 붙여 놓은 듯 바닥에서 꼼짝하지 않았다. 손이 시려웠다. 급하게 나오는 척하느라 장갑 챙기는 걸 잊어버린 것이다. 남자는 멍하니 서서 눈이 내리는 거리의 이쪽과 저쪽을, 출근하느라 저쪽에서 이쪽으로 바삐 움직이는 사람들을 쳐다봤다. 다들 진지한 표정으로 종종 걸음 치고 있었다. 그중 어디로도 갈 곳이 없는 사람은 남자뿐인 것 같았다. 지상과 연인들의 마음이라는 목적지를 가진 '첫눈'과 어딘지 알 수는 없으나 어딘가를 향해 부지런히 걷고 있는 사람들과 달리 남자에게는 목적지가 없었다. 그럼에도 오늘 남자는 어디로든 가야 했다. 출근길과 다른 길을. 남자는 눈과 추위를 피하기 위해서라도 멈추었던 발을 다시 떼야 했다. 얼어붙어 버렸거나 너무 무거워서 움직이지 않을 것 같던 그것은 다행히 바닥에서 잘 떨어졌다. 아침을 안 먹는 타입인데도 할 일 없이 거리로 내쫓기듯 나와서인지 남자는 배가 고프다고 느꼈다. 그냥 밥이나 먹고 나올걸.

남자는 아침상에서 모락모락 피어오르던 하얀 김과 청국장 냄새를 떠올리며 고인 침을 삼켰다. 그 침마저 달고 맛있었다. 남자는 허기진 속을 달래 보려고 천천히 걸으며 백팩에서 립밤과 핸드크림을 꺼냈다. 가진 게 아무것도 없거나 옆에 아무도 없다고 느낄 때 그것을 바르면 불안한 마음이 조금 가셨다. 촉촉한 입술과 곱고 부드러운 손. 미연은 립밤과 핸드크림을 수시로 발라 대는 남자를 보며 계집애 같다고 보조개를 보이며 웃곤 했다. 불안한 심리에서 나온 강박적인 행동이란 건 알지 못하고. 또한 누군가에게 보드라운 감촉으로 키스하고 손을 잡기 위해서인 것도 모르고. 지금 쓰고 있는 립밤과 핸드크림은 미연이 사 준 것이었다. 두 개가 동시에 떨어지자 안절부절못하는 남자를 보고 웃을 일이 아니란 걸 뒤늦게 깨닫고 편의점으로 한달음에 달려가 사 왔던. 미연은 남자의 손에 그것을 쥐어 주며 거친 호흡과 땀에 젖은 목소리로 말했었다. 이젠 내가, 옆에 있지, 않느냐고.

남자의 심장 안으로 다시 불안한 감정이 찬바람처럼 훅, 끼쳐 들어왔다. 핸드크림은 말라 버렸고, 립밤은 가뭄 맞은 논바닥처럼 밑을 훤히 드러내고 있었다. 아쉬운 대로 새끼손가락으로 잔여분을 파내어 입술에 발라 봤지만 불안감을 잠재우기엔 역부족이었다. 남자는 흩날리는 눈발 사이로 시리게 보이는 녹색 간판을 향해 급하게 걸었다.

편의점으로 들어서자 유명 피아니스트가 진행하는 라디오 방송이 막 시작되고 있었다. 첫눈에 대한 디제이의 들뜬 오프닝 멘트에 이어 노랫말에 '눈'이 들어간 대중가요가 발랄하게 흘러나왔다. 남자는 편의점 진열대 앞에 서서 핸드크림과 립밤을 골랐다. 화장품 매장이 아닌 편의점에서 사 보기는 처음이었다. 화장품 전문점처럼 종류가 다양하지 않아서 고를 때 고민이 따로 필요하지 않은 건 편하고 좋았다. 남자는 미연이 사 주었던 것과 다른 걸로 고르려 애썼다. 애쓰다 보니 피치 못하게 상대적으로 비싼 걸 집어 들어야 했다. 그러니까 미연은 그날 편의점에서 가장 저렴한 물건을 남자에게 사

주었던 것이다. 그때도 남자를 향한 미연의 마음은 그만큼 싸구려였던 것일까. 남자는 코트 주머니에 넣어 둔 핸드크림과 립밤을 편의점 쓰레기통 중 '일반 쓰레기'라 적힌 곳으로 던져 넣었다.

핸드크림과 립밤을 불안하지 않을 만큼 듬뿍 바른 남자는 따뜻한 두유를 들이켜며 차분하게 휴대폰을 들여다봤다. 그러나 잡히는 무료 와이파이가 없어서 오랫동안 붙잡고 있을 수는 없었다. 추리닝이나 평상복 차림이면 그러려니 할 텐데 정장을 멀끔하게 차려입고 편의점에 앉아 있으니 오히려 더 백수 티가 나는 것 같았다. 점원도 달랑 두유 한 병 놓고 오래도 죽치고 있다는 듯한 눈초리로 한번씩 힐끔거렸다. 그만하면 값에 비해 너무 오래 앉아 있는 거 아니냐며 빨리 나가라고 눈치를 주는 것도 같았다. 남자는 그런 점원에게 자신의 알람을 크게 틀어서 들려주고 싶었다. 한때 아침 6시 30분이면 꼬박꼬박 남자를 깨워 주던 「내가 제일 잘나가」라는 노래를.

직장을 구하는 게 누구에게나 '고시'가 되어 버린 세상에서 취직이란 걸 하게 됐을 때 남자가 가장 먼저 한 일은 기상 시간을 정해 알람을 맞추는 것이었다. 굳이 6시 30분이 아니어도 됐지만 남들보다 30분 일찍 회사에 도착함으로써 30분 일찍 성실해지면 30분 일찍 상사로부터 인정받을 수 있을 같아 정하게 된 시간이었다. 연봉이 높은 회사가 아니라도, 대기업이 아니어도 당시에는 취직을 했다는 것만으로 충분히 '내가 제일 잘나가'라 크게 노래 불러도 되는 분위기였다. 그 가사가 남자를 깨우면 아무리 몸이 아프고 고단해도 게으름을 피울 수 없었다. 남자는 망설임 없이 자리에서 일어나 찬물로 세수부터 했다. 그러곤 투명하도록 맑아진 정신으로 얼룩덜룩한 세면대 거울을 들여다보며 생각했다. 드디어 나도 알람을 가진 인간이 되었구나. 반드시 일어나야 하는 시간이 있다는 건 생활과 생계에 리듬이 생겼다는 걸 의미했다. 매달 정해진 날짜에 적금을 부을 수 있고, 주말에는 쉬며, 치약과 샴푸가 같은 자리에서 일정한 속도로 줄어들다 교체되는 것. 그러니까 사람이란 햇빛을 보지 않고 곤혹스럽게 쑥과 마늘을 100일 동안 먹어서 되는 게 아니라 알람을 설정하는 순간부터 자연스레 되는 것이었다. 남자는 취준생일 때 골방에 틀어박혀 어둡게 지냈던 수많은 계절을 떠올렸다. 일주일 내내 쉬면서 치약과 샴푸가 들쭉날쭉 소비되던, 곰의 시절이었다. 오히려 쑥과 마늘을 먹어서 도저히 인간이 될 수 없었던 오늘날의 곰.

남자는 '해제'로 바꿔 둔 알람의 설정 버튼을 눌러 봤다. 2년 전, 첫 출근을 하며 맞춰 둔 알람이었다. 이대로 두면 내일 아침에도 6시 30분에 알람이 분명 울릴 테지만 그 시간에 일어나 봤자 할 일이라곤 알람을 끄는 것밖에 없을 것이다. 남자는 그 시간에 깨어나 어둡고 공허한 기분과 만나는 일이 없도록 다시 해제 버튼을 꾹 눌렀다. 대신 오랜만에 자신도 듣고 점원에게도 알람음을 들려주고 싶어서 벨 소리를 선택하려는데 전화가 왔다. 엄마였다.

"도착했어?"

남자는 전화를 받자마자 물었다.

"곧 검사 들어간다."

엄마가 긴장하고 있는 게 느껴졌다.

"너무 걱정 마."

"걱정은 무슨. 뻔히 아는 병인데."

남자가 신경 쓸까 봐 엄마는 일부러 목소리를 크게 하고 있었다.

"퇴근해서 집에 도착하면 몇 시쯤 되냐?"

휴대폰 너머로 사람들이 분주하게 움직이는 소리가 들려왔다.

"7시."

"알았다."

남자가 왜? 하고 물으려는데 전화가 끊겼다. 자기 할 말만 하고 끊어 버리는 엄마의 통화 버릇은 여전했다. 통화료를 아끼려는 것이었다. 그보다 저녁 7시가 되려면 아직도 까마득해서 남자는 6시라고 할걸, 하고 후회했다.

엄마는 연락도 없이 핸드카트에 밑반찬을 바리바리
싸 들고 어제 저녁 늦게 고속 열차로 올라왔다. 오랫동
안 자신을 괴롭혀 왔던, 이런저런 일과 핑계로 미뤄 두
었던 무릎 수술 날짜를 잡기 위해서였다. 진료 예약 또
한 남자와 상의 한마디 없이 엄마가 혼자 잡아 둔 것이
었다. 남자가 세 들어 살고 있는 집 근처에 대학 병원이
있었다. 「생로병사의 비밀」이라는 프로그램에 출연한
적 있는, 관절염 명의로 손꼽히는 교수가 의사로 있는
병원이었다. 예고하지 않고 미리 연락하지 않으며 사는
것이 엄마의 생활 방식인 걸 알면서도 엄마의 이번 방문
은 남자를 당혹스럽게 했다.

남자와 엄마는 어제 저녁 식사를 마치고 TV를 잠깐
시청하다 잠자리에 들었다. 내일 병원도 가야 하고 잠자
리도 바뀌어서 그런지 엄마는 자꾸 뒤척였다. 갑자기 들
려온 고양이 울음소리에 설핏 들던 잠마저 달아난 듯
했다. 그러고 보니 남자 또한 엄마와 한방에서 잠을 자
는 건 초등학교 졸업 이후 처음이었다. 불 꺼진 방, 어둠
의 질감이 평소와 달리 유독 낮고 무겁다고 남자는 느
꼈다. 그러나 어둠이 짙어진 건 아닐 것이다. 반지하는
원래가 대낮에도 어두웠고, 엄마 입장에서 아들 방에서
느꼈을 첫날 밤의 어둠을 상상하자 유독 그렇게 보인 것
뿐이었다. 그럼에도 그 깜깜함이 괜히 자신의 탓인 것
만 같아 남자가 어색하게 말을 꺼냈다.

"내일, 따라갈까?"

"당장 입원하는 것도 아니고."

엄마가 돌아누워 천장을 보며 대답했다.

"간단하게 검사 몇 개 받고 수술 날짜만 받으러 가는 건데 뭘."

"그래도 보호자가 필요해. 병원이란 데는."

남자는 눈을 감았다 떴다.

"내 보호자는 나다."

엄마는 무엇이든 남의 도움 없이, 그게 자식이라도 혼자 하는 걸 좋아했다. 무거운 물건도 혼자 들어야 직성이 풀렸고, 제사 준비도 혼자 끝내야 만족했다. 단단해지기 위해서였는데, 실제로 엄마는 오랫동안 받아 온 훈련대로 단단하게 살았다. 그러나 무릎이란 건 세월 앞에서는 단단하지 못해서 조금씩 휘다 결국에는 무너지고 말았다.

"일 생길 때마다 회사 빠지는 것도 상사한테 밉보이는 짓이다."

"월차 쓰는 건데 뭘."

"됐다 진짜 다급할 때 써."

그러고는 한 번 더 따라오지 말라고 힘주어 말했다. 그때 반지하 창문이 바람에 덜컥, 소리를 냈다.

"취직한 지 2년이나 됐으면 방 옮길 때도 되지 않았냐."

엄마가 어둠을 뚫고 말했다. 남자는 엄마가 어렵게 꺼낸 말이란 걸 잘 알고 있었다. 방이 어둡지 않았다면 하지 못했을 거라는 것도.

남자는 여기서 햇수로 5년째 살고 있었다. 엄마의 말에, 남자는 현관문을 열고 나가면 지상으로 나 있는 일곱 개의 계단을 어둠 속에서 부릅뜬 눈으로 응시했다. 몇 개 되지도 않는 그 계단이 남자는 참 지긋지긋했다. 어디에나 있는 것임에도, 특히 땅속으로 뿌리를 뻗고 있는 계단이란 늘 차고 축축할 수밖에 없는데도 그 차가움과 축축함이 싫었다. 남자는 짧은 계단을 오르내릴 때마다 이놈의 형편은 나아질 기미가 전혀 안 보인다고 외쳤고, 그렇게 외치기를 백 번쯤 했을 때 드디어 취직이 되었다. 합격 통보를 받고 돌아오는 지하철 안에서 남자가 가장 먼저 떠올렸던 것도 그 계단이었다. 곧 지하 생활자의 수기를 마감할 수 있겠구나, 계단을 일곱 개나 기껏 올랐는데도 땅바닥이던 삶에서 이젠 한 뼘이라도 높은 곳으로 올라갈 수 있겠구나.

"갈 수 있겠지."

엄마처럼 천장을 보고 누워 있던 남자가 창문이 난 벽 쪽으로 돌아누우며 대답했다.

"곧."

그러나 그럴 수 있을지. 직장이 생긴 후 남자에게 한 계절을 건너는 건 계단 한 개를 치우는 일이나 다름없었다. 반대로 다닐 직장이 없어지자 누군가한테 한 약속과 자신에게 했던 다짐, 그리고 달력을 보며 구체적으로 세워 두었던 계획까지 모두 틀어지거나 사라지고 말았다.

"그나저나 저놈 춥겠다."

남자의 속사정을 알 리 없는 엄마가 잠이 묻어 가물거리는 목소리로 말했다.

"그래서 우나……."

사라지는 건 눈도 마찬가지였다. 능숙한 속도를 내며 편의점 유리로 달려든 눈송이는 금방 녹았다. 첫눈치고 그것은 폭설에 가깝게 내리고 있었다. 평년보다 늦게 도착한 걸 만회라도 하려는 듯 가열차게 퍼부어 대서, 남자는 편의점을 나오며 도트 무늬가 파랗게 들어간 비닐 우산을 샀다. 일회용이나 다름없는 그것으로 얼굴을 가리고 남자는 계속 걷기만 했다. 벤치가 있는 한적한 공원 같은 데라도 가고 싶었지만 엉덩이를 붙일 만한 곳은 모두 눈에 젖어 있었다. 눈은 거리에 내몰린 사람을 계속 걷거나 서 있게 만들었다. 할 일 없는 사람이란 걸 들키지 않으려면 쉴 없이 내리는 눈처럼 쉬지 않고 움직여야 했다. 눈처럼 어딘가에 닿으면 녹거나 쌓이기라도 한다면. 부서지기라도 한다면. 눈을 맞는 게 싫어서 남자는 지하철을 떠올렸다. 인터넷도 될 테고, 지하철을 탄 사람은 할 일 없는 사람으로 보이지 않으니까. 그러나 남자는 곧바로 고개를 저었다. 타는 순간 그것은 돌아올 수 없을 정도로 아주 먼 데까지 남자를 데려가 버릴 것 같았다. 아니, 데려가는 것이 아니라 쓸모없다며 멀리 내다 버리려고 달리는 지하철로 느껴질 것 같았다. 그래서 남자는 걸었다. 처음에는 무료 와이파이가 되는 곳을 찾아 이동하다 나중에는 어디로 가야겠다는 생각조차 없이, 가는 곳이 어딘지도 모른 채 모퉁이를 돌았고, 걷다가 보행 신호가 깜빡거리는 횡단보도를 만나면 빨간불로 바뀌기 전에 무조건 뛰었고, 횡단보도를 건너고 나서는 도로를 따라 한참을 또 걸었다. 그러다 좁은 골목이 나오면 들어가 보기도 했는데, 가끔 막다른 골목이 나와서 무색해진 얼굴로 되돌아서야 했다. 그럴 때는 그런 자신을 누군가 지켜보고 할 일 없는 사람이란 걸 눈치챘을까 봐 우산으로 창피함을 가려야만 했다. 많이 걸었다 생각하고 시계를 보면 겨우 5분이 지나 있을 뿐이었다.

한번은 오른쪽으로 가려다, 왼쪽으로 가면 혹시 인생을 송두리째 바꿔 줄 만한 사건이나 사람을 만나게 되지 않을까란 기대감에 방향을 틀어 보기도 했지만 영화에 나올 법한 그런 일은 일어나지 않았다. 아무도 만나지 않았고 어떤 일도 벌어지지 않아서 남자는 방해 없이 길을 잘 걸었다. 물론, 남자가 다른 사람의 삶을 바꿀 만한 일도 일어나지 않았다. 심심치 않게 길고양이와 마주치긴 했으나, 어딜 가든 고양이들은 서둘러 길을 잘 비켜 주었다. 남자는 문득 걸음을 늦추며 생각했다. 사람이 회사에 있을 시간에, 그러니까 일을 하고 있어야 할 때 밖에 나와 있으면 갈 데가 없는 것이구나, 혼자서는. 커피숍이나 백화점처럼 갈 곳은 많아도 갈 수가 없구나, 혼자서는. 가고 싶지도 않구나, 혼자서는. 마지막에는 날도 춥고 시간도 때울 겸 모텔에서 잠시 쉬었다 갈까 하다, 그 돈이면 이번 달 방세에 보탤 수 있어서 아깝기도 하고, 아침부터 혼자 모텔을 찾으면 죽으러 온 게 아닐까 괜한 의심을 사서 귀찮게 주시만 당할 것 같아 관두었다.

정리 해고를 당하고 두 달 동안 남자는 줄곧 집에만 있었다. 그나마 집에서는 할 일이 많았다. 세탁기를 돌리는 대신 일부러 손빨래를 해도 됐고, 끼니를 해결하기 위해 부엌에서 유명 셰프의 레시피를 진지하게 따라 해 보는 것도 시간을 죽이기에 충분히 좋았다. 무엇보다 잠을 실컷 잘 수 있었고, 도서관에서 전자책을 빌려 읽는 것도 나쁘지 않았다. 목적 없이 거리를 배회하는 게 얼마나 힘들고 지루한 일인지 남자는 이제 좀 알 것 같았다. 똑같이 목적이란 게 없어도 집에 있으면 걸레처럼 너덜해진 마음을 남들한테 보이거나 들킬 리 없었다. 그 집 또한 아무리 너덜해도.

들킬 리 없기는 저곳도 마찬가지일 것 같았다. 횡단

보도 건너편에 영화관이 있었다. 영화는 별로 내키지 않았으나 어쩔 수 없이, 때마침 신호등이 바뀌기도 해서 남자는 그곳을 향해 걸었다.

평일이라 영화관 안은 한산했다. 보고 싶은 영화는 이미 상영 중이어서 남자는 다음 타임까지 기다리기로 했다. 누가 봐도 목적이 있는 기다림이므로 부끄럽거나 지루하지는 않았다. 이동통신사 멤버십 카드와 모아 둔 적립금을 썼더니 절반도 안 되는 가격으로 영화표를 구입할 수 있었다. 목적이 있는 기다림이란 또 금방 흘러가서, 점심으로 컵라면을 먹고 자판기 커피 한 잔을 뽑아 마셨더니 어느덧 상영 시간이 되어 있었다. 상영관 안 또한 한산하기는 마찬가지였다. 아무리 관객 수가 많이 들었던 소문난 영화라도 평일 한낮에 보러 오는 사람은 많지 않았다. 그래도 어두우니까 괜찮다고 남자는 생각했다. 영화를 보고 나면 두 시간은 느낌도 없이 후딱 지나 있을 것이다. 남자는 혼자라 팝콘과 콜라는 사지 않았다. 미연과 영화를 볼 때는 습관처럼 그것을 샀었다. 그것도 일반 팝콘보다 좀 더 비싼 캐러멜 팝콘으로. 그러고 두 시간 동안 다 먹지도 못하고 상영관을 나오면 쓰레기통에 아깝다는 생각도 없이 버렸다. 돌이켜 보면 미연도 팝콘과 콜라를 좋아한 건 아니었던 것 같다. 둘 다 남들이 하니까 자기들도 그래야만 폼이 좀 날 듯해서 따라 했던 것뿐이었다. 혼자 영화관에 오니 그런 불필요한 것에 신경 쓰지 않아도 되어 남자는 홀가분하다고 생각했다.

영화는 제작비를 많이 들여서 영상은 화려했지만, 생각보다 스토리는 촘촘하지 않았고 결말은 싱거웠다. 저런 걸 500만 명이나 되는 사람들이 봤다는 게 이상해서 500만 명한테 한꺼번에 속은 기분이 들었다. 솔직히 중간에 나오고 싶었으나 그래 봐야 막상 할 일도 없을 것이고, 다시 충당될 한 시간을 어떻게 쓸지 궁리해야 해서 참고 처음으로 엔딩 크레딧이 올라가는 것까지 봤다. 아마 둘이 왔다면 그럴 수 없었을 것이다. 서로 의견을 조율해야 하니까. 어쩌면 둘이라는 건 자유롭지 못하다는 것의 다른 말일지도 모르겠다고 남자는 생각했다. 엔딩곡이 끝나고 스크린마저 완전히 꺼지고 나서 주변을 둘러보니 자리에 남아 있는 사람은 남자뿐이었다. 그래도 절반도 안 되는 가격에 봤으니 억울하지는 않다고 여기며 상영관을 나왔다. 다만 남자는 더 이상 자신처럼 속는 사람이 없도록 집에 돌아가면 포털 사이트에 영화 평점을 꼭 올려야겠다고 생각했다. 남자는 휴대폰에서 메모장을 열어 한줄평을 써 내려갔다. 한줄평답게 최적의 길이에 맞는 단어와 표현을 고르느라 쓰고 지우기를 반복하는 사이 전화가 걸려 왔다. 이번에도 엄마였다.

"검사 끝났어?"

남자의 말에 피곤에 젖은 듯한 엄마의 목소리가 들려왔다.

"이번 달 30일로 수술 날짜 잡았다."

"한쪽씩 할 거지?"

"미적거릴 게 뭐 있어. 따로 하는 것보다 동시에 하는게 입원 일수도 짧고 비용도 적게 든단다. 할 때 같이 해버려야 속 시원하지."

엄마는 일단 검사를 끝내서 한시름 놓은 듯 숨을 길게 내쉬었다.

"올라오고 내려가는 것도 번거롭다."

엄마는 대형 김밥 전문점에서 23년 동안 일했다. 가스레인지 구멍이 열다섯 개 쭉 배열되어 있는 식당의 커다란 주방이 엄마가 일하는 곳이었다. 엄마는 가스레인지 앞에서 계란 지단 부치는 일을 했다. 구멍에 프라이팬 열 개를 올려놓고 그 긴 거리를 초 단위로 옮겨 다니며 계란물을 부은 뒤 뒤집고, 다시 식용유를 두르는 파트를 23년간 담당해 온 것이다. 늘 서서 일하다 보니 다리는 자주 부었고, 몇 년 전부터는 연골이 닳고 물이 차서 조금씩 휘기 시작했다. 엄마는 일을 그만두고 싶어 했지만, 김밥집에서는 다리가 휘어 잘 걷지도 못하는 엄마를 여전히 필요로 했다. 별것 아닌 일 같지만 엄마만큼 빠른 속도로 타지 않게 지단을 잘 뒤집고 부쳐 내는 사람이 없었기 때문이다. 남자는 자기 할 말만 하고 끊어 버린 휴대폰에 대고 들리지 않게 중얼거렸다. 엄만 좋겠다. 남자는 숨을 짧게 몰아쉰 뒤 이어서 읊조렸다. 이제 보니 울 엄마 취직 참 잘했네. 계란 지단…… 시켜 주면 나도 잘할 수 있을 것 같은데. 남자는 영화관을 나오며 휴대폰을 귀에서 뗐다. 그러다 한줄평을 뭐라고 쓰려 했는지 잊어버리고 말았다. 남자는 기억하려 애쓰지 않고 그대로 휴대폰 잠금 버튼을 눌렀다.

눈은 영화관에 들어가기 전보다 더 많이 내리고 있었다. 첫눈 한번 제대로 오네. 남자는 하얗게 변해 버린 거리를 보며 혼잣말을 했다. 이대로 자정이 넘을 때까지 내린다면 반나절 동안 골방에 처박혀 있던 사람들도 첫눈이 오고 있다는 걸 알 수 있을 것 같았다. 그러다 문득, 첫눈치고 양이 너무 많아서 남자는 이게 진짜 첫 번째가 맞을까, 하는 의문이 들었다. 정리 해고를 당한 후 남자가 집에서 나오지 않았던 지난 두 달의 어떤 하루에 짧게 내렸을지 모르는 일이었다. 남자는 의심이 가시지 않아서 지나가는 여성에게 불쑥 다가가 손가락으로 하늘을 찌르며 물었다.

"이게 올해 내리는 첫눈인가요?"

처음에는 당황하던 여자가 피식 웃으며 그렇다고 고개를 끄덕였다. 계획과 약속대로라면 오늘 남자는 미연에게 프러포즈를 하기로 되어 있었다. 그것은 남자가 몰래 정한 약속이자 계획이었다. 미연과 사귄 지 2년이 넘었고 직장도 생겼으니 올겨울 첫눈이 내리는 날 당당하게 프러포즈를 해도 되겠구나, 라고 생각했다. 그러나 지금은 그 모든 것이 사라져 버리고 말았는데도 속절없이 내리고 있는 눈이 남자는 야속하기만 했다. 그것은 분위기를 돋우는 소품도 되지 못한 채 그저 춥다는 느낌만 주고 있었다. 남자는 그래도 첫눈인데, 하며 그 첫눈의 힘을 빌려 연락이라도 한번 해 볼까? 하고 휴대폰을 들었다 이내 떨구었다. 근사하고 능력까지 갖춘 놈한테 오늘 프러포즈를 받을지도 모르는데 남자의 전화가 먼저 울리면 재수 없다며 미연이 욕할지도 몰랐다.

잠자리에 들던 어젯밤, 춥다는 생각에 엄마도 와 계시고 해서 보일러 온도를 모처럼 높여 볼까 마음먹고 있을 때였다. 엄마가 이마로 팔을 올리며 물어 왔다.

"미연이는 바쁘대?"

안부를 몹시 궁금해하는 목소리였다.

"요즘은 통 전화도 없더라."

"엄마는 걔가 좋아?"

남자는 자리에서 일어나려다 말고 베개로 얼굴을 묻은 채 말했다. 목소리가 뭉개져서 나왔다.

"응."

엄마는 망설임이 없었다.

"어디가?"

남자는 눈을 질끈 감고 물었다.

"이쁘고 싹싹하고 잘 웃고. 이 사람 저 사람 얘기 들어 봐도 며느리감으로 그만한 애 없더라."

엄마의 입가에 옅은 미소가 번져 있으리라 짐작되었다.

"내년이면 너도 벌써 삼이 두 개다."

그만한 애. 처음에는 남자도 미연을 그렇게 생각했다. 그래서 남자는 미연에게 잘하려고 노력했다. 남자가 직장을 가진 후 미연은 7급 공무원 시험 준비를 위해 노량진 고시원으로 들어갔다. 1년 반 동안 남자는 미연을 물심양면으로 도왔다. 일이 끝나면 꼬박꼬박 찾아가 저녁을 사 주었고, 고시원비도 대신 내 주었으며, 합격을 누구보다 바라고 격려했다. 합격 소식을 전해 들었을 때는 자신이 취직했을 때보다 더 뛸 듯이 기뻐했다.

그러나 공무원이 된 후 미연은 바쁘고 피곤하다는 이유로 남자를 자주 만나 주지 않았다. 어쩌다 이루어지는 짜증 섞인 전화 통화는 점점 짧아졌고, 이따금 미연이 남자의 전화를 무시해 버릴 때도 있었다. 남자가 직장을 잃고 나서는 전화가 사흘에 한 번꼴로 오더니 조금씩 그 기간이 길어지다 어느 날부터는 아예 걸려 오지도 않았다. 그즈음 남자 또한 미연에게 전화를 하는 것이 어렵고 불편해져 있었다. 모호했지만 자연스럽게 헤어지고 난 뒤, 80년대 한국 영화에 자주 등장하던 레퍼토리 같다고 남자는 생각했다. 몸이 부서져라 뒷바라지해서 성공시켜 놨더니 배신하는 영화 속 남자 주인공이 미연으로 바뀐 것뿐이었다. 2000년대라고 그런 이야기가 없을 수는 없었다. 80년대나 지금이나 사람 사는 모양새는 똑같고, 정해져 있는 듯 절망의 질량은 결코 줄지 않을 테니까. 단지 다른 게 있다면 눈물이나 매달림 없는 방식을 추구하여 조금 세련되었다는 것. 남자는 자신의 이별에는 적어도 세련미가 있었다고 자부하며 지난 연애에 대한 아쉬움과 빈자리가 주는 허전함을 달래려 했다. 하지만 어젯밤 부릅뜬 눈으로 어둠을 응시하며 엄마에게 속으로 했던 말을 떠올리자 남자는 결국 세상에 세련된 이별은 존재하지 않을지 모른다고 생각했다. 남자는 어젯밤 속으로 외쳤던 그 말을 눈발이 흩날리는 허공에 대고 소리의 형태로 다시 뱉어 냈다.

"엄마, 알고 보면 걔 나쁜 년이야. 진짜, 나쁜 년."

밖으로 나오자 손이 무척 시려웠다. 그렇다고 집에 버젓이 있는 장갑을 다시 살 생각은 없었다. 오늘 하루만 참으면 되었고, 내일은 잊지 않고 꼭 챙길 것이다. 남자는 립밤과 핸드크림을 촉촉하게 바르고 오후 3시의 거리로 내몰리듯 나섰다. 멈출 수 있는 곳이 없어서 남자는 계속 걸어야만 했다. 멈춰도 되는 곳은 모두 비용을 지불해야 하는 데였다. 주머니 사정이 여의치 않은 남자는 거리의 상점들을 따라 걸으며 물건을 구경했다. 당장 사지 않을 거면 의미가 없다는 이유로, 아이쇼핑

은 남자가 제일 싫어하는 것 중 하나였지만 오늘 해 보
니 그것도 나름 시간을 때우기에 쓸모가 있었다. 남자
는 찾고 있는 물건이 있다는 듯, 그리고 남들 눈에 무언
가를 하고 있는 것처럼 보이도록 유심히 상점을 살폈다.
그러나 실제 남자는 어떤 물건에도 시선을 주고 있지 않
았다.

　남자가 관심을 갖고 아까부터 따라붙고 있는 건 한
사내였다. 남자가 그 사내에게 호기심을 느낀 건 고급
스포츠 매장 앞에서였는데, 어딘지 모르게 친숙하고 낯
이 익어서였다. 그렇다고 남자가 아는 사람은 아니었다.
사내도 남자를 아는 것 같지는 않았다. 사내는 양복에
코트를 입고 백팩을 메고 있었고, 남자처럼 깜빡 잊고
장갑을 집에 놓고 왔는지 맨손이었다. 파란색 도트 무늬
가 들어간 우산을 쓰고 상점에 진열된 물건을 바깥에서
구경하고 있었지만 남자처럼 아이쇼핑을 좋아하지 않
는데도 시간을 때우기 위해 어쩔 수 없이 그러고 있다는
걸 금방 알 수 있었다.

　남자는 사내를 관찰하는 게 왠지 즐거웠다. 사내도
남자처럼 어떤 사정이 생겨서 할 일도 없이 거리로 내몰
린 것 같았다. 그렇게 미행이 시작되어 사내가 걸음을
멈춘 상점 앞에서 남자도 멈추었고, 사내가 움직이면 남
자도 어느 정도 간격을 유지하며 따라갔다. 사내가 모퉁
이를 돌아 골목으로 들어서자 남자도 그쪽으로 방향을

틀었다. 하지만 남자는 몇 발짝 가 보지도 못하고 이내 걸음을 멈춰야만 했다. 그곳은 막다른 골목이었다. 분명 사내가 이곳으로 들어가는 걸 봤는데 사라지고 보이지 않는 것이었다. 그렇다고 골목 끝에 선물 입구가 따로 있는 것도 아니었다. 끝에는 시멘트 벽돌로 막혀 있었고 2층에 달려 있는 먼지 잔뜩 낀 창문들은 창문으로 산 이래 한번도 열린 적 없는 듯 모두 잠겨 있는 상태였다. 설사 창문을 열고 넘어갔다 해도 시간상으로 불가능한 일이었다. 뒷목이 서늘한 것이 이상한 기분이 들어서 남자는 얼른 골목을 빠져나왔다.

그때 뒤에서 누군가 남자를 쫓아오는 소리가 들렸다. 남자가 걸음을 멈춘 상점 앞에서 누군가는 똑같이 걸음을 멈추었고, 언 손을 녹이려 입김을 불면 똑같이 따라 했으며, 남자가 움직이면 그 누군가도 간격을 유지하며 움직였다. 그 누군가는 양복에 코트를 입고 백팩을 메고 있었고, 파란색 도트 무늬가 들어간 우산을 장갑 끼지 않은 손으로 들고 있었다. 그리고 그 누군가의 뒤에는 또 다른 누군가가 있었고, 또 다른 누군가의 뒤에는 다른 누군가들이 거리가 휘어지는 곳까지, 마치 불이 들어오지 않는 가로등처럼 끝없이 이어져 있었다. 그들은 모두 할 일을 잃어서 길바닥을 배회하다 같은 시간에 우연히 한 장소에서 연쇄적으로 만난 것 같았다. 우산에 가려 얼굴은 보이지 않았지만 다들 똑같은 표정을 하고 있을 거라고 추측했다. 남자는 행여 자신이 상상하고 있는 우산 속 그 표정을 확인하게 될까 봐 두려워 빠르게 걸었다. 그러자 남자 뒤로 줄줄이 이어진 누군가들도 같은 쪽으로 빠르게 걷기 시작했다. 속도를 늦춰서 그들이 자신을 추월하게 만들려고 해 봐도 그들은 간격을 끝까지 지키며 그림자처럼 오로지 남자의 뒤쪽에만 자리하고 있었다. 남자는 그들이 자신을 쫓아오는 건 거리를 아무런 목적 없이 걷고 있기 때문이 아닐까, 라고 생각했다. 그러니 목적을 가지고 어딘가로 들어간다면 그들도 각자 자기 목적을 향해 흩어질 거라고.

마침 남자의 눈에 지하로 연결된 중고 서점이 보였다. 책이란 혼자 읽는 것이므로 살 때도 혼자 사는 게 자연스러운 법이지, 하면서 남자는 유리문을 당긴 후 우산을 접고 긴 계단을 내려갔다. 눈에 젖은 구두가 미끄러워 하마터면 굴러떨어질 뻔한 걸 핸드레일을 잡아 간신히 모면했다. 만약 그들이 여기까지 따라 들어온다면 어떻게 생긴 자들인지 얼굴을 볼 수 있을까 싶어서 남자는 계단 끝에 도착해 용기 내어 뒤를 돌아봤다. 상황이 똑같이 벌어질 거라면 그들도 서점 문을 열고 들어와 우산을 접을 것이고, 계단에서 굴러떨어질 뻔한 위기를 간신히 모면하고 나면 그들의 눈빛과 표정을 마주할 수 있을 것이라고.

그러나 남자의 예측대로 모두 흩어져 버렸는지 그 많

던 사내들은 한 명도 보이지 않았다. 혹시 지하라서 따라오고 싶지 않은 걸까. 남자처럼 사는 곳이 지하 월세방이라 지긋지긋할 테니까. 막상 그들이 눈앞에서 사라지자 남자는 서운한 기분이 들었다. '많음'이 무섭긴 했지만 또한 잠시 그 '많음'이 반가워 외롭지 않았기 때문이다. 그렇다고 그들을 만나기 위해 일부러 다시 밖으로 나가고 싶은 생각은 들지 않았다. 남자는 느린 걸음으로 헌책 냄새가 진동하는 곳으로 등을 돌렸다.

남자는 책과 책 사이로 난 좁은 통로로 들어섰다. 여기는 여럿이 와도 혼자 온 것처럼 조용히 해야 할 것 같아서 남자는 차분한 표정으로 서가를 둘러봤다. 쓸모를 인정받지 못해 헐값에 팔려 온 책들이 한자리에 모여 있었지만 책들은 다시 헌 얼굴로 쓸모가 생기기를 기다리고 있었다. 중고 서점이라 그런지 대놓고 읽어도 된다는 듯 책상과 의자가 한쪽에 마련되어 있었다. 그래서 중고 서점이라기보다 도서관에 가까워 보였다. 남자는 책을 몇 권 골라 책상으로 가 앉았다. 남자는 책을 편 채, 처음에는 읽으려 했으나 조금 쉬고 싶은 마음에 그 위로 얼굴을 묻었다. 몸이 노곤해지더니 잠이 쏟아지려고 했다. 그러자 어젯밤 엄마가 창문 흔들리는 소리에 했던 말이 떠올랐다.

"내내 포근하더니 하루 만에 날씨가 쌀쌀해졌다."

엄마는 어깨를 한차례 부들거렸다.

"내려가면 당장 김장부터 해야겠다."

"올해는 몇 포기나 하려고?"

남자가 물었다.

"작년 게 많이 남아서 조금만 해도 될 거다."

그러더니 엄마가 조심스럽게 말했다.

"내년 김장 때는 며느리랑 같이 담그게 해 줄 수 있겠냐."

남자는 좀 머뭇대다 말했다.

"다리도 아픈데 올해는 그냥 반찬 가게에 맡겨."

"너 김장 맛없게 되면 1년 내내 성질내고 잔소리하잖아."

"내가 그랬나."

"1년 동안 먹을 건데 남의 손 타게 하는 것도 께름칙하다."

"그럼 혼자 하지 말고 누나라도 불러."

남자의 목소리가 어둠 속에서 크게 울렸다.

"초등학교 교사가 바빠 봐야 얼마나 바쁘다고."

"그년은 무슨 핑계를 대서라도 이번에도 못 온다고 할 거다."

엄마도 목소리를 높였다.

"담가 놓으면 쪼르르 달려와서 가져갈 줄만 알지."

그러고는 깊은 한숨을 내쉬다 이어서 말했다.

"그년은 와 봤자 하나도 도움 안 돼. 혼자 쉬엄쉬엄하는 게 오히려 편하다."

말은 그렇게 했지만 늘 그렇듯 엄마는 김장 또한 혼자 해내야 마음이 놓이는 사람이었다. 1년 중 가장 큰 집안 행사인 그것은 엄마에게 주술의 의미가 있었다. 그해 김장하는 과정이 순조롭거나, 간이 잘되어 김치 맛이 좋다는 칭찬을 여러 사람으로부터 들으면 다음 해 집안에 나쁜 일이 생기지 않는다는 게 엄마만의 점괘였다. 그러다 젓갈이 많이 들어가서 김치가 짜게 담가지기라도 하면 푹 익혀 돼지고기 넣고 지져 먹으면 맛있다는 말로, 배추가 덜 절여졌으면 이런 게 나중에 아삭해진다는 위로로 나쁜 점괘를 모면하려 애썼다. 하지만 엄마는 5년 전 아버지가 뇌출혈로 쓰러진 것만은 김장이 실패했기 때문이라고 여전히 굳게 믿고 있었다. 그릇 만드는 공장에서 30년을 일해 온 아버지는 메주 띄울 때 쓰는 커다란 옹기에 유약을 묻히던 중 옹기와 함께 바닥으로 쓰러져 인생이 깨져 버리고 말았다. 옹기처럼 박살 난 아버지의 삶은 한 조각도 수습되지 못한 채 그대로 잿빛 가루가 되어 작은 유골 단지에 담겼다. 그해 김장은 중국산 소금을 써서 김치에서 쓴맛이 났다. 그러므로 엄마에게 김장은 아프다고 아무한테나 맡길 수 없는 신성한 의식이자 가장 신통한 명리학이었다. 올해도 엄마는 부엌 한쪽에 식구 수만큼 촛불을 켜 두고 혼자 김장을 할 것이다.

"나라도 내려갈까?"

남자가 넌지시 물었다.

"회사는 어쩌고?"

"주말에."

"주말까지 기다리다간 배추 한 통도 못 구해."

"그럼 끝나고 올해 김장 잘됐는지나 알려 줘."

"왜?"

"그냥."

말은 그렇게 했지만 속으로 남자는 '내년에 취직할 수 있을지 궁금해서.'라고 대답하고 있었다.

"아, 갑자기 그때 생각난다."

남자가 제법 큰 목소리로 말해서 엄마가 좀 놀란 것 같았다. 잠이 막 들려던 모양이었다.

"언제?"

엄마가 잠이 깃든 목소리로 물었다.

"나 어렸을 때 시골에 잠깐 내려가 산 적 있었잖아. 장작 때서 방 데우고, 보온밥통이 없어서 아랫목에 밥그릇 묻어 두고 지냈던."

남자의 입가에 저절로 미소가 드리워졌다.

"그때 온기의 밥 진짜 맛있었는데. 반찬이 달랑 신김치 하나여도 정말 꿀맛이었어."

생각만으로도 남자의 입안에 침이 고였다.

"우리 그때 참 못살았지."

엄마도 회상에 잠긴 듯했다.

"시간이 지나면 그런 것도 추억이 되는 모양이다. 징글징글할 법도 한데……."

엄마의 목소리가 점점 잦아들고 있었다. 남자가 이어서 무슨 말인가를 했지만 엄마는 더 이상 대꾸하지 않았다. 엄마의 목소리가 들리지 않자 남자 눈에 방의 어둠이 더욱 짙어진 것처럼 보였다. 게다가 제법 거칠어진 바람에 창문 들썩이는 소리까지 떠나지 않고 남자의 귓가에서 내내 어슬렁댔다. 한참을 구슬프게 울어 대던 고양이도 돌아가고, 창문 들썩이는 소리 틈틈이 마중 나온 듯한 엄마의 깊어진 숨소리가 있어서 남자는 베개에 얼굴을 묻고 겨우 눈을 감을 수 있었다.

책상에 엎드려 자고 있던 남자는 누군가가 책을 떨어뜨린 소리에 놀라서 고개를 들었다. 꿈을 꾼 것도 같았지만 오늘 하루가 남자에게는 춥고 긴 한 편의 꿈이나 다름없었다. 얼마나 잤는지 중고 서점에는 아까보다 사람들이 많이 차 있었다. 펼쳐 둔 책에는 침이 떨어져서 그 자리가 울퉁하게 불어 있었다. 앞에 앉아 있는 사람이 눈치챌까 봐 남자는 얼른 책을 덮었다. 그러고는 골라 왔던 책 중 침이 묻은 책을 들고 계산대로 가서 값을 치렀다. 남들이 이미 봤던 거라 3000원밖에 하지 않았다. 남자는 지상으로 뿌리를 뻗은 굵고 긴 계단을 오르며 전화를 걸었다. 누나였다. 남자는 전화를 받은 누나에게 피곤한 목소리로 다짜고짜 말했다.

"엄마 수술 날짜 이달 말로 잡혔어."

"그래?"

건성으로 듣는 듯한 목소리였다.

"내려가면 김장할 거래."

남자는 계단 끝에서 걸음을 멈추었다.

"이번에는 누나가 가서 좀 도와드려. 무릎도 그런데."

"언제?"

역시 건성으로 묻는 것 같았다.

"검사받느라 피곤했을 테니까 좀 쉬다 내일 늦게나 내려가실 거야."

"근데 너 나한테 화내는 것 같다."

"똑바로 좀 하라고."

"누가 할 소릴!"

누나가 갑자기 큰소리를 쳤다.

"너 엄마한테 이번 달 용돈 드렸어?"

"……"

"너나 잘하세요. 남한테 이래라 저래라 할……"

남자는 잔소리가 듣기 싫어서 전화를 끊어 버리고 중고 서점을 나왔다. 퇴근 시간이 가까워지고 있어서 밖은 어느새 어두웠다. 하얀 눈발 사이로 불빛들이 하나둘 늘어났고, 동시에 사람들도 불어났다. 가게 입구마다 크리스마스를 기다리는 전구가 분주하게 반짝거리고 있었다. 남자는 이제야 좀 길거리를 자연스럽게 걸을 수 있을 것 같았다. 시간도 그렇고, 누가 봐도 남자는 퇴근하는 직장인의 지친 모습이었다. 그래서 남자는 사람들로 붐비는 거리를 우산을 쓰지 않고 걸었다. 대신 코트 깃을 세웠다. 혹시 남자와 똑같은 차림새를 한 아까 그 사내들이 다시 쫓아오는 건 아닌가 싶어 주변을 둘러봤지만 그들은 더 이상 보이지 않았다. 있더라도 사람들에 둘러싸여 구분하기 어려울 것 같았다. 퇴근 시간이라 그들도 지금쯤은 모두 집으로 돌아가는 길일 것이다. 우산을 접자 눈송이는 틈새라고 생긴 곳은 모두 비집고 들어왔다. 바람과 함께 칼라 속으로. 바람인 양 주머니 안으로. 바람 몰래 소맷부리 사이로. 남자는 갑자기 어깨를 부들거렸다. 몸이 욱신거리더니 묽은 콧물과 함께 마른기침이 나왔다. 하루 종일 밖을 배회하다 보니 감기에 걸려 버린 모양이었다. 엄마는 진짜 내일 내려가려나? 남자는 코트 주머니에서 휴대폰을 꺼내 엄마에게 전화를 걸었다.

"춥다. 전화는 왜?"

늘 그렇듯 건조한 목소리였다.

"그냥."

"할 말이 있어서 한 건 아니고?"

"……추우니까 가스비 생각 말고 뜨뜻하게 보일러 올

려 두고 있으라고."

"알았다. 돈 아깝게 그런 걸로 전화냐."

남자는 내일 내려갈 거냐는 말을 끝내 묻지 못했고, 엄마는 습관대로 전화를 먼저 끊어 버렸다. 남자는 끊긴 휴대폰을 한참 들여다보다 주머니에 넣고 집 쪽으로 걸었다. 이 정도 속도로 걸으면 얼추 7시에는 도착할 수 있을 것 같았다. 내일 하루도 이렇게 차디찬 길바닥에서 지낼 걸 생각하면 벌써부터 춥고 쓸쓸했지만 엄마에게 자신의 상황을 들키는 것보다는 낫다고 생각했다. 집에서 뒹굴 때도, 회사에서 일할 때도 몰랐던, 하루의 길이가 어떻게 되는지를 얼어붙은 길바닥이 알려 주고 있었다. 그리고 눈이란 게 속도와 양을 일정하게 지키며 하루 종일 내리기도 한다는 것도. 일기를 쓰는 사람이라면 아무것도 적을 게 없는 하루는 아니었다고 남자는 생각했다.

중고 서점을 한참 벗어난 남자는 도로를 끼고 걷다가 건너편에 대형 간판을 내건 악기점 하나를 발견했다. 악기점 쇼윈도에도 크리스마스트리에 쓰는 전구가 유혹하듯 깜박거리고 있었다. 그곳으로 가려면 육교를 일단 건너야 했다. 남자는 망설이지 않고 과감하게 방향을 틀었다. 기타를 배우고 싶은 생각을 늘 품고 있어서였지 기타도 못 치냐고 핀잔을 주던 과거 미연의 말이 떠올라서가 아니었다. 오늘 많은 횡단보도와 육교를 건

넜지만 '어쩔 수 없이'가 아니라 건너고 싶어서, 의욕을 가지고 건너는 건 처음이었다. 그래서인지 육교가 그렇게 길고 지루하게 느껴지지 않았다.

육교를 건넌 남자는 악기점 쇼윈도로 바짝 붙어 서서 어쿠스틱 기타를 구경했다. 얼굴을 너무 가까이 대서 유리에 하얀 입김이 서렸다. 필요하고, 몹시 사고 싶다는 듯 상점 앞에서 진지한 눈빛으로 물건 하나하나에 시선을 주는 것도 처음이었다. 잘록하고 매끈한 허리로어서 들어오라며 남자를 유혹하는 기타의 몸짓은 보통내기가 아니어서 품에 안고 싶은 욕구가 불끈 솟아올랐다. 그러나 남자는 유리창에 서린 희뿌연 입김을 닦아내며 악기점 안으로 들어갈까 말까 수십 번 고민했다. 기타를 사는 대신 당장 포기해야 할 것들의 목록을 떠올려 보고, 기타가 생기면 가까운 미래에 얻게 될 새로운 즐거움들을 비교해 보면서.

결국 이번에도 남자의 마음을 거슬리고 불편하게 하는 건 기타를 사는 대신 포기해야 하는 것들이었다. 남자는 '다음에'라는 말로 마음을 정리하고 쇼윈도 뒤로두 걸음 물러섰다. 어떻게 되든 일단 저질러 볼까도 싶고, 사지는 않더라도 들어가서 만져 보기라도 할까 싶었지만 한번 들어가면 늪처럼 빠져나오지 못할 것 같았다. 남자는 그런 배짱조차 가질 수 없는 스스로의 처지에 화가 좀 났다. 다음으로 미뤄질 생활의 변화를 생각하자 울적해지기도 했다. 심정이 그래서 남자는 길고 높은 육교로 돌아가지 않고 그대로 무단 횡단을 했다. 차량들이 꼬리를 물고 이어지는 바람에 남자는 중앙선을 밟은 채 한참을 도로에 갇혀 있어야 했다. 차량들이 뿜어내는 전조등 불빛이 눈발을 샅샅이 비추었다. 남자의 존재나 안전을 생각하지 않고 차들이 앞뒤로 쌩쌩 지나갈 때마다 휘몰아치는 눈보라에 남자의 몸이 넘어질 듯 흔들렸다.

집으로 돌아가는 길, 남자는 일을 하지는 않았지만 어느 때보다 열심히 노동하고 퇴근하는 기분이 들었다. 눅진한 피로와 허기가 몰려왔고, 머리와 어깨 위로 눈이 쌓였다. 집에서 나올 때는 갈 데가 없어서 막막했는데 돌아갈 시간이 되자 '집'이라는 목적지가 생겨서 남자는 취미도 아닌데 상점의 물건을 필요한 듯 기웃거리거나, 일부러 먼 길로 돌아 나오지 않아도 되어 좋았다. 목적지와 상관없는 횡단보도나 육교를 건너고, 편의점을 괜히 한번 들러 보는 일도 하지 않아도 되었다. 남자는 걸음을 빨리해 볼까, 라고 생각하며 속도를 높이기도 했다. 눈발이 달라붙어 남자의 얼굴과 손을 얼얼하게 만들었지만 이젠 춥다거나 시리다는 생각도 별로 들지 않았다. 하나의 목적이 수십 가지의 잡념을 집어삼킨 것이었다.

어느 정도 집에 가까워지자 늘 다니던 길, 아는 동네, 익숙한 풍경이 나타나서 마음이 놓이기까지 했다. 미아처럼 하루 종일 길을 잃고 헤매다 겨우 집을 찾아낸 듯. 경사가 제법 높은 비탈길에서 두텁게 쌓인 눈을 만났을 때 남자는 구두로 바닥을 지치며 미끄러져 내려갔다. 남자 전에 많은 퇴근인들이 남자와 똑같은 방법으로 비탈길을 내려갔는지 바닥은 가로등 불빛 색으로 반짝반짝 윤이 났다. 남자는 퇴근하는 길이니까, 하며 한 번 더 경사로를 오른 뒤 미끄럼을 타고 다시 내려갔다. 그러다 끝에 거의 다다라서 균형을 잃고 바닥에 엉덩방아를 찧었다. 사람들이 남자의 비명 소리를 듣고 쳐다봤지만 창피하지는 않았다. 경사로에 쌓인 눈은 원래 미끄러운 법이고, 집에 가기 위해서는 남자가 반드시 거쳐야만 하는 길이기 때문이었다. 남자는 도트 무늬 우산으로 바닥을 짚고 일어나 엉덩이를 털고 길을 마저 걸었다. 세탁소를 지나 전봇대를 돌면 호떡과 어묵을 파는 곳이 나오는데 오늘도 아줌마는 불을 밝히고 장사를 하고 있었다. 눈이 오고 추운데도 손님은 하나도 없었다. 호떡을 좋아하는 엄마가 생각나서 남자는 가게 안으로 들어가 5000원어치를 주문하고, 호떡이 납작하게 구워지는 걸 지켜봤다.

집에 도착하니 7시 10분이 조금 넘어 있었고, 안 그래도 펑펑 내리던 눈은 폭설이 되어 있었다. 남자는 온종일 목을 갑갑하게 조이던 넥타이를 풀어 숨을 고른 뒤 지하와 지상 중간에 애매하게 걸쳐 있는 일곱 개의 계단을 밟고 내려갔다. 계단에는 하루 동안 내린 눈이 소복하게 쌓여 있었다. 모으고 뭉치면 작은 눈사람 하나 정도는 만들 수 있을 만한 양이었다. 문득, 공평하게 여기도 눈이 내리는구나 하는 생각이 들었다. 철제 현관문의 간유리로 노란 불빛이 은은하게 새어 나오고 있었다. 처음이었다. 반겨 주듯 누군가가 집에 있는 건. 늘 어둡고 차가운 문을 열쇠로 따고 들어가 스위치를 올려야 했는데, 불을 켜고 기다려 주는 이가 있는 느낌도 나쁘지 않았다. 안에서 보일러 돌아가는 소리가 묵직하게 들려왔다.

남자는 몸에 쌓인 눈을 쓸어 내고, 발을 두어 번 탁탁 굴러서 구두에 묻은 눈도 털어 냈다. 그러고는 현관문을 연 뒤 좁은 부엌을 지나 방문을 열었다. 아직 신발도 벗지 않았는데 데워 놓은 방의 열기가 뻐근한 온몸을 사르르 녹였다. 감기도 금방 나을 것 같았다. 어디 갔는지 엄마는 보이지 않았다. 남자는 화장실로 가 노크하고 문을 열었다. 엄마는 안 보이고 막 물청소를 마친 듯 락스 냄새가 찬 기운을 타고 몰려왔다. 문도 안 잠그고 어디를 간 거지? 혼잣말을 하며 돌아서다 남자는 가스레인지 옆 어둡고 시커먼 구석과 눈이 마주쳤다. 서늘

하고 음습해서 여름이 되면 바퀴벌레, 지네, 돈벌레, 바구미 등이 자주 나오는 곳이었다. 엄마가 거기에 핸드카트를 놓아 두었는데 보이지 않았다. 남자는 그 빈자리를 한참 쳐다보다 파란색 도트 무늬가 들어간 비닐우산을 세워 두었다.

남자는 공허해진 얼굴을 하고 방으로 들어갔다. 아랫목 쪽에 《벼룩시장》으로 덮어 놓은 밥상이 다소곳하게 놓여 있었다. 남자는 호떡 봉지를 바닥에 놓고 빨간색 볼펜으로 낙서가 되어 있는 신문지를 거뒀다. 방금 차린 듯 촉촉한 밥상이었다. 뚝배기에서는 청국장이 보글보글 끓고 있었고 밥상 옆에는 못 보던 이불이 깔려 있었다. 여기저기 실밥이 터지고 납작하게 숨이 죽어 있던 이불이 아니라 이스트를 넣은 식빵처럼 풍성하게 부풀어오른, 윤기 도는 새 이불로. 남자는 코트를 벗고 갓 구운 빵처럼 김이 모락모락 올라오는 브라운색 이불 속으로 몸을 집어넣었다.

깨끗한 새 이불의 부드러움과 안락함이 온몸을 품은 그때 발끝에 뭔가가 닿아 달그락거리는 소리가 났다. 남자는 이불을 조금 들추고 안을 들여다봤다. 아랫목에 밥 한 공기가 놓여 있었다. 남자는 손을 깊숙이 집어넣어 볼을 감싸듯 양손을 밥그릇에 대 보았다. 너무 뜨겁지도 차갑지도 않은 온기가 하루 내 시려웠던 남자의 손바닥을 지나 팔뚝을 타고 굳은 어깨까지 올라왔다. 남자는 이불 속에서 그것을 꺼내 상 위에 올려놓았다. 뚜껑을 열고 숟가락으로 밥을 크게 한술 뜬 뒤 신김치 한 가닥을 얹어 입에 넣었다. 그때 그 맛이 났다.

수리수리 마수리

여자는 차가운 냉장고에 등을 기대고 앉아 담배를 피웠다. 초겨울치고 제법 쌀쌀한 날씨였지만 오후의 햇살은 어두운 기분을 멀어지게 할 만큼 따사로웠다. 앞으로의 생은 이런 느낌으로 남았으면 좋겠다고, 여자는 생각했다. 그러나 여자를 쳐다보는 사람들의 차고 싸늘한 시선 때문에 그 생각은 오래 머무르지 않았다. 요란하게 치장을 하고, 유혹하듯 길가에 다리를 꼬고 앉아 담배를 물고 있는 여자를 아직 이 사회는 받아들이지 못했다. 여자가 추하게 늙어 버린 노인이라면 너그럽게 봐주려나. 살날이 얼마 안 남은 늙은이한테는 모든 것이 관대하니 몽니를 부려도, 주책없이 굴어도, 설령 약쟁이라 해도 눈감아 줄 테지.

아니, 여자는 조금 억울해지려고 했다. 거죽은 말짱해 보여도 속에는 진득한 녹물이 차 있어 늙은이나 다름없는데 말이다. 내 몸은 고장 났어요, 라고 등에 메모지라도 붙이고 다니면 측은한 시신으로 바라봐 주려나. 여자는 고개를 절레절레 흔들며 냉장고에 담배를 비벼 껐다. 여자는 자신에 대해 변명하고 해명하는 일에 지쳤다. 아름다움은 그 무엇으로도 변명이 되지 않는다는 걸 마흔 해를 살면서 깨달았다. 아름다움에 던져지는 질문과 대답은 항상 똑같았고, 그 답은 정답으로 간주되었다. 그게 편견일지라도 바로잡으려 하지 않는 사람들의 사고방식과 그로 인해 생겨난 모든 불행이 아름다움에 주어지는 참혹한 대가였다.

여자는 해를 동경하는 지름 큰 꽃처럼 태양을 향해 고개를 들고 눈을 감았다. 가벼운 햇살이 말간 얼굴로 고요하게 내려앉았다. 그러나 멀리서 들려오는 드르륵 소리가 여자의 평화로운 오후를 방해하고 나섰다. 또 나타났군, 하고 생각한 순간 여자의 이마와 하얀 허벅지로 샛노란 은행잎이 힘없이 떨어졌다. 눈을 뜨니 야광이가 우산 꼭지로 나뭇가지를 건드리고 있었다.

"하지 마라."

여자는 야광이를 송곳눈으로 쳐다보며 퉁명스럽게 말했다. 하지만 녀석은 여자의 말이라면 도통 들어 먹지를 않았다. 녀석 또한 여자를 얕잡아 보는 것이다.

야광이는 여덟 살짜리 여자아이다. 바퀴가 움직일 때마다 불빛이 반짝이는 롤러블레이드를 타고 손에는 야광 우산을 들고 다녀서 붙여진 별명인데 이제는 아예 이름이 되어 버렸다. 여자는 지금까지 야광이가 신발 신은 모습을 본 적이 없었다. 야광이의 발은 늘 공중에 한 뼘쯤 떠 있어서 작고 가벼운 몸집에도 또래 아이들보다 훨씬 커 보였고, 빠른 속력으로 내달리는 모습은 위압적으로 느껴지기까지 했다. 어느 날 여자가 왜 너는 신발을 안 신고 다니니? 하고 물었을 때 야광이는, 아줌마 눈에는 내가 지금 맨발인 걸로 보여요? 라고 당돌하게 되물었다. 야광이가 남보다 빨리 달리거나 달아나기 위해 롤러블레이드를 신고, 자신을 보호할 목적으로 우산을 들고 다닌다는 걸 알게 된 것은 얼마 전이었다.

숨바꼭질을 하던 동네 아이들이 야광이를 음악 학원 담벼락에 밀어붙이고 도망가지 못하게 에워싸고 있을 때였다. 여자는 무심한 표정으로 아이들의 행동을 멀리서 지켜봤다. 숨바꼭질에 끼지 못한 야광이가 손가락질로 술래에게 아이들이 숨어 있는 장소를 가르쳐 주어서 모두들 화가 난 상태였다. 아이들은 양 갈래로 땋아 내린 야광이의 머리카락을 한 번씩 잡아당기고 손가락으로 배를 쿡쿡 찔러 댔다. 여자는 야광이가 그 상황을 어떻게 모면할지 궁금했다. 더 이상 참기 힘든 지경에 이르자 야광이는 들고 있던 초록색 야광 우산을 기습적으로 펼쳤다. 놀란 아이들은 둥그렇게 펼쳐진 우산만큼 뒤로 물러났고 야광이는 넓게 벌어진 틈새를 뚫고 우산을 휘두르며 힘차게 발을 굴렀다. 아이들이 쫓아가 봤지만 롤러블레이드를 타고 달아나는 야광이를 따라잡을 수는 없었다. 그제야 여자는, 야광이가 최소한 자신을 방치해 두지 않는다는 걸 알았다. 아무것도 하지 않은 채 스스로를 방기하기에 여덟 살은 까마득히 어린 나이였다. 그날 여자는 야광이에게 물었다. 애들이 왜 널 싫어하니? 집이 부자니? 야광이는 아니라고 대답했다. 그러면 공부를 아주 잘하거나 못하니? 야광이는 중간이라고 대답했다. 다소 심각한 표정을 지으며 묻는 여자에게 야광이는 단련된 목소리로 이렇게 말했다. 그냥 주는 거 없이 밉대요.

오랫동안 들고 다녀서인지 야광이의 우산 귀는 뜯어져서 천이 코끼리 귀처럼 힘없이 더펄거리고 있었다. 도트도 고장 난 상태였고 밖으로 드러난 앙상한 알루미늄 우산대는 마치 야광이의 가늘고 차가운 팔뚝 같았다. 우산대가 햇볕에 반짝이자, 여자는 문득 우산 귀를 단단하고 팽팽하게 꿰매 주고 싶다는 생각을 했다. 수선해 주겠다는 말을 꺼내려는데 준중형차인 쏘울 한 대가 그들 앞을 지나갔다. 야광이는 기다렸다는 듯 찰리 채플린처럼 우산을 능숙하게 돌리며 쏘울을 따라잡았다. 여자의 가게 바로 옆에 멈춰선 쏘울에서 남자가 007가방을 들고 내렸다. 야광이는 와이프나 되는 양 생글생글 웃으며 남자의 가방을 맞잡고 롤러블레이드 신은 발로 처벅처벅 걸어갔다. 남자가 난처한 듯 여자를 슬쩍 쳐다 보자, 여자는 짐짓 무심한 표정으로 새 담배를 꺼내 불을 붙였다.

남자는 '수리수리 마수리'라는 간판을 내건 만물 수리 센터 사장이었다. 남자의 가게는 고장 났거나 수리가 끝난 낡은 물건들로 가득 차 있었다. 어렸을 때부터 남자가 손만 댔다 하면 못 고치는 물건이 없어서 사람들은 저놈이 마술을 부린다고 신기해했다. 환호받던 어린 시절의 기억을 떠올리며 남자는 언젠가 가게를 낸다면 반드시 상호를 '수리수리 마수리'로 하겠다고 정해 놓았다. 그 특이한 간판 이름 때문에 급기야 남자의 성은 '마', 이름은 '수리'가 되어 버렸고, 사물의 이치를 모르는 아이들은 남자를 마술사로 오인하기도 했다. 몇 번의 손놀림으로 먹통이던 라디오나 TV에서 소리가 났으니 그렇게 생각할 만도 했다.

물건 고치는 데 도사였던 남자는 두 번의 이혼을 겪고 나서야 비로소 자신이 소원하던 일을 할 수 있게 되었다. 어쩌면 하고 싶은 일을 하기 위해서 남자에게는 두 번의 이혼 경력이 필요했는지도 모른다. 다섯 형제 중 막내로 태어난 남자는 서울에서 명문대를 나와 소위 '사' 자 붙은 직업을 가진 형들과 달리 경기도 소재의 대학에서 전자공학을 전공한 평범한 사내였다. 부모와 형들은 그런 남자를 부끄럽게 생각했다. 남자는 미운 오리 새끼가 되지 않기 위해 명문대는 아니지만 열심히 공부해 수석으로 졸업했고 가족의 말이라면 무조건 따르거나 경청했다. 결혼도 그 가족의 말 중 하나여서 남자는 집안에서 정해 준 사람과 만나 한 달 만에 결혼했다. 그러나 형들과 달리 그런 정략적인 결혼은 남자에게 맞지 않았다. 2년 동안의 결혼 생활에 종지부를 찍고 다시 재혼을 했지만 두 번째 결혼 역시 석 달 만에 끝나고 말았다. 두 번째는 혼인신고를 하지 않아 법적으로 이혼은 아니었지만 어쨌든 남자는 두 번의 이혼 경력을 가진 불행한 사람이었다. 그 후 남자는 집안의 씻을 수 없는 불명예가 되었고, 수리 센터를 하겠다고 나섰을 때는 그 일이 남자의 본분과 분수에 맞는다는 듯 아무도 반대하지 않았다. 대신 가족들은 한 번도 남자의 가게를 찾아오지 않았다.

"수리 아저씨, 오늘은 뭘 고치셨어요?"

야광이가 생글거리는 얼굴로 남자에게 물었다.

"DVD랑 오래된 전축, 덤으로 부러진 식탁 다리를 고쳐 주고 왔다."

남자가 가방을 책상 위에 내려놓자마자 야광이가 참새처럼 재잘거리며 남자가 가는 곳마다 따라다녔다. 평소 말수가 적은 남자는 야광이가 말을 걸어 올 때만큼은 마술처럼 빠져들어 자신도 모르게 대답하는 버릇이 있었다. 그게 야광이가 갖고 있는 마력이었다. 작화증이 있는 야광이는 말하는 기술이나 이야기를 꾸며 대는 솜씨가 아주 뛰어났다. 친구와 어울리지 못하고 자라는 아이들이란 책에서 위안을 받기 마련이었고, 야광이는 자신이 읽은 책 내용의 일부를 과장하거나 개작해서 이야기하는 재주가 있었다. 그렇다고 야광이가 처음부터 말이 많았던 건 아니었다. 야광이가 갑자기 말을 많이 하게 된 이유는 다 혀에 있었다. 야광이는 구조적으로 혀가 길지 않아 혀 짧은 소리를 냈는데, 주는 거 없이 미움을 받는다기보다 부정확한 발음이 바보 같아서 친구들로부터 따돌림을 당하고 있었다. 그런 야광이를 늘 안쓰럽게 생각하던 외할머니는 궁리 끝에 말을 많이 하면 혀가 길어진다고 거짓말을 했다. 그걸 곧이곧대로 믿은 야광이는 이야깃거리를 얻기 위해 닥치는 대로 책을 읽었고, 자신의 이야기에 귀를 기울여 줄, 심심하면서 친절한 어른들을 찾아 이리저리 돌아다녔다. 그때부터 야광이에게는 또래 친구들 대신 어른 친구들이 조금씩 생겨났다.

"어제는 무슨 책을 읽었니?"

남자의 짧은 질문 한마디에 야광이의 대답은 늘 10분을 넘겼다.

"「피리 부는 사나이」요. 끝이 너무 섭섭해서 다음 애기를 생각해 봤는데요……."

남자는 길고도 아득한 얘기를 들으며 야광이의 우산 귀를 낚싯줄로 튼튼하게 꿰매 주었다. 그리고 우산을 단정하게 오므려 주는 도트도 새로 달아 주었다.

여자는 어린이용 침대 매트리스 위에 전자 키보드를 싣고 운전석에 올라탔다. 오늘은 아침 일찍 서두른 덕에 소득이 많아 기분이 좋았다. 여자는 오려 온 오늘 자 생활정보지를 바지 주머니에 접어 넣고 미니 트럭의 시동을 걸었다. 여자는 동네에서 가장 먼저 길가에 비치된 무료 생활정보지를 챙기는 사람이었다. 여자가 정보지에서 눈여겨보는 건 '무료로 드립니다'라는 코너였다. 여자는 현재 중고품을 사고파는 가게를 운영 중이었고 가게에 진열된 물건의 거지반은 생활정보지를 통해 공짜로 얻어 낸 것들이었다. 정보지에 올라오는 물건들은 '무료로 드린'다는 제목에 걸맞게 정말 무료로 줘도 아깝지 않을 것들이 대부분이었다. 빨래 건조대나 밥상처럼 변변찮은 것들이 많지만 간혹 소파나 장롱, 냉장고, TV같이 꽤 값나가고 그럴싸한 물건도 나오기 때문에 정보 선점이 무엇보다 중요했다. 여자가 가장 원하는 것은 업라이트 피아노였지만 아직까지 피아노를 무료로 주겠다고 하는 사람은 없었다. 그런데 오늘, 피아노는 아니지만 그 사촌뻘쯤 되는 전자 키보드를 얻었다. 그래서 여자는 모처럼 우울하지 않았다. 요즘은 뭐든 함부로 버리는 세상이니, 기다리면 언젠가는 피아노를 멋들어지게 진열할 날도 올 거라 생각하며 여자는 트럭을 몰았다.

여자는 가게에 도착하자마자 다른 물건은 제쳐 두고 전자 키보드를 제일 먼저 트럭에서 내렸다. 금방 팔리는 이런 물건은 혹 고장 난 곳이 없는지 즉시 점검해 봐야 했다. 여자는 가게 안으로 들어가 플러그를 콘센트에 꽂고 전원 버튼을 누른 뒤 첫 번째 건반부터 차근차근 눌러 봤다. 점점 높아지는 음을 따라 여자의 길고 가느다란 목이 옆으로 기울었다. 그런데 잘 나가다 마지막 검은 건반에서 소리가 나지 않았다. 비고 사라져 버린 음. 그러면 그렇지. 끝에 있는 건반이라 몇 번 칠 일이 없을 것 같아 그냥 놔두려다 여자는 마음을 고쳐먹었다. 구석에 있어도 언젠가 한번은 두드릴 일이 생길 것이고, 세상에는 평생 동안 단 한 번의 소리를 내기 위해 존재하는 것도 분명 있으므로 내버려 둘 건 아니라고 생각했다. 여자는 키보드를 들고 옆 가게로 향했다. 사라져 버린 음이 어떤 소리를 갖고 있는지도 궁금했다.

여자가 문을 열고 가게 안으로 들어섰을 때 남자는 온풍기를 고치는 중이었다. 여자를 보자 남자는 온풍기를 손보다 말고 자리에서 일어나 말없이 키보드를 건네받았다.

"건반 하나가 말썽이에요."

여자는 고장 난 검은 건반을 집게손가락으로 계속 두드렸다. 건반에서는 전자음 대신 둔탁한 마찰음만 공허하게 흘러나왔다.

"고칠 수 있겠죠?"

건반에 손을 얹은 채 여자가 물었다.

남자는 아무 말 없이 고개만 끄덕였다. 여자는 이제 남자의 저 침묵이 '글쎄요'가 아니라 고칠 수 있음을 의미한다는 걸 알고 있었다. 여자는 소파에 앉아 키보드가 분해되는 소리를 들으며 먼지 낀 창으로 밖을 내다봤다. 지나가는 사람은 아무도 없었고, 여자 또한 아무것도 안 하고 가만히 앉아 있으려니 따분해서 졸음이 몰려왔다. 여자는 소파 모서리에 머리를 받치고 눈을 감았다.

여자는 남자가 치는 키보드 연주 소리에 잠에서 깨어났다. 남자는 두 손을 건반 위에 올려놓고 아주 수준 높은 클래식을 연주하고 있었다. 남자의 손가락은 고장 났던 그 검은 건반을 간혹 눌렀다. 일부러 그 건반을 쳐야만 하는 곡을 연주하는 것 같았다. 여자는 음악에 대해 아는 바가 없었지만, 그 음이 빠졌다면 방금 들은 곡이 아름답지 않으리라고 생각했다.

"피아노도 칠 줄 아세요?"

여자가 놀란 눈으로 소파에서 일어나 다가가자 남자

는 황급히 연주를 멈추고 전원 버튼을 눌렀다. 그러고는 다시 온풍기 앞으로 가 수리를 마저 했다. 여자는 키보드 앞에 서서 전원을 켠 뒤 검은 건반을 두드렸다. 남자가 찾아 준 그 음을 머릿속에 새기려는 듯 짧게도 치고 길게도 쳐 봤다.

수리비를 지불하고 남자의 가게를 나온 여자는 네온빛으로 반짝이는 '수리수리 마수리'라는 간판을 올려다보며 이름 하나는 잘 지었네, 라고 중얼거렸다. 나란히 서 있는 남자와 여자의 가게는 공생 관계라 할 수 있었다. 여자가 공짜로 얻어 오는 물건 중에는 고장 난 것이 더러 있어서 남자에게 맡기기만 하면 기대에 어긋나지 않게 감쪽같이 고쳐 주었다. 남자 또한 손님들이 오래전에 맡기고 간 것 중에서, 찾으러 올 가망이 없어 보이거나 주인이 포기한 물건을 수리비만 받고 여자의 가게에 팔았다. 하지만 그들의 실제 관계가 가게처럼 공생관계에 있는 건 아니었다. 이곳은 소문과 오해와 의심으로 얼룩진 곳이었고, 몰이해와 편견으로 무장된 곳이었다. 그 소문과 편견의 중심에 남자와 여자가 있었다. 사람들은 결혼을 두 번이나 한 남자를, 보잘것없고 어수룩한 외모만 보고 마흔이 되도록 결혼 한번 못 해 본 사람일 거라 단정했고, 결혼은커녕 연애도 한 번밖에 못 해 본 여자는 결혼을 두어 번은 능히 했을 사람이라고 추측했다. 그 짐작은 물론 여자의 예사롭지 않은 외모에서 기인했다.

사람들은 여자가 바람에 날아온 먼지에 한쪽 눈을 감으면 사내를 유혹하기 위해 윙크를 한다고 오해했고, 막대 모양의 아이스크림을 빨고 있으면 웬 남자에게 신호를 보내는 중이라고 수군댔다. 그러한 음모들이 여자에게 다가가려는 뭇 남성들의 관심을 사전에 막아 버렸다. 지칠 대로 지친 30대 중반에 이르러 여자가 혼자 살기로 작정했을 때는 동성애자라는 헛소문까지 퍼졌다.

여자는 몸도 마음도 중고에 다다른, 불혹이 돼서야 사람들의 눈과 말을 의식하지 않게 된 걸 못내 억울해했다. 인생이 중반으로 들어서는 불혹이란 그렇듯 뻔뻔해지거나 겁이 없어지는 나이, 혹은 아닌 건 쉽게 포기하게 만드는 부드러운 나이인지도 몰랐다. 불혹(不惑). 여자는 이제 무엇에도 미혹되지 않았다.

여자는 전자 키보드를 들여놓고 트럭에서 남은 물건을 마저 내렸다. 어린이용 매트리스를 혼자서 들어 올리려니 힘에 부쳤다. 여자는 지나가던 중년 남자에게 다가가 좀 도와 달라고 부탁했다. 중년 남자는 여자를 위아래로 훑어보더니 흔쾌히 가게 안까지 매트리스를 옮겨 주었다.

회전의자 두 개와 32인치 디지털 TV를 배달하고 온 여자가 트럭에서 내렸다. 차 문 여닫는 소리를 듣고 야광이가 냉장고 뒤에서 잽싸게 튀어나와 부리나케 도망 갔다. 롤러블레이드에서는 불빛이 번쩍이고 야광이의 손에는 래커가 쥐어져 있었다. 냉장고에 낙서를 하고 달아나는 중인 게 분명했다.

여자는 중고 냉장고들이 오종종 모여 있는 곳으로 갔다. 저번에도 야광이가 래커로 낙서를 하는 바람에 냉장고 하나를 버린 적이 있었다. 예상대로 야광이는 봉해 둔 노란색 테이프를 뜯고 단문형 삼성냉장고 안에다 '씨발년'이라고 빨간색으로 낙서해 놓았다. 저런 징그러운 욕은 어디서 배운 걸까. 아마도 어제 여자가 키보드를 들고 남자의 가게에서 나오는 걸 본 모양이었다. 녀석은 꼭 이런 식으로 앙갚음을 했다. 그렇다고 여자가 그런 욕을 먹을 짓을 하고 산 것도 아니었다. 야광이 하나를 감시하기 위해 사람을 쓸 수도 없는 노릇이었고 가게를 비울 때마다 문단속을 하거나 그 무거운 냉장고를 안으로 들여놓을 수도 없었다. 가게 안 공간이 비좁아 들여놓을 형편도 아니지만 옮길 만한 힘이 여자에게 남아있지도 않았다. 여자가 길가에 세워 둔 중고 물건에 할 수 있는 최선의 관리라고는 가게 문을 닫을 때 서리나 비에 맞지 않도록 파란색 비닐 포장으로 덮어 놓는 것뿐이었다. 어차피 공짜로 얻은 것들이 대부분이라 도둑맞아도 상관없었고, 사실 중고에 눈독 들일 사람도 없었다. 설령 몰래 가져간다 해도 불쌍한 형편일 게 뻔하므로 여자는 이해할 수 있었다. 그러나 야광이의 낙서질은 물건을 도둑맞는 것보다 더 기분 상하고 화나는 일이었다. 여자는 이번만큼은 절대로 그냥 넘어가지 않겠다고 다짐했다.

여자는 날이 어두워지길 기다리며 조용한 거리를 두리번거렸다. 슬슬 나타날 때가 됐다고 생각한 시간에 야광이가 팔뚝에 우산을 걸고 노란 호떡 봉투를 한 손에 든 채 씽씽 바람을 가르며 달려왔다. 여자는 담배를 삐딱하게 입술 끝에 물고 팔을 활짝 벌려 길을 막아섰다. 찔리는 구석이 있는지 야광이가 멈칫하며 롤러블레이드에 브레이크를 걸었다.

"비켜요. 바쁘단 말이에요!"

야광이는 눈을 치켜떴다.

"호떡 5000원어치 주문이다."

여자가 신발 밑창으로 담배를 밟아 끄며 말했다.

짐작하고 있던 냉장고 얘기를 안 꺼내자 야광이는 안도하는 얼굴로 내처 가던 길을 달려갔다.

야광이는 방과 후 인근 사거리 귀퉁이에 위치하고 있는 호떡집에서 아르바이트를 한다. 목이 좋은 데다 맛도 특이해서 한 평도 안 되는 가게는 진짜 '호떡집에 불난' 것처럼 늘 손님들로 북적였다. 주변 가게나 일반 가정집에서 배달 주문도 심심치 않게 들어왔다. 등에 두 살배기 아기를 업고 호떡을 굽는 주인 여자한테는 배달해 줄 사람이 필요했고 롤러블레이드를 잘 타는 야광이가 제격이었다. 야광이가 주인 여자의 눈에 든 건 평소 야광이가 이야기를 재미있게 하면서 친분을 쌓아 둔 덕이 컸다. 매일 수십 장의 호떡을 뒤집어야 하는 주인 여자는 야광이에게 심심하고 친절한 어른 중 하나였고, 주인 여자 또한 야광이 덕에 추위와 고단함을 잊고 호떡을 빚을 수 있었다. 야광이는 이번에 돈이 모이면 낡은 우산을 바꿀 계획이었다.

주문한 지 30분 만에 야광이가 기름이 어둡게 번진 노란 종이봉투를 들고 여자의 가게를 찾아왔다. 여자는 의자 대신 중고 책상에 앉아 무릎 위에 봉투를 찢어 놓고 호떡을 천천히 먹기 시작했다. 야광이가 빨리 돈을 달라고 보채는데도 여자는 호떡 다섯 개를 해치울 동안 들은 척도 하지 않고 다리만 앞뒤로 흔들었다. 야광이는 다 먹으면 줄 모양이라 생각하고 호떡에서 뚝뚝 떨어지는 갈색 설탕물을 우두커니 쳐다봤다. 드디어 마지막 호떡이 여자의 입으로 들어가고, 여자가 기름 묻어 반질해진 손을 노란 봉투에 닦으며 책상 위에서 풀썩 내려왔다.

"아줌마, 빨리 호떡 값 줘요!"

야광이가 손바닥을 내밀며 말했다.

여자는 호떡 봉지를 손으로 짝짝 찢으며 '없다'고 시치미를 뗀 뒤 쓰레기통에 종이를 던져 넣었다.

"낮에 네가 망친 그 냉장고 제값 주고 팔면 얼만 줄 알아?"

여자는 팔짱을 끼고 야광이를 내려다봤다.

"이제 저 냉장고 네 거다. 필요하면 집으로 갖고 가든가 낙서를 하든가 맘대로 해."

그러고는 상체를 가까이 숙여 야광이와 눈높이를 맞추며 말했다.

"5000원이면 거저나 마찬가지다."

"가만 안 둘 거예요!"

머리끝까지 약이 오른 야광이가 롤러블레이드로 바닥을 두 번 탕탕, 내려치며 말했다.

여자는 어린 게 버릇없고 싸가지 없다고 쏘아붙인 뒤 문을 닫고 방으로 들어가 버렸다.

"정말 못된 아줌마예요!"

야광이의 뺨이 불그락거렸다.

야광이는 전자레인지 회전판을 고치고 있는 남자 앞에 쭈그리고 앉아 여자 흉을 봤다. 남자는 야광이가 다른 어른과는 잘 지내면서 왜 여자하고는 사이가 안 좋은지 내심 궁금했다.

"왜 그 아줌마만 싫어하니?"

야광이는 한참을 골똘히 생각하더니 말했다.

"주는 거 없이 그냥 미워요."

"그래서 5000원은 어떻게 했니?"

"제 돈으로 메웠죠, 뭐. 우산 사려고 모아 뒀던 건데 마녀 같은 아줌마 때문에 다 망쳤어요."

야광이는 때가 묻고 색이 바래 야광색이 사라져 버린 우산을 펼쳤다. 야광이의 우산은 너무 낡은 데다 야광색도 빠져서 이제는 그냥 평범한 녹색 우산처럼 보였다. 저번에 남자가 낚싯줄로 꿰매 준 우산 귀는 어느새 다시 찢어져서 더 이상 수선할 수 없을 만큼 망가져 있었다.

"다음에도 야광 우산으로 살 거니?"

우산을 살피며 남자가 물었다.

"당근이죠."

"예쁜 색깔도 많잖아."

"사고 날까 봐요."

"사고?"

"눈에 띄는 색이어야 차를 모는 어른들이 멀리서 보고 미리 조심한대요. 우리 외할머니가 그랬어요."

그래서일까, 야광이는 저녁에 빠른 속도로 롤러블레이드를 타고 다니는데도 한 번도 사고를 당한 적이 없었다. 롤러블레이드의 불빛이 야광이의 존재를 반짝반짝 빛나게 해 주어 그러는 것 같았다. 일테면 그것은 표지판 같은 것이었다. 불빛이 깜빡이는 곳에 야광이가 있다는 표식. 남자는 상상하기 시작했다. 자신의 온몸에 야광 스티커를 덕지덕지 붙이고 크리스마스트리 전구를 그 위에 칭칭 감고 돌아다니면 어떨까? 그런 모습으로 부모님과 형제들 앞에 나타나면 멀리서라도 보고 알아봐 줄까, 아니면 미리 알아채고 딴 데로 방향을 돌려 버릴까? 남자는 간판을 주문하던 날, 전구를 몸에 달고 다닐 수 없는 자신을 대신해 멀리서도 간판이 눈에 잘 띄도록 글씨를 큼지막하게 써 달라고 업자한테 부탁했고, 자잘한 전구가 달린 전선을 글자 위에 붙여서 어두워도 잘 보일 수 있도록 했다. 아니, 어두워야 잘 보일 수 있도록 했다. 가족들이 밤에 몰래 다녀갈지도 모른다고 생각해서 남자는 영업이 끝나도 간판 불을 끄지 않았다. 그 때문에 '수리수리 마수리' 중 앞에서 두 번째 글자 '리'와 뒤에서 두 번째 글자 '수'에 불이 들어오지 않아 저녁에는 가게 이름이 '수수리 마리'가 되었다. 뭐든 오래되면 지치고 고장 나는 법이었다. 그러다 시간이 더 지나면 언젠가는 되돌릴 수도 없게 된다. 되돌릴 수 없게 되기 전에 간판을 수리해야 하는데, 하면서도 남자는 이상하게 손이 가지 않았다.

혹시 남자가 일부러 간판 수리를 안 하고 있는 건 아닐까? 간판 일부에 불이 들어오지 않을 만큼 시간이 지났고, 그래서 많이 지쳤다는 걸 그렇게라도 가족에게 알리려고? 아니면 이젠 찾아오지 않아도 된다고 어둠 속에서 빛으로 전하는 그의 말일까? 오히려 찾아올까 두려워 고의로 고장을 방치해 두는 건 아닐까?

"수리 아저씨, 정말 마술 할 줄 모르세요?"

야광이의 표정은 진지해 보였다. '마술' 얘기는 가게 이름 때문에 남자가 가끔 받는 질문이었다.

"아저씨는 물건을 고치는 사람이야. 수리하는 사람."

"수리수리 마수리는 마술 할 때 외우는 주문인데요?"

어른들은 마술이 눈속임이라는 걸 다 알았다. 짜고 치는 고스톱 같은 거란 걸 알면서도 모른 척 속아 주는 것뿐이었다. 그러나 아이들은 달랐다. 남자도 저 나이 때 마술을 무슨 동화 속에 나오는 마법이나 요술로 생각했다. 보자기 안에서 비둘기를 만들어 내고 사람을 공중에 띄울 수 있는 자라면 다른 일도 능히 할 수 있을 거라고 생각했다. 아픈 사람도 고치고 맛있는 음식도 얼마든지 상자 안에서 꺼낼 수 있는 전능한 존재라고. 나중에 마술의 원리를 알고 나서는 마술사를 시시한 사람이나 사기꾼쯤으로 여기게 됐지만 어릴 때는 보이는 걸 그대로 믿기 마련이었다. 책을 많이 읽는 야광이라도 어른들의 감쪽같은 속임수를 아직은 눈치채지 못했다.

"추석 때 TV에서 마술쇼를 봤는데요, 톱으로 사람을 잘랐다가 다시 붙이는 마술이었어요."

야광이는 손동작으로 톱질하는 시늉을 했다.

"마술사는 그럼 죽은 사람도 살릴 수 있는 거예요?"

그것은 시간이 지나 뼈가 크고 단단해지면 저절로 알

게 될 진실이었다.

"네 눈에 보이는 대로 믿어."

남자가 전자레인지의 시작 버튼을 누르자 노란 불이 들어오면서 유리 회전판이 마술처럼 돌아가기 시작했다. 야광이가 마술 공연을 본 것처럼 환호하며 박수를 쳤다.

아침부터 위장이 뒤틀려 물 한 모금 마시지 못한 여자는 가게 문도 열지 않고 어스름한 방 안에 드러누워 있었다. 어제 저녁에 먹은 호떡이 문제였는지 여자는 새벽부터 화장실만 들락거렸다. 세탁기를 무료로 드리겠다고 정보지에 광고를 냈던 사람은 여자가 약속한 시간에 나타나지 않자 다른 사람한테 주기로 했다며 전화를 걸어 화를 냈다. 가는 날이 장날이라고 오늘따라 물건을 보기 위해 가게 문을 두드리는 사람도 평소보다 많았다. 야광이 때문에 이래저래 손해를 보는 상황이었다. 버릇없는 꼬맹이 하나 혼내 주려다 외려 된통 당한 꼴이었다. 여자는 자리에서 일어나 예전에 먹고 처박아 둔 위장약을 화장대 서랍에서 찾아 입에 털어 넣었다. 지긋지긋한 약이라 이젠 물 없이도 잘 넘어갔다.

여자는 천장을 보고 누워 담배를 피웠다. 약을 먹었더니 속이 조금 편해진 것 같았다. 커튼 틈으로 들어온 햇살 한 가닥이 수면제라도 되는 양 몸에 스며들어 곧바로 잠이 몰려왔다. 여자는 재떨이에 담배를 걸쳐 두고 노곤해진 눈을 감았다.

여자가 다시 눈을 떴을 때 빛이 사라진 커튼 사이로 어둠이 보였고, 누군가가 다급하게 문을 두드리는 소리가 들렸다. 이 밤중에 급하게 필요한 중고 물건이 뭐가 있겠는가. 여자는 지치면 돌아가겠지 싶어 불 꺼진 방에 누운 채 커튼 틈새에 갇혀 있는 밤을 쳐다보고 있었다. 그러나 문밖의 누군가는 돌아갈 기미가 전혀 보이지 않았다. 한껏 격앙된 목소리가 방문 너머로 희미하게 건너왔다.

여자는 인상을 찌푸리며 방을 나가 가게 문을 열어젖혔다. 그 순간, 어둠을 뚫고 날아든 날카로운 손이 여자의 머리카락을 휘어잡았다. 머리끄덩이를 잡아 챈, 주인을 알 수 없는 질긴 손이 여자를 가게 밖으로 끌어당겼고, 여자는 영문도 모른 채 질질 끌려 나갔다. 끌려가면서 여자의 신발 한 짝이 벗겨졌다. 여자는 고개를 돌려 손의 주인을 알아내려 했지만 어두운 데다 머리가 심하게 흔들리고 어지러워서 볼 수 없었다. 그때, 손 주인의 목소리가 들려왔다.

"씨발년, 할 짓이 없어서 남의 남편을 꼬드겨? 너 언젠가 내 손에 잡힐 줄 알았다, 이년아!"

동네 사람들이 하나둘 모여들어 수군거리는 소리가 들려왔다. 누군가는 둘 사이를 떼어 놓으려고 달려들었지만 손의 아귀힘이 워낙 세서 거듭 실패했다. 여자의 머리에서 머리카락이 한 움큼 뽑히고 나서야 여자는 그 억센 손의 주인이 누군지 똑바로 마주 볼 수 있었다. 그러나 여자에게는 낯선 얼굴이었다. 여자는 헝클어진 머리카락 사이로 주위에 몰려든 사람들을 둘러봤다. 수리 센터 남자도 보였고 그 옆에 야광이가 놀란 눈을 하고 서 있었다.

"당신 남편이 누군데?"

여자는 손에게 바짝 다가서며 말했다.

"데려와 봐!"

여자는 머리카락이 뽑힌 자리가 아픈 것보다 한쪽 발이 시려워서 손보다 더 크게 소리를 질렀다.

"개 같은 년이 완전 적반하장이네?"

다시 여자의 머리끄덩이를 휘어잡을 기세로 손이 달려들자 사람들이 끼여들어 간신히 말렸다.

"증거를 대 봐!"

여자가 손의 어깨를 손바닥으로 밀치며 말했다.

"내 남편이 네년 집으로 들어가는 걸 봤단 사람이 있어!"

"언제?"

"침대 매트리스까지 사이좋게 들고 들어갔다며?"

이번에는 손이 여자의 어깨를 주먹으로 밀쳤다.

"거기서 무슨 짓들을 했을까?"

손의 말에 여자는 어이없다는 듯 얼굴 반쪽을 일그러 뜨리며 손의 머리채를 잡아당겨 있는 힘껏 바닥으로 내동댕이쳤다.

"다른 년한테 가 봐."

더러운 물건을 만진 것처럼 여자는 양쪽 손바닥을 마주쳐 소리를 내며 탈탈 털었다.

"가서 당신 남편이나 족치라고! 애먼 데 와서 소란 피우지 말고."

그러고는 약간 절뚝거리며 가게 문을 세게 닫아걸고 들어가 버렸다. 여자는 창피한 것보다 억울하다는 생각이 다시 들었다. 마흔에 닿은 여자는 이제 아름답다고도 할 수 없는, 닳고 해진 속처럼 겉도 물러져 가는 나이였다. 낡은 나이. 얼마나 더 시간이 지나야 하는 걸까. 여자는 허름해진 속을 보여 주고 싶은 친구가 생기면 나눠 마시려고 봄에 담가 뒀던 진달래주를 싱크대 선반에서 꺼내 병째 들이켰다. 여자의 맨발로 술 방울이 흘렀다.

얼큰하게 달아오른 여자는 부엌에서 먼지가 잔뜩 쌓인 믹서기를 들고 나와 남자의 가게로 갔다. 유리문으로 여자를 본 남자가 막 껐던 형광등을 다시 켰다. 여자는 가게로 들어서며 오늘 아침에 갑자기 고장 나는 바람에 당근을 못 갈아 먹었다며 믹서기를 남자에게 디밀었다. 남자는 믹서기에 시커멓게 굳어 있는 먼지를 보고 여자가 집에서 아무거나 집어 왔다는 걸 눈치챘다.

남자는 모른 척 믹서기를 받아 들며 어디가 고장 났냐고 물었다.

"1단 버튼이 말썽이야."

여자는 주먹을 쥔 뒤 집게손가락을 꼽아 올렸다.

"뭐든 첫 단계가 중요한데."

반말에, 술기운이 묻어 있는 여자의 말이 공중으로 쏟아져 나와 위태롭게 휘청거렸다.

여자의 말대로 1단 버튼은 뻑뻑해서 눌러지지 않았고 작동도 되지 않았다. 갑자기 고장 난 것으로도 보이지 않았다. 남자는 곧바로 믹서기를 분해했다. 여자는 소파에 머리를 기대고 앉아 눈을 끔뻑이며 남자를 지켜봤다.

"이봐, 당신이 그렇게 잘 고쳐?"

여자의 말투는 약간 시비조로 바뀌어 있었다.

"잘 고치면 내 몸뚱이나 좀 고쳐 봐."

여자는 주먹으로 자기 가슴을 쳤다.

"저딴 거 백날 고쳐 봐야 헌게 새것이 되진 않아. 아무도 곱게 봐 주지 않는다고."

여자가 고개를 푹 숙이자 풀어 헤쳐진 머리카락이 얼굴을 가렸다.

"당신이나 나나 저것들하고 똑같아. 아무리 기고 날 뛰어도……."

여자는 지칠 때까지 술주정을 부리다 소파에 쓰러져

잠이 들었다. 남자는 밤이 깊도록 믹서기의 1단 버튼을 고쳤다.

여자가 눈을 떴을 때 여자의 몸에는 이불이 덮여 있었고 소파 옆에는 전기 난로가 켜져 있었다. 시계를 보니 오후 3시가 넘은 시간이었다. 가게 셔터는 절반만 내려진 상태였고 남자는 보이지 않았다. 여자 때문에 가게 문도 못 열고 있는 것 같았다. 여자는 자리에서 일어나 소파 테이블에 놓여 있는 믹서기의 플러그를 꽂고 1단 버튼을 눌러 봤다.

"버리려고 했는데."

여자는 전원을 끄고 중얼거렸다.

"내일부터 정말 당근 갈아 먹어야겠네."

여자는 믹서기를 들고 허리를 수그려 가게를 나왔다. 그때 어딘가를 향해 달려가는 야광이와 눈이 마주쳤다. 오늘따라 키가 유난히 작아 보여서 유심히 살폈더니 롤러블레이드가 아닌 보라색 에나멜 구두를 신고 달리고 있었다. 그러나 손에는 여전히 야광 우산이 들려 있었다. 꼭꼭 숨어라 머리카락 보일라. 멀리서 아이 하나가 전봇대에 얼굴을 묻은 채 그렇게 외치고 있었다. 야광이가 동네 아이들의 숨바꼭질 놀이에 동참하고 있는 것이었다. 항상 놀이에서 소외됐던 야광이가 어쩐 일일까. 모처럼 제 또래 아이들과 노는 게 신났는지 숨을 곳을 찾아 달려가는 야광이의 표정이 평소와 달리 천진난만했다. 아무리 어른 친구가 많아도 그들이 채워 줄 수 없는 세계가 아이들에게는 따로 존재했다. 롤러블레이드를 타는 건 게임 규칙에 어긋나는 일이라서 아이들은 숨바꼭질을 하고 싶으면 신발을 바꿔 신어야 한다고 한 모양이었다. 전봇대 옆에 야광이의 롤러블레이드가 내팽개쳐지듯 놓여 있었고 호떡 봉지가 그 밑에 깔려 있었다. 여자는 기름 묻은 호떡 봉지를 보고 고개를 갸웃거리다 그러면 그렇지, 라고 중얼거렸다. 아이들의 환심을 사는 데 먹을거리만큼 좋은 건 없었다. 숙취로 머리가 아프기 시작한 여자는 오늘까지만 쉬기로 하고 가게 문을 닫았다. 멀리서 들려오는 아이들의 아득한 웃음소리가 여자의 서툰 잠을 재촉했다.

술래가 찾아낸 아이들이 하나둘 숨바꼭질 집으로 정해 놓은 전봇대로 모여들었다. 구두를 신고 있는 야광이 또한 술래에게 숨은 장소를 금세 들키고 말았다. 마지막 한 명을 찾지 못한 술래가 못 찾겠다 꾀꼬리, 라고 소리치자 길가에 세워져 있던 덤프트럭 안에서 아이 하나가 빼꼼히 얼굴을 내밀었다. 일곱 명의 아이들이 한자리에 모이고, 술래에게 잡힌 다섯 명의 아이들이 가위바위보로 술래를 다시 정했다. 이번만 하고 난 그만할래. 술래가 정해지자 숙제를 해야 한다며 아이 하나가 다음에 빠지겠다고 했다. 그러자 다른 아이들도 덩달아 손을 들며 나도, 라고 외쳤다. 더 놀고 싶은 야광이만 아쉬워서 손을 들지 않았다. 야광이는 내일 아침까지라도 하라면 할 수 있을 것 같았다. 야광이는, 이번에는 아무도 찾지 못할 곳으로 꼭꼭 숨어야겠다고 생각했다. 어두워질 때까지 숨어 있을 거야. 그러면 계속 숨바꼭질을 할 수 있겠지. 게임이 시작되자 야광이는 구두를 신어 느려진 발로 최고의 숨을 곳을 찾아 이리저리 달렸다. 다른 건 몰라도 숨는 거 하나는 자신 있지. 전봇대에서 고개를 돌린 술래가 숨은 사람을 찾으러 걸음을 옮기기 시작했다.

한잠 푹 잔 여자는 모처럼 가볍고 개운한 기분으로 가게 문을 열었다. 겨우 이틀을 쉬었을 뿐인데 꽤 오랜만에 문을 여는 것 같았다. 겨울치고 햇살이 따뜻하고 포근해서 여자는 냉장고에 몸을 기대고 서서 얼굴을 찡그리며 해를 응시했다. 냉장고를 덮고 있는 파란색 비닐 포장이 여자의 등에 차고 까칠하게 와 닿았다.

영업을 시작하기 위해 밤새 서리 맞은 비닐 포장을 걷으려고 할 때, 갑자기 어디선가 시끄럽게 떠드는 소리가 들려왔다. 비닐 포장을 걷추다 말고 여자는 소란스러운 쪽으로 고개를 돌렸다. 한 무리의 사람들이 가게마다 드나들며 뭔가를 묻고 확인하고 있었다. 여자는 자기 차례가 될 때까지 기다리기로 했다. 설마 이번에도 자기만 제외되거나 투명인간 취급받는 거 아닐까, 라는 생각을 안 한 건 아니었다.

다행히 맨발에 젤리 슬리퍼를 신고 있는 아주머니가 여자 앞에 멈춰 서서 다급하게 물었다. 아주머니의 발은 겨울 바람에 빨개져 있었다. 여자를 지나치지 않은 걸 보면 진짜 다급한 일이 생긴 모양이었다. 이유야 어떻든, 다른 사람한테는 별것 아닌 일이겠지만 여자는 자신을 건너뛰지 않았다는 사실에 기분이 좋았다. 남자에 의해 깨끗하게 고쳐져서 드디어 자기 높이의 음을 찾게 된 전자 키보드의 마지막 검은 건반처럼. 여자의 머릿속에서는 그 건반의 음계가 잊히지 않고 계속 맴돌았다. 여자가 아주머니의 질문에 고개를 젓자 이번에는 낯선 이름 하나를 댔다. 그래도 여자가 모르겠다고 하자 아주머니는 인상착의를 자세히 설명하기 시작했다. 설명대로라면 그건 분명 야광이었다.

야광이가 행방불명되었다. 동네 아이들과 숨바꼭질을 한다고 나간 후 집으로 돌아오지 않았다는 것이었다. 숨바꼭질의 마지막 술래였던 아이는 야광이를 찾지 못했다고 했다. 못 찾겠다 꾀꼬리, 라고 세 번이나 외쳤지만 야광이는 끝까지 나타나지 않았고 기다리다 지친 아이들은 모두들 숙제를 하러 집으로 돌아갔다고 했다. 그러니까 야광이는 진짜 집으로도 숨바꼭질 집으로도 돌아오지 않은 것이다. 여자는 야광이가 전봇대 옆에 벗어 놓았던 롤러블레이드를 떠올렸다. 깜빡이는 표지판이 없어서 야광이가 있는 곳을 알 수 없는 것일까. 그러나 대신 구두를 신고 있었으니 멀리 가지는 못했을 것이다. 위험한 롤러블레이드를 신지 않았으니, 야광 우산을 들고 있을 테니 사고도 나지 않았을 것이다.

여자는 심상히 생각하며 손을 다시 놀려 비닐 포장을 들추었다. 막 포장을 벗기려는 순간 여자의 눈에 무언가가 들어왔다. 가운데 놓여 있는 냉장고 문틈에 녹색 천이 끼어 있었다. 문을 열지 못하도록 붙여 놓은 박스 테이프는 뜯긴 채 바람에 달랑거리고 있었다. 여자는 가까이 다가가 천을 손가락으로 비벼 봤다. 때가 묻어 녹색으로 보일 뿐 그것의 본래 색은 분명 형광연두색이었다. 여자는 숨을 가쁘게 몰아쉬며 자신도 모르게 비닐 포장을 황급히 덮고 돌아섰다. 그것은 얼마 전 여자가 호떡값 5000원 대신 야광이에게 판 단문형 삼성냉장고였다.

여자는 어떻게 해야 할지 한참을 망설이다 자기도 모르게 가위를 들고 나와 주변을 두리번거리며 천을 잘라냈다. 오려 낸 천은 바지 주머니 속으로 집어넣었고 뜯겨진 테이프를 도로 붙여 놓았다. 냉장고 문이 열리지 않도록.

여자는 날이 어두워질 때까지도 어떻게 해야 할지 알수 없었다. 두렵고 공포스러운 마음에 냉장고를 열어 볼 용기도 나지 않았다. 야광이가 만약 안에 있다면, 냉장고를 5000원에 팔았기 때문에 애가 자기 거라 안심하고 거기로 들어간 거라며 여자는 사람들로부터 책임을 추궁당할 것이고, 결국은 가게까지 그만둬야 할 거라고 생각했다. 여자는 야광이의 귀가 여부를 알아보기 위해 밖으로 나갔다. 남자의 수리 센터 앞에 일단의 사람들이 모여 웅성거리고 있었다. 여자는 가만히 곁으로 다가가 그들이 하는 얘기를 엿들었다. 사람들은 수리 센터 남자를 의심하고 있었다. 평소에 야광이랑 스스럼없이 지냈다는 사실을 들먹이며 남자가 야광이에게 나쁜 생각을 품었을지도 모른다는 것이었다. 귀엽다고 어디론가 데리고 가서 못된 짓을 한 뒤, 그보다 더 못된 짓을 했을 거라고. 저 나이 먹도록 혼자 지내는 남자가 오죽하겠냐며 저런 놈한테 애는 애로 보이지 않는다는 이야기를 그럴듯하게 만들어 냈다. 그들의 허구가 확신에 가까운 사실로 굳어지고, 사람들은 슬금슬금 수리 센터로 몰려갔다. 시간이 흐를수록 남자와 여자 둘 다 궁지에 몰리고 있었다.

시간은 저녁 10시를 넘어서고 있었다. 내가 널 싫어한 건 사실이지만 이렇게까지 할 필요는 없었잖아. 여자는 비닐 포장에 덮인 냉장고를 쳐다보며 속으로 중얼거렸다. 그러다 나중에는 고개를 절레절레 흔들며 아직 확실한 건 아무것도 없다고 다시 되뇌었다. 냉장고 안에 야광이가 있는지 없는지 알 수 없는 일이라고. 어쩌면 야광이가 술래를 따돌리기 위해 속임수를 쓴 건지도 몰랐다. 뜯어진 우산 천을 일부러 냉장고 문틈에 살짝 걸리게끔 넣어 두고 자신은 다른 곳에 숨어 있는 건지도 모른다고. 저 냉장고를 열어 봤자 안에는 귀가 찢어진 우산만 덩그러니 놓여 있을 거라고. 설사 야광이가 숨어 있더라도 그냥 깊은 잠을 자고 있을 거라고.

그러나 패닉에 빠진 여자는 여전히 제정신이 아니었고, 판단력까지 흐려진 상태로 남자에게 갔다. 남자는 아무것도 하지 않은 채 무표정한 얼굴로 소파에 앉아 천장만 쳐다보고 있었다. 여자는 가게 문을 조용히 열고 고개만 내민 채 남자에게 작은 목소리로 말했다.

"부탁 하나 들어줄래요?"

남자가 피곤한 얼굴로 여자를 돌아봤다.

"트럭에 물건 좀 실어……."

일단의 사람들이 다녀간 후 야광이도 걱정되고 심기가 불편할 텐데도 남자는 알겠다는 듯 가만히 고개를 끄덕이며 자리에서 일어났다.

겁에 질린 여자는 비닐 포장을 들춰 가운데에 놓여 있는 냉장고를 떨리는 손으로 가리켰다. 남자와 여자가 양쪽에서 냉장고를 들고 힘겹게 미니 트럭에 그것을 실었다. 여자는 옮기는 도중 혹시라도 테이프로 봉해 둔 냉장고 문이 열릴까 봐 노심초사했다.

"늦은 시간에 무슨 배달입니까?"

남자의 갑작스러운 질문에 여자는 저녁까지 일하는 사람이라서요, 라고 얼버무리며 냉장고가 흔들리지 않게 고무 끈으로 단단히 묶었다. 그럼 이만, 이라고 말하며 돌아가려는 남자를 여자가 다시 붙잡았다.

"배달하고 오는 길에 피아노를 실어 와야 해서……."

여자는 남자의 눈을 쳐다보지 않고 목 언저리에 시선을 두고 말했다.

"요 근방이에요."

남자는 알겠다는 듯 트럭에 올라탔다.

여자는 트럭을 몰며 속으로 중얼거렸다. 지금 나는 중고 냉장고 배달을 가는 길이다. 오는 길에는 근사한 업라이트 중고 피아노를 가지고 올 것이다. 트럭은 가로수를 지나고 긴 다리를 건너고 육교 아래를 통과했다. 다시 돌아갈까 싶었지만 집에서 멀어질수록 여자는 더욱 초조해졌다. 마치 어두운 꿈속을 헤매고 있는 것처럼 자신이 지금 어디로 가고 있는지도 몰랐다. 그러나 걱정과 달리 길은 사방으로 펼쳐지고 끝없이 이어져서 갈 데는 많았다.

여자는 백미러로 트럭 뒤에 세워져 있는 냉장고를 쳐다봤다. 아까 냉장고를 실을 때 가벼웠던 것 같다는 생각이 이제야 들었다. 안에서 뭔가가 덜컹거린다는 느낌도 받지 못했던 것 같았다. 지금쯤 야광이가 집으로 돌아왔을지도 모른다. 그럼에도 여자는 야광이가 정말 저 안에 숨어 있다면 뭘 하고 있었을까 상상했다. 술래가 자신을 찾으러 올 때까지의 길고 지루한 시간을 이겨 내기 위해 이야기를 지어내고 있었을까? 메아리쳐 되돌아오는 자신의 재미난 이야기를 가만히 듣고 있다 졸음이 몰려와 깜빡 잠이 들었을까? 그럴지도 모른다. 여자의 섣부른 짐작과 달리 야광이는 그저 꽃잠을 자고 있을지도. 어둠 속에서 보이는 길쭉한 냉장고는 마치 관 같았다. 아니 절단 마술에 사용하는 검은 마술 상자처럼 보였다. 그러니 이제 마술사가 얍! 하고 외치면 눈을 뜨고 일어날 일만 남은 것이다. 관객들을 감쪽같이 속이고 죽은 것처럼 누워 있다 다시 살아나는 거지.

"혹시 마술 할 줄 알아요?"

여자의 말끝이 조금 떨렸다.

남자는 어두운 창밖을 내다보며 아니요, 라고 무덤덤하게 말했다. 그 말에 여자의 눈가에 갑자기 눈물이 맺혔다. 여자는 눈물을 들킬까 봐 트럭의 속력을 점점 높이며 생각했다. 중고 인생은 아무리 수리하고 닦아도 빛이 나지 않아. 결국 얼마 못 가 다시 고장 나고 초라한 사람들이나 거들떠보지. 여자의 뺨을 타고 두 줄기 눈물이 흘러내렸다. 차라리 처음부터 다시 시작하는 게 나을지도 몰라. 여자는 눈물이 흐르게 내버려 두었다.

다시 시작하려면 어떻게 해야 할까…… 다시 시작하려면……. 여자는 자기가 가는 길이 어딘지도 모른 채 계속 달리기만 했다.

망상의 아파트

이삿짐 트럭이 쏘아 올린 크레인이 침통한 소리를 내지르며 베란다를 지나갔다. 남자는 거실로 얼룩덜룩 침투해 들어온 사다리 모양의 그림자에 놀라 가슴을 쓸어내린 뒤 창문을 열고 고개를 내밀었다. 해가 기우는 시간, 누군가 이사를 온 모양이었다. 남자는 일제히 얼굴을 들어 크레인에 시선을 두고 있는 인부들을 향해 소리쳤다.

"이번에는 몇 번 방입니까?"

이삿짐센터 직원들은 무슨 말인지 못 알아듣겠다는 듯 서로의 얼굴만 멀뚱히 쳐다봤다.

"나 같은 놈하고는 말도 섞기 싫다 이거요?"

여전히 그들은 아무 말 없이 자기 일에 열중했다. 대

답 듣기를 포기한 남자는 목을 둥글게 꺾어 크레인을 올려다봤다. 크레인이 길어질수록 남자의 모가지도 거북이처럼 늘어났다. 드디어 크레인이 작동을 멈췄고, 남자는 한쪽 눈을 감은 채 손가락으로 베란다 창살을 하나하나 짚으며 층수를 세어 봤다. 7층이었다.

"방을 비운 지 얼마나 됐다고 벌써 사람이 들어오나. 나 같은 인간이 많긴 많은 모양이지? 빌 새가 없는 걸 보면."

남자는 창 안쪽으로 상체를 당겼다.

"하긴, 하루가 멀다 하고 우후죽순처럼 생겨나는 게 이놈의 건물이니 그 많은 구멍에 처넣으려면 애먼 사람이라도 끌고 와야 할 거야. 그러니 억울한 사람이 좀 많겠어."

남자는 7층에 살게 될 사람이 누군지 궁금해 단지 안을 두리번거렸다. 같은 라인이면 그것도 인연이랄 수 있으니 얼굴 정도는 알고 있어야 할 것 같았다. 때마침 이삿짐에 상처라도 날까 전전긍긍하며 짐이 옮겨지는 걸 유심히 지켜보고 있던 여자 하나가 눈에 들어왔다.

"새로 오신 모양이죠? 반갑습니다. 앞으로 잘 지내 봅시다."

남자가 여자를 향해 인사를 건넸다.

"전 203번 방에서 삽니다."

악수라도 하겠다는 듯 허공으로 팔을 뻗어 보았으

나 닿을 리 없었다. 남자는 여자에게 자신과 비슷한 점을 찾아내려 꼼꼼히 살폈지만 아무것도 발견하지 못했다. 특별한 것도 그렇다고 이상할 것도 없는, 그저 그런 평범한 여자에 불과해 보였다. 모든 사람들이 얼굴에 나 이런 사람이오, 하고 써 붙이고 다니는 건 아니지만 뭔가 남다른 걸 기대했던 남자는 좀 실망했다. 하지만 그 때문에 남자는 더욱 궁금해졌다. 여자에게 당장 달려가 죄목이 무엇이냐고 대놓고 묻고 싶어진 것이다. 무슨 망사지죄를 지어 여기까지 오게 됐느냐고 말이다.

남자는 궁금증을 뒤로한 채 여자를 향해 손을 흔들었다. 같은 처지에 놓인 사람이 새 식구에게 보내는 반가움의 표시이자 위로의 손짓이었다. 하지만 여자는 창살 위로 목을 빼고 손을 흔들어 대는 남자의 꼬락서니가 우스운지 피식, 웃고 말았다.

"지금이야 웃음이 나오겠지. 좀 더 지내 봐."

남자의 얼굴이 굳어졌다.

"웃고 싶어도 웃을 수 없는 날이 올 테니까."

남자는 베란다 창살에서 몸을 거두고 창문을 닫았다. 직원 한 명과 이삿짐을 가득 실은 선반이 크레인을 타고 7층으로 올라갔다. 저긴 짐이 많기도 하네. 남자는 비교하듯 자신의 아파트 내부를 훑어봤다. 철제 침대와 책꽂이, 굶어 죽지 않을 정도로만 갖추어 놓은 주방 살림이 남자가 가진 전부였다. 너무도 단출해서 허망해 보이기까지 했다. 남자는 차가운 내부 공기에 어깨를 한 번 떨다 그보다 더 차가운 한숨을 내쉬며 거실로 걸음을 옮겼다.

남자의 외로움을 다독여 주려는 듯 천장에 붙박여 있는 스피커가 지직거렸다. 이어 경비의 쩌렁쩌렁한 목소리가 작은 알루미늄 구멍들을 통해 국숫발처럼 쏟아져 나왔다.

"알립니다. 물탱크 청소 관계로 내일 오전 9시부터 오후 6시까지 단수가 시작되오니 쓰실 양의 물은 미리 받아 두시기 바랍니다. 다시 한번 알려 드립니다……."

탁한 듯 하지만 언제 들어도 위엄과 절도가 느껴지는 목소리였다. 누구든 단번에 제압시킬 수 있고 애들처럼 오줌 지리게 만드는 위압적인 목소리. 그 목소리에는 힘 하나 들이지 않고도 방의 질서를 잡을 수 있는 위력이 숨어 있었다. 하지만 자신을 억압하려 드는 목소리 주인을 좋아할 사람은 아무도 없었다. 예민한 신경을 긁어대는 목소리가 싫은 사람들은 용기 내어 스피커에 판자때기를 대고 망치질을 하는 수밖에 없었다. 망치질의 결과에 대해 아는 사람은 당사자 외에는 없었다. 이곳은 팔을 뻗어 안부와 음식을 주고받을 수 있는 담도 없었고, 상자처럼 사방이 막혀 있어서 타인의 방 안 사정을 들여다보기도 불가능했다. 이런 독특한 구조가 이 건물이 내세우는 가장 큰 자랑거리였다.

무시무시한 목소리 주인공에게는 시간관념이란 것도 없었다. 내키는 대로 아무 때나 지껄이고 꼴리는 대로 시도 때도 없이 단지 안을 돌아다녔다. 자기 목소리만큼 명료한 시각과 예민한 청각을 가지고 있어서 의심스러운 상황이 발생하면 철통같은 감각을 재빨리 발휘해 문제를 해결했다. '목소리'는 만만하게 볼 상대가 결코 아니었다.

　남자는 목소리가 시키는 대로 욕실로 들어가 하루 동안 쓸 물을 욕조 가득 받았다. 한번은 물을 받아 두라는 목소리의 명을 거역했다가 호되게 당한 적이 있었다. 물이라고는 설거지통의 구정물과 반나절 동안 모인 변기통의 대변 섞인 오줌이 전부였던 남자는 씻는 것은 물론이고 라면 하나 끓여 먹지 못해서 하루 종일 쫄쫄 굶어야 했다. 변기통에서 퍼져 나오는 악취에 폐가 쪼그라들었는지 숨을 쉴 때마다 목구멍에서 쇳소리가 났다. 그 뒤로는 단수처럼 생활과 밀접하게 관련된 목소리의 명령은 절대 어기지 않았다. 시간이 지날수록, 시행착오를 통해 모범적인 인간이 되어 가고 있다는 뜻이었다.

　어느새 욕조의 물이 깨진 타일 바닥으로 철철 흘러넘치고 있었다. 남자는 서둘러 수도꼭지를 잠그며 잔잔하게 물결치는 수돗물을 찬찬히 바라봤다. 에메랄드빛 욕조 때문인지 깊은 바닷속 같다는 생각이 들어서 첨벙 뛰어들어가 헤엄치고 싶었다. 남자는 눈을 감고 아무도 없는 이국의 푸른 바닷가를 상상했다. 자유가 파도처럼 자꾸 밀려드는, 한적하고 물이 깨끗한 어느 바닷가의 해변을 맨발로 거니는 모습을.

목이 말라 주방에서 물을 마시고 있을 때 누군가 벨을 눌렀다. 남자는 절반가량 물이 남은 컵을 개수대에 넣어 둔 뒤 발소리가 나지 않게 현관으로 나가 감시경에 눈을 들이댔다. 남자는 요즘 감시경 들여다보는 재미에 빠져 있었다. 방을 향해 마주 보고 있는 문은 틈새 하나 찾아볼 수 없는 두껍고 단단한 철근으로 되어 있었다. 그나마 서로를 바라볼 수 있도록 부착해 놓은, 와이셔츠 단추만 한 작은 감시경은 서로를 도망가지 못하게 감시하고 훔쳐보게 하는, 말하자면 큰 구멍이었다. 감시경에 비치는 저쪽은 볼록하고 비틀어져 있어서 꼭 괴물같이 보였다. 그것은 저쪽에서 봤을 때 이쪽도 괴물이 된다는 사실을 망각하게 만드는 요물스러운 구멍이었다. 남자는 누군가 벨을 누르면 시치미를 떼고 감시경에 눈을 맞춘 후 상대방이 어떤 행동을 하는지 주의 깊게 관찰했다. 냉정한 단절감과 달콤한 관음증. 문 앞에서 한참을 뭉그적거리다 기가 꺾여 사라지는 꼴을 보면 남자는 승리라도 한 양 기뻐서 어쩔 줄 몰랐다. 그러나 이번에는 사라지게 내버려 둬서는 안 될 인물이 문 앞에 서 있었다. 어제 703번 방으로 들어온 여자였다. 여자는 쟁

반과 양동이를 들고 괴물처럼 볼록하게 서 있었다. 호기심이 발동한 남자는 걸쇠를 채우고 문을 열었다.

"안녕하세요."

조금 벌어진 문틈으로 여자가 반갑게 인사를 했다.

아마도 여자에게 문을 열어 준 사람은 남자뿐이었을 것이다. 여자는 어색하게 웃으며 쟁반에 든 시루떡을 손바닥만큼 열린 문틈으로 내보였다. 여기 들어온 후 먹을 걸 건넨 사람은 여자가 처음이었다. 아직 이곳의 정서와 분위기를 파악하지 못해 저지른 실수라고 남자는 생각했다. 아니면 어제 남자를 향해 던진 자신의 비웃음이 마음에 걸렸던 것인지도 몰랐다. 그러니까 그 어처구니없는 행동으로 파생할지 모를 불행을 사전에 예방하려는 작전인 것이다. 남자는 여자를 이해한다는 듯 너그럽게 걸쇠를 풀고 문을 열어 주었다.

"저…… 물 좀."

여자는 남자에게 쟁반을 건네고 빈 양동이 두 개를 들어 보였다.

"이사하느라 경황이 없어서 방송을 듣지 못했어요. 가는 날이 장날이라고 청소할 게 산더미인데 하필 이럴 때 단수가 될 게 뭐예요."

여자는 양동이를 든 두 팔을 천천히 내렸다.

"게다가 벨을 눌러도 아무도 문을 안 열어 주네요."

남자는 이해한다는 듯 다시 한번 말없이 고개를 끄

덕이며 욕실로 여자를 안내했다. 여자는 바가지로 욕조의 물을 양껏 퍼서 양동이에 담았다.

"단수는 이곳에서 자주 있는 일이에요."

남자는 팔짱을 끼고 욕실 문틀에 기대며 말했다.

"네?"

"알아 두시라고요."

"아, 네."

"일종의 세력 과시라고 할 수 있죠."

"그게 무슨……."

"우리에게는 너희를 단숨에 휘어잡을 수 있는 힘이 있다. 그러니 함부로 까불지 마라, 뭐 그런 거죠."

남자는 팔짱을 풀었다.

"여기는 모범적일수록 살기 편한 곳이에요. 굳이 모범적이지 않아도 시간이 지나면 그렇게 되긴 하지만요."

여자는 무슨 말인지 도통 모르겠다는 듯 고개를 갸웃거리다 물을 마저 펐다.

"무슨 죄를 지으셨나요?"

남자가 목소리를 낮추며 물었다.

"네?"

갑작스러운 남자의 질문에 당황한 여자는 바가지에 담긴 물을 바닥으로 조금 쏟고 말았다.

"놀라실 거 없어요. 여기 사는 사람들 다 그렇고 그런 사람들이니까요. 대충은 눈치로 때려잡죠."

남자는 여자의 눈치를 살폈다.

"말하기 싫으면 관두세요. 같은 처지에 있는 사람끼리라도 서로 이해하고 살아야죠."

여자는 다시 바가지로 물을 떠 양동이에 얌전하게 부었다.

"저를 여기 처넣은 건 아버지예요."

남자는 타일 두 개가 떨어진 욕실 벽에 시선을 고정하며 말했다.

"아버지 돈으로 크게 사업을 했다가 쫄딱 망했거든요. 부모님한테 몹쓸 죄를 지은 거죠. 친구를 믿었던 게 잘못이었어요."

여자는 물을 뜨다 말고 남자의 초점 없는 눈을 쳐다봤다.

"그래도 어머니는 절 위해 눈물을 흘리셨어요. 그리고 가끔, 이곳으로 편지를 보내 주세요."

"……"

"윗방 남자는 자동차로 사람을 치여 죽였다고 해요. 옆방 아줌마는 전문 주부 도박단이었고, 이 라인 끝 방에 사는 노인네는 손녀뻘 되는 여자아이를 성추행했다고 하더군요. 어떤 사람은 죄를 뉘우친답시고 1년 내내 태극기를 게양하기도 해요. 뭔지는 모르지만 국가를 상대로 큰 죄를 지은 모양이에요."

"이 아파트에는 그런 사람들이 많군요."

남자의 시선이 타일에서 여자로 옮겨졌다.

"많은 게 아니라 전부예요. 살인, 강간, 절도 같은 큰 범죄에만 죄가 붙는 건 아니죠. 남을 의심해도 남에게 욕을 해도 나쁜 건 나쁜 거니까요."

양동이 두 개에 물을 가득 담은 여자는 바닥으로 흘리지 않도록 조심하며 문을 나섰다.

"혹시 개를 기르시나요?"

남자가 친절하게 물었다.

"아니요."

여자는 이제 남자가 무언가를 물을 때마다 긴장된 표정을 지었다.

"앞으로 기르실 생각이면 단념하세요."

"왜요?"

"개 짖는 소리에 모두 질겁을 해서 곧바로 신고가 들어가요. 아기 울음소리도 못 참는 걸요. 그러면 저 스피커로 목소리가 조용히 시키라고 한 차례 떠들어 대죠. 자기 목소리가 더 시끄러운 것도 모르고요. 그래도 소용없으면 저 인터폰에 전화를 걸어 또 떠들어 대요. 그 고통이란 상상을 초월해요. 정 기르고 싶으면 성대 수술을 시킨 후에 기르세요. 그게 서로에게 편해요."

여자는 인사를 하는 둥 마는 둥 하고 돌아섰다. 그때 남자가 여자를 다시 불러 세웠다.

"또 있어요. 어두워지면 간수의 손전등 불빛이 보일

거예요. 그건 소등하라는 뜻이니까 재빨리 불을 끄세요."

아까처럼 남자가 목소리를 다시 낮추며 말했다.

"안 그럼, 어떤 위협을 당할지 몰라요."

"간수요?"

"군청색 제복을 입고 돌아다니는데 아주 무서운 놈이에요. 이곳 사람들이 제일 싫어하는 자이기도 해요. 실질적으로 자주 부딪히는 사람이니까 그럴 수밖에요. 소장이란 작자는 그나마 책상머리에만 앉아 있어서 다행이지, 같이 쌍으로 돌아다니면 골치 아프죠."

"네…… 여러 가지로 고맙습니다."

여자는 고개를 갸웃거리며 엘리베이터를 기다렸다. 남자는 여자가 엘리베이터에 탈 때까지 감시경으로 동태를 살폈다. 여기 들어와 사는 사람들이 으레 그렇듯 죄인끼리는 어느 정도 서로 경계할 필요가 있었다. 위험 물질이 서로 부딪힐 때 튀는 스파크처럼 어떤 위험 상황이 발생할지 모르는 일이었다. 이곳에 들어오는 순간 모든 사람들이 저절로 그렇게 생각하고 또 그렇게 행동했다.

남자는 베란다 창살에 목이 긴 기린처럼 기대어 우편 배달부를 기다렸다. 창살이 관자놀이에 닿자 너무 차가워서 남자는 잠시 몸을 움츠렸다 폈다. 기다림이 힘겨

위진 남자는 고개를 조금 돌려 아파트 주변과 단지 안을 둘러봤다. 멀리 아파트를 둥글게 에워싸고 있는 느티나무들과 높은 장벽이 보였다. 회색빛이 도는 장벽은 소음 차단 뿐만 아니라 외부와의 접촉을 막기 위해 설치한 것이었다. 그로 인해 아파트는 주변의 다른 건물과 철저하게 분리, 격리되어 있었다. 그 차단벽 안에는 기본적인 시설들이 두루 갖추어져 있었다. 간이 병원, 학원, 편의점, 놀이터, 헬스클럽, 각종 음식점 등등. 그래서 굳이 멀리까지 나갈 필요 없이 웬만한 볼일은 반경 1킬로미터 테두리 내에서 해결할 수 있었다. 특히 생활 패턴이 단조로운 여자와 아이들은 이동 범위가 정해져 있다고 봐도 무방했다. 특별히 멀리 나갈 일이 있으면 자동차를 이용하는 편인데, 자동차라고 그냥 넘어가지는 않았다. 자동차 앞 유리에는 아파트에서 발급한 스티커가 부착되어 있어서 멀리 도망갈 수 없었다. 감청색 제복을 입은 경비가 장벽 입구를 막고 서서 들고나는 차들의 스티커를 일일이 살폈고, 외부 차량의 경우에는 신원을 철저하게 확인했다. 표면적으로는 자유로운 듯 보이나 통제와 감시의 눈이 구석구석 숨어 있는 데가 아파트였다.

여자들이 하나둘 방에서 나오기 시작했다. 대부분은 남편들을 아침 일찍 노역장으로 보내고 방 정리를 끝낸 여자들이었다. 여자들은 따스한 햇볕을 쐬기 위해 가벼운 복장으로 나왔는데, 모두들 반바지에 얇은 티셔츠를 받쳐 입고 삼선 슬리퍼를 신고 있었다. 마치 배급이라도 받은 듯 차림새는 일률적이었다. 마음이 맞는 여자들끼리는 화단 턱에 앉아 웃고 떠들며 수다를 떨었다. 비교적 가까워 보였지만 나름대로 일정한 거리를 유지하고 있었다. 보이지 않는 막 같은 게 그들 사이를 가로막고 있다는 얘기였다. 겉으로는 웃고 있으나 순간적으로 내비치는 표정들은 그리 밝지 않았다. 답답한 곳에서 반복적인 일상을 살아가는 게 즐거울 리 없었다.

운동에 관심 있는 여자들은 짝을 지어 배드민턴을 치거나 줄넘기를 했다. 함께 나온 아이들은 자기들끼리 몰려다니며 자전거와 롤러블레이드, 킥보드를 타고 놀거나 딱지치기를 했다. 여자들은 아이들이 눈앞에서 잠시라도 사라지면 난리법석을 피웠다. 아이가 없어지면 온 아파트가 떠들썩해지기 때문이었다. 스피커로 흘러나오는 아이를 찾는 다급한 목소리에 사람들은 귓속을 후벼 파며 짜증을 냈다. 없어진 아이가 방에 있겠냐며 한밤중에 떠들어 대는 스피커에 대고 악을 쓰는 이들도 있었다. 아이가 사라졌든 죽어 버렸든 타인의 사연에 도통 관심이 없었다.

슈퍼에 다녀온 703번 방 여자가 경비들의 처소가 있는 정문을 지나 천천히 걸어오는 게 보였다. 여자는 화단 턱에 앉아 있는 여자들 앞에 잠깐 멈춰 서서 고개를 숙였다. 신고식이라도 하려는 모양이었다. 하지만 아파트 여자들의 반응은 싸늘했다. 여자의 인사에 마지못해 어색하게 고개만 까딱일 뿐 누구 하나 반갑게 인사를 받아 주지 않았다. 이곳은 낯선 이에게 더없이 차가운 곳이었다. 여자가 여자들 무리 속으로 녹아들려면 꽤 많은 시간과 노력이 필요할 터였다. 어차피 이곳은 소통이 불가능한 구조로 되어 있었다. 답답하다 싶을 만큼 일정한 간격으로 따닥따닥 붙어 있어서 친밀할 듯 보이지만 전혀 그렇지 않았다. 오히려 가까움에 대한 반동이 커서 서로를 밀어내려고만 했다. 앞집에 누가 들어와 사는지 알아내는 데 걸리는 시간은 생각보다 길었다. 일부러 벨을 누르고, 억지로라도 문을 열어 주지 않는 한은 불가능했다. 감시경으로 생김새나 겨우 엿볼 수 있을 뿐, 어떤 인격과 성격의 소유자인지 알아내려면 힘과 용기가 필요했다. 단단한 철문을 뚫을 수 있는 힘과 용기. 여자가 벌써 그 많은 생리를 파악했을 리 없었다. 남자는 괜스레 703번 방 여자가 안쓰러워졌다. 여자들에게 외면당한 여자는 무안한 듯 입술을 오므리며 돌아섰다. 뒤이어 여자들도 하나둘 자리를 뜨기 시작했다. 제복을 입은 경비가 거들먹거리며 여자들 쪽으로 걸어오고 있었기 때문이다. 경비는 염탐이라도 하려는 듯 무리에 끼어드는 걸 즐겼다. 반면 여자들은 늙은 경비가 구취를 풍기며 말을 걸어 오는 걸 좋아하지 않았다. 감시자를 경계하는 건 당연한 일이었다.

경비가 움직일 때마다 옆구리에서 열쇠가 쩽강, 하며 부딪히는 소리가 흘러나왔다. 위협적인 그것은 언제든 방문을 여닫을 수 있다는 걸 인식시키려는 듯 세차게도 찰랑거렸다. 손전등처럼 열쇠는 그들에게 막강한 힘의 상징물이었다. 그들은 저 열쇠로 아무도 없는 방문을 따고 들어가 거주자들의 행동과 의식 변화를 은밀하게 파악하고 있는지도 몰랐다. 남자뿐만 아니라 아파트 사람들이라면 모두 그 열쇠의 찰랑거림에 신경을 곤두세웠다. 때론 열쇠의 마찰음이 적의 출현을 미리 알려 주어 불필요한 충돌을 막아 주는 역할을 하기도 했다. 여자들이 서둘러 자리를 뜨고 있는 지금처럼 말이다.

남자는 자신의 일상으로도 부족해 아파트 사람들의 일상까지 지켜봐야 하는 게 고달팠다. 그래도 한동안은 어머니가 부쳐 주는 편지가 있어서 고달픔을 잊고 살 수 있었는데, 요즘 들어서는 편지가 한 통도 오지 않았다. 편지 배달이 끊긴 지 벌써 두 달하고도 사흘이 지나고 있었다.

더 이상 아무 일도 하지 못하도록 남자를 이곳에 가둔 후 아버지는 매달 생활비를 보조해 주고 있었다. 돈의 가치를 가르쳐 주겠다는 듯 일부러 적게 보내는 그 생활비로 한 달을 버티기란 무척 힘들었다. 그나마 아버지 몰래 어머니가 쌀과 반찬을 보내 주어서 그럭저럭 살아가고는 있으나 하루하루가 눈물이자 고통이었다. 부모님의 배려 덕에 돈과 음식 공급이 끊기지 않은 건 고마운 일이었지만 그보다 더 중요한 편지 배달이 끊겨 버린 건 견디기 힘든 일이었다. 어머니의 편지를 생각하자 남자는 갑자기 기운이 빠지고 우울해졌다. 어머니마저 날……. 남자는 잠시 어머니 탓을 하다가 고개를 세차게 가로저었다. 편지마저 놈들이 중간에 가로채 간 것인지도 모른다는 생각이 들었다. 어머니의 고운 필체가 늙은 경비의 거친 손에 갈기갈기 찢겨 나간 건지도 모른다고. 자신에게서 어머니의 편지까지 빼앗아 갔다고 생각하자 남자는 머리끝까지 화가 치밀었다.

남자는 화를 삭이기 위해 백로처럼 모가지를 길게 빼고 고층 아파트를 올려다봤다. 녹색을 메인으로 한 아파트 벽에는 일곱 색깔 무지개와 태양이 매일 떠 있었고 사시사철 싱그러운 나무도 자라고 있었다. 아파트 한 동이 푸른 잎사귀를 품고 있는 나무 같아서 여러 동을 조감하면 거대한 숲을 이루고 있는 것처럼 보였다. 나무를 베어 내고 산을 깎아 낸 자리에 다시 심어 놓은 콘크리트 나무는, 지나가던 새가 우듬지라 착각하고 둥지를 틀 만큼 아름다운 몸체를 지니고 있었다. 하지만 보는 이들에게만 미적 쾌감과 만족감을 안겨 주고 있을 뿐 페인트로 입혀 놓은 그림들은 고급스러운 포장지에 불과했다. 예쁘지만 언젠가는 벗겨지거나 뜯어내야 할 포장지. 포장지를 벗기면 드러나는 건 회색 콘크리트, 얼음처럼 차고 딱딱한 돌덩이였다. 그 차가움을 따뜻함과 청량감으로 교묘히 감추고 있지만 시간이 지날수록 포장지는 닳고 낡아 갔다. 점점 지저분하고 추해지는 것이다. 언제까지고 본래의 모습을 숨길 수 있는 건 아니었다.

남자의 눈동자는 3층부터 차근차근 밟고 올라가 마지막 20층까지 이르렀다. 아파트 꼭대기에는 보초병들이 일정한 간격으로 배치되어 있었다. 그들은 은빛이 감도는 철옷과 바람개비처럼 돌아가는 철모를 쓰고 포복 자세를 취하고 있었다. 철모가 바람을 타고 돌아갈 때마다 그것은 햇빛에 반사되어 반짝반짝 빛을 냈다. 보초병이 햇빛을 이용해 자신의 신분을 사람들에게 알리려는 것이었다. 철모를 쓰고 기관총을 어깨에 둘러멘 보초병들이 허튼수작 부리지 말라고 보내는 경고 메시지. 그럼에도 남자는 아파트 저 꼭대기까지 한번 올라가 보고 싶었다. 저 높이에 서면 아파트 주변이 훤히 내려다보일 것이고, 세찬 바람이 불어와 가슴 안에 딱딱하게 뭉쳐 있는 답답함을 다른 데로 가져가 줄 것 같았다. 꼭대기에서 바라보는 세상은 과연 어떤 모습일까. 남자는 그게 몹시 궁금했다. 하지만 남자의 달콤한 상상은 현기증에 금방 주저앉고 말았다. 눈앞이 순식간에 어두워지더니 몸이 크게 한번 휘청거렸다. 남자는 잠시 눈을 감았다 뜨고 다시 아파트를 올려다봤다. 언제 봐도 그것은 위압적일 만큼 높고 커다랬다.

평소대로 아침 일찍 일어난 남자는 수도꼭지가 달린 베란다에 쪼그리고 앉아 젖은 팬티를 비벼 빨았다. 맑은 물이 나올 때까지 여러 번 헹군 뒤 팬티를 탈탈 털어 건조대에 너는 순간이었다. 소스라치게 차디찬 섯이 뚝, 하고 남자의 이마로 떨어졌다. 물방울이었다. 남자는 콧잔등을 타고 흐르는 물방울을 닦아 내며 천장을 올려다봤다. 베란다 천장에 금이 불규칙하게 나 있었는데, 조직이 약한 부근의 콘크리트는 이미 떨어져 나가고 보이지 않았다. 그 틈새로 물이 스며 나와 방울방울 맺혀 있었다. 그 물방울 중 한 개가 남자가 보는 와중에도 떨어졌다. 물이 새기 시작한 지 오래된 듯 금 주변으로 오줌 같은 노란 얼룩이 번져 있었다. 남자는 뒷베란다로 달려가 그곳 천장도 주의 깊게 살폈다. 역시나 그곳에도 균열이 있었다. 왜 진작 보지 못했을까. 남자는 온 집 안을 구석구석 바쁘게 돌아다니며 금이 간 곳이 또 있는지 살폈다. 공교롭게도 벽지가 발라지지 않은 곳 어디서나 쉽게 금을 발견할 수 있었다. 보일러가 설치된 쪽 벽의 금에 손톱을 집어넣어 힘을 주었더니 콘크리트가 버슬거리며 덩어리째 쏟아졌다. 불안에 휩싸인 남자의 심장이 격렬하게 고동쳤고 얼굴은 발갛게 달아올랐다. 아파트가 무너지려는 징조였다.

그때 남자의 심장은 현관문 벨 소리에 한 번 더 심하게 출렁였다. 남자는 조심스럽게 감시경에 눈을 갖다 댔

다. 풍선처럼 볼록하게 부푼 여자가 비닐봉지를 들고 서
있었다. 정신이 없는데도 남자는 망설이다 문을 살그머
니 열었다. 열린 문틈으로 여자가 들고 있던 비닐봉지를
건네며 말했다.

"저번에 물 고마웠어요. 참외예요."

남자는 하얗게 질린 얼굴로 참외를 받았다.

"어디 아프세요?"

여자가 말했다.

"안색이 안 좋아 보여요."

"아파트가 무너진다면 어떡하시겠어요?"

남자의 눈동자와 목소리는 두려움으로 떨리고 있었다.

"네?"

"이 건물이 곧 무너질 거라고요!"

남자의 손에 들린 비닐봉지도 같이 떨리고 있었다.

"무너지다니 무슨 말씀이세요?"

여자가 미간을 좁히며 말했다.

"지은 지 얼마 안 됐다던데요."

"들어와 보세요."

남자는 여자가 들어올 수 있도록 문을 활짝 열어젖
혔다. 여자는 주춤하다, 자신을 위해 이토록 크게 문을
열어 준 사람이 지금껏 없었다는 사실이 떠올라서 거절
하지 못하고 발을 들였다. 남자는 심각한 표정으로 여
자를 이리저리 데리고 다니며 벽에 난 금들을 일일이 보

여 주었다. 여자 또한 세심하게 노란 금을 살폈다.

"이젠 우리를 여기다 가둬 놓고 한꺼번에 죽이려는 속셈이에요. 처음부터 그럴 목적으로 부실 공사를 했다고요. 그러면 사건은 단순한 사고사로 종결되겠지요."

"죽이다니 누가 누굴요?"

여자의 미간이 더 좁아졌다.

"그쪽은 아직 이곳에 대해 몰라요."

남자는 손끝으로 금을 만지며 말했다.

"얼마나 무서운 덴지."

"만만치 않은 곳이란 건 알고 있지만."

"무슨 방법이 없을까요?"

남자는 구원을 바라듯 여자의 눈을 쳐다봤다.

"죽음을 당할 만큼 큰 죄를 짓지도 않았다고요. 전 아버지한테 용서도 빌어야 하고 또 어머니 편지도 받아야 해요. 그리고……."

남자는 목소리가 자꾸 떨려서 말을 잇지 못했다.

"건물에는 어디나 균열이 있기 마련이에요."

여자는 남자를 안심시키려 노력하고 있었다.

"물까지 새고 있어요. 그 물이 모든 걸 허물어뜨릴 거예요. 놈들은 물을 이용해서 아파트를 조금씩 녹이고 있어요."

여자의 노력에도 남자는 머리카락을 헝클며 불안하게 거실을 서성댔다.

"진정하세요. 정 안심이 안 되면 나가면 되잖아요."

"저보고 탈옥을 하라고요?"

남자는 고리눈을 뜨고 공포에 떨었다.

"그건 죽음이에요."

"콘크리트에 깔려 죽는 거하고 뭐가 다른데요?"

"하긴, 처음에는 저도 그럴 생각이었어요. 그런데 이상하게도 시간이 지날수록 이곳에 적응하게 되더라고요. 이젠 불편한 것도, 답답한 것도 모르겠어요. 천천히 감각이 마비되는 거죠. 반대로 지금은 장벽 너머의 세계에 대한 불안감이 생겨 버렸어요. 탈옥을 하려면 적응되기 전에 시도했어야 했는데 너무 늦었어요. 탈옥이 얼마나 힘든지 그쪽은 몰라요. 차리리 아파트가 무너질 때 운 좋게 살아나길 바라는 게 나아요."

"뭐가 힘들다는 거예요?"

"저 꼭대기를 보세요."

남자가 손가락으로 허공을 가리켰다.

"철모 보이시죠? 보초병들이 눈을 반짝이며 24시간 감시하고 있어요. 그것도 모자라 간수가 매서운 눈초리로 밤낮을 안 가리고 돌아다녀요. 저녁에 간수가 비추는 손전등 불빛에 걸리기라도 하면 사방에서 사이렌이 울려요. 도둑고양이조차 불빛을 피해 도망다닐 정도예요. 그것만이 아니에요. 정기적으로 이루어지는 가스 검침과 소독도 단순하게 볼 게 아니에요. 그들도 한 통속이죠. 검침원과 소독원으로 가장해 염탐하려는 거예요. 목적과 다르게 자기 일은 하지 않고 방과 저를 힐끗힐끗 살피는 걸 보면 알 수 있어요. 단서를 잡아내려는 그 눈동자, 위장술로 탈옥의 기미를 찾아내려는 수작이라고요. 그들이 업무를 끝내고 차트에 긁적이는 건 교화 정도를 평가하는 거예요. 그 평가로 감시의 단계가 다시 조정되죠."

"솔직히 전 그쪽의 말을 이해할 수 없어요."

"알아요. 상대방을 지켜보는 것도 힘든데 이해한다는 건 더욱 어려운 일이겠죠."

"도움이 되어 드리지 못해 죄송해요."

여자는 미안한 표정을 지었다.

"참외가 달고 맛있어요. 먹고 나면 흥분이 좀 가라앉을 거예요."

여자가 방을 나가자 남자는 무너질지 모른다는 강박감에 문을 살살 닫았다. 비상시를 대비해 잠금장치까지 풀어 놓고 돌아선 남자는 다시 방을 샅샅이 살피기 시작했다. 장판을 들추고 벽지까지 뜯어냈다. 그런데 거실 장판을 들춰내는 순간 거뭇한 개미 한 마리가 남자의 눈을 스쳐 지나갔다. 남자는 질서 정연한 개미들의 진로를 따라 장판을 더 들어 올렸다. 개미는 제법 커다란 구멍에서 기어 나와 벽지 속을 통과해 위로 올라가고 있었다. 곡선을 이루며 붙어 있는 모서리 부위의 벽지 속이

완벽한 위장 통로가 되어 주고 있었던 것이다. 남자가 벽지를 잡아 뜯자 벽을 타고 올라가던 개미들이 후드득, 바닥으로 떨어졌다. 모서리에는 수십 개의 개미 구멍들이 마맛자국처럼 숭숭 나 있었다. 소리 없이 균열을 만들어 내기 위해서 그들은 눈에 잘 띄지 않는 개미들까지 동원한 것이었다. 남자는 상상했다. 구멍 하나가 뚫리면 그 주위의 조직력은 약해질 것이고, 그 약한 조직력이 주변으로 번지고 번지면 결국 전체에 달할 것이다. 그러면 건물 하나쯤은 눈 깜짝할 사이에 무너질 수 있다. 남자는 갑자기 온몸을 긁어 대기 시작했다. 개미가 자신의 몸에 옮겨 붙어 구멍을 뚫고 있는 것만 같았다.

남자는 폭이 넓은 유리 테이프를 가져다 개미들을 찍어 눌렀다. 누를 때마다 몸통이 터져서 똑, 소리가 났다. 몸이 부서진 채 테이프에 시커멓게 엉겨 붙은 개미들은 발만 살아남아 버둥거렸다. 남자는 그것으로도 불안해 분사형 살충제를 가져다 뿌렸다. 살충제가 고운 안개비처럼 내려앉자 개미 몸통이 순식간에 둥그렇게 말리면서 흥건한 액체 위로 둥실 떠올랐다. 남자는 마지막으로 이쑤시개를 분질러 구멍에 쑤셔 박았다. 이쑤시개는 잠시나마 튼튼한 버팀목이 되어 줄 것이다. 지친 남자는 거실 바닥에 드러누워 가쁜 숨을 몰아쉬며 베란다 창을 바라봤다. 하늘을 찌를 듯 우뚝 솟은 아파트 꼭대기가 남자의 시야를 차지하고 있었다.

아파트가 흔들리기 시작한 건 남자가 저녁 식사를 마치고 물을 한 컵 마신 뒤 침대에 누우려 할 때였다. 곧이어 침대와 냉장고가 흔들리더니, 벽에 걸린 시계와 옷들이 밑으로 떨어졌고, 선반에 포개져 있던 그릇들이 한꺼번에 쏟아져 나와 바닥에서 춤을 췄다. 책꽂이에서 빠져나온 책들은 남자의 발등을 찍었고, 방금 마시고 둔 유리컵과 가족사진이 담긴 액자는 산산조각이 났다. 급기야는 벽과 천장이 양쪽으로 갈라지면서 콘크리트 가루가 남자의 머리 위로 우박처럼 떨어졌다. 뒤이어 깜빡대던 형광등마저 완전히 나가 버리고 사방은 온통 어둠뿐이었다. 물건들이 쏟아지거나 흔들리면서 내는 소리가 워낙 커서 사람들의 비명 소리는 아예 들리지도 않았다. 남자는 밖으로 대피하기 위해 방에서 뛰쳐나가 현관문 손잡이를 잡아 돌렸다. 그러나 내려앉은 천장에 짓눌려 그것은 좀체 열리려 하지 않았다. 남자가 문을 향해 몸을 날려 힘껏 밀어내자 문과 함께 남자의 몸이 바깥으로 튕겨 나갔다. 남자는 난간을 붙잡고 다급하게 계단을 내려갔다. 그사이에도 아파트가 흔들려서 균형을 잃은 남자는 계단을 헛디뎌 발목을 접질리고 말았다. 남자는 다리가 아픈 것도 잊은 채 절뚝거리며 밖으로 난 유리문을 향해 다시 한번 몸을 날렸다. 그 유리문을 통과하려는 순간, 남자가 소리를 지르며 침대에서 일어났다.

남자는 숨을 헐떡이며 사방을 두리번거렸다. 거무스름한 사물들이 희미하게 보였고 천장과 벽은 잘 맞물려 있었다. 모든 것들이 제자리에, 아무런 문제없이 그대로 놓여 있었다. 남자는 침대에서 나와 베란다 창을 내다봤다. 짙은 어둠이 깔린 아파트는 더없이 고요했고, 꼭대기는 변함없이 하늘을 향해 우뚝 솟아 있었다. 남자는 이마에 맺힌 땀을 손등으로 쓸어내리며 안도의 숨을 내쉬었다. 그러나 더 이상 잠을 잘 수는 없었다. 앞으로도 잠은 오지 않을 것 같았다. 다만 자신이 기거하고 있는 방이 2층이란 사실에 조금 마음을 놓았다. 혹여 아파트가 무너진대도 골든타임을 놓치지만 않으면 빠져나갈 수 있는 시간은 충분했다. 꿈에서처럼 계단을 이용해도 1층까지 내려가는데 10초도 안 걸릴 것이고, 창문에서 뛰어내려도 고작 다리 정도만 골절될 거라고 생각했다.

　콘크리트에 깔려 죽는 거하고 뭐가 다른데요? 남자는 어제 낮에 여자가 했던 말을 떠올렸다. 남자는 지금껏 탈옥에 대해 생각해 본 적은 있어도 시도해 본 적은 없음을 다시 한번 상기했다. 시도의 기운을 사전에 꺾어 놓은 건 위압적인 아파트였다. 아파트에는 구석구석 감시 카메라가 설치되어 있었다. 어린이 놀이터, 엘리베이터, 주차장은 기본이고 교활하게 가로등 옆이나 아무도 눈치채지 못하도록 무성한 나뭇잎 사이에 숨겨져 있기도 했다. 어둠 속에서도 감시의 눈동자는 환하게 불을 밝히고 있는 것이다. 카메라에 찍힌 모든 영상은 경비실 모니터로 그대로 전송되었고 경비들은 잠도 자지 않고 교대로 모니터를 감시했다. 행여나 있을 도주의 증거물로 제시하기 위해 비디오테이프에 복사까지 해 두었다.

도주의 우려가 높은 아파트 1층의 경우는 특히 의무적으로 쇠창살을 달아 놓았다. 그것도 앞뒤로 꼼꼼하게. 2층이든 3층이든 상관하지 않고 요주의 인물로 지목된 사람이 거주하는 방에도 쇠창살을 쳐서 꼼짝달싹 못 하게 가둬 두고 있었다. 그뿐만이 아니었다. 이곳은 일반 잡상인의 출입을 철저하게 통제하는 것으로도 유명했다. 그들에 의해 탈옥을 돕는 방법이나 도구가 반입될 우려를 사전에 차단하기 위한 조치였다. 어디에도 허술한 구석은 없었다. 탈옥하다 잡히면 여기보다 더 고립되고 철통같은 감시 시스템을 갖춘 곳으로 이감될지 몰랐다. 그렇다고 가만히 앉아서 죽음을 맞을 수도 없는 노릇이었다.

만약 탈옥을 하게 되더라도 비겁하게 혼자만 빠져나갈 수 없다고 남자는 생각했다. 적어도 아파트가 무너질 거란 사실을 다른 사람한테 알려야 했다. 그들에게도 죽음을 피할 기회는 주어야 하지 않겠는가. 죄는 밉지만 그들도 존엄성을 가진 엄연한 인간이었다. 그런데 어떻게 알려야 할까. 몰래 경비실에 잠입해 마이크에 대고 떠들어 댈까? 아니면 으슥한 저녁에 열어 주지도 않을 문을 두드리며 일일이 놈들의 음모를 설명해야 할까? 놈들이 각종 청구서를 넣어 주는 방식으로 투입구에 유인물을 투입해 볼까? 하지만 남자는 금세 사기가 꺾여 버렸다. 사람들은 남자의 말을 믿지도 않을 것이다. 정신 나간 사람이 지껄이는 헛소리로 치부해 버릴 게 분명했다. 남자가 누군지도 모르니 남자의 말을 곧이곧대로 믿기란 더더욱 어려운 일일 것이다. 게다가 아파트 사람들은 투입구로 시도 때도 없이 들어오는 종이 쪼가리에 민감한 반응을 보였다. 잠입에 성공한 잡상인이 던져 놓고 간 광고 전단지는 읽어 보지도 않고 습관적으로 쓰레기봉투에 버렸다. 일부에서는 넘쳐 나는 광고지로 인해 노이로제가 생겨 아예 투입구를 잠가 놓기도 했다. 남자가 생각에 깊게 빠져 있는 사이 날은 점점 밝아왔다. 그러자 아파트의 고압적인 형체가 남자의 눈앞에 선명하게 드러났다.

아파트가 주저앉을지 모른다는 생각 때문에 남자는 며칠째 뜬눈으로 밤을 지샜다. 어느새 불면증까지 생겨버린 남자는 빨갛게 충혈된 눈을 비비며 냉장고로 다가갔다. 머릿속이 몽롱해서 보리차에 얼음을 동동 띄워 벌컥벌컥 들이켰다. 보리차의 찬 기운이 퍼지자 감전된 것처럼 온몸이 뒤틀렸다. 그러나 남자의 정신을 번쩍 들

게 한 건 찬 보리차가 아니라 넘어질 듯 뒤로 기울어져
있는 냉장고였다. 똑바로 서 있어야 할 냉장고가 기우뚱
하다는 것은 아파트가 기울고 있다는 증거였다. 남자는
방문을 활짝 열어 벽에 붙인 뒤 손을 놓아 봤다. 바람이
부는 것도 아닌데 문이 벽에서 떨어져 나와 저절로 닫혔
다. 이번에는 컵에 남아 있는 물을 바닥에 부어 봤다. 예
상대로 물은 냉장고가 기울어진 쪽으로 흘러가더니 벽
에 닿자 넓게 퍼졌다. 벽에 바짝 붙어서 기어가던 개미
한 마리가 그 물에 빠져 허우적댔다. 극도의 불안감에
휩싸인 남자는 그 자리에 못처럼 붙박여 꼼짝도 하지
못했다. 조금 있다가는 몸이 부들부들 떨렸다.

그사이 거실 바닥에는 사다리 모양의 그림자가 어둑
하게 드리워져 있었다. 크레인은 탁한 소리를 내며 이층
을 지나 유유히 고층으로 올라가고 있었다. 남자는 바
닥에서 간신히 발을 떼고 베란다로 나가 창문을 열었다.

"이번에는 몇 번 방입니까?"

그때와 같은 질문에 이삿짐센터 직원은 살짝 웃어
보였다. 이번에는 무슨 뜻인지 알겠다는 듯 웃음 끝에
703번 방이라고 대답해 주었다. 직원의 대답에 무심코
고개를 끄덕이던 남자는 순간 멈칫했다. 잘못 들은 게
아닌가 싶어 직원에게 다시 물으려던 차에 벨이 울렸다.
남자는 현관으로 달려가 감시경에 눈을 갖다 댔다. 볼
록한 렌즈 탓에 가분수처럼 보이는 여자가 고개 숙인

채 문 앞에 서 있었다.

남자는 문을 열고 여자에게 다짜고짜 물었다.

"어떻게 된 거예요? 이감인가요?"

"그쪽 식대로라면 그런 셈이네요. 여기보다 나은 곳이긴 하지만요."

"잘됐네요. 어차피 이곳은 곧 주저앉을 테니까요. 아주 명확한 증거를 포착했어요. 자, 보세요. 냉장고가 뒤로 기울고 있어요. 그리고 바닥에 물을 부었더니……."

"그때 저보고 무슨 죄를 지었냐고 물었죠?"

여자가 남자의 말을 중간에 자르고 들어왔다.

"네?"

"그 질문 받고 얼마나 당황했는지 몰라요."

여자는 입술을 깨물었다.

"멀리 도망치면 아무도 모를 줄 알았는데."

"아, 그거요. 이제야 실토하는 건가요?"

"아기가 있었어요. 저에게 묻지도 않고 배 속에서 자라 버린 녀석이."

여자가 고개를 떨구었다.

"그래서 저도 녀석에게 묻지도 않고, 아니 젖 한번 물려 보지도 않고 베이비 박스에 버렸어요."

여자의 눈가가 촉촉하게 젖어들었다.

"그런 일이 있었군요."

"사람들 눈을 속일 수는 있어도 마음은 어쩔 수 없는

것 같아요. 내내 어딘가에 갇혀 있는 기분이었거든요."

여자가 고개를 들어 남자를 쳐다봤다.

"죄를 뉘우쳤으면 답답한 곳에서 풀려나는 게 당연하죠. 다행입니다. 이런 끔찍한 데서 하루라도 빨리 벗어날 수 있어서요."

"짧은 시간이었지만 고마웠어요. 그쪽도 마음의 감옥에서 하루빨리 벗어나길 바라요."

여자가 가벼운 웃음을 지었다.

"저도 곧 탈옥할 겁니다."

결기 서린 남자의 목소리였다.

"그쪽 말대로 어차피 죽을 목숨 차가운 콘크리트에 깔려 죽는 것보다는 나을 것 같아서요."

"건투를 빌어요."

"잘가요."

여자가 떠난 후 남자는 드디어 탈옥을 결심했다. 아파트가 무너질 가능성은, 아니 아파트를 무너뜨릴 가능성은 밤이 가장 컸다. 노역장으로 끌려갔던 남편들이 돌아오고, 밖에서 뛰어놀던 아이들이 흙먼지를 뒤집어쓴 채 곤히 잠들고, 간단한 쇼핑을 즐긴 여자들도 이미 귀가했을 시간. 그나마 놈들은 배려라는 걸 하고 있는 것인지도 모른다. 달콤한 잠을 고통 없는 죽음으로 이어 주려는 배려. 남자는 오늘 밤을 디데이로 잡기로 했다. 놈들의 계획을 알아 버린 이상 하루도 지체할 수 없었다.

남자는 으슥한 밤이 오기를 기다리며 놈들의 음모를 사람들에게 한꺼번에 퍼뜨릴 삐라를 만들었다. 경비실로 잠입해 마이크를 뺏는 일은 실패할 공산이 컸고 밤늦은 시간에 일일이 문을 두드리는 일 또한 시간 소모가 많았다. 그래서 남자는 위험 부담도 작고 짧은 시간에 많은 사람에게 뉴스를 전할 수 있는 삐라로 결정했다. 물론 광고지 성격을 담고 있어서 쓰레기봉투에 처박힐 확률이 높았지만 그나마 그 방법이 가장 안전할 것 같았다. 남자는 달이 뜰 때까지 종이쪽지에 놈들의 시커먼 음모를 알리는 내용을 붉은색 글씨로 휘갈겼다.

드디어 날이 캄캄해지고 둥근 보름달이 하늘 높이 떠올랐다. 남자는 의심을 사지 않도록 방을 평상시와 다름없이 꾸며 놓았다. 읽다 만 것처럼 책상 위에 책을 펼쳐 두었고 설거지통에는 밥풀 묻은 그릇들을 일부러 쌓아 놓았다. 막 빠져나온 것처럼 침대의 이불자락은 바닥에 조금 흘려 놓았다. 마지막으로 불시에 이루어지는 경비의 순찰에 대비해 불씨가 될 만한 것들은 모조리 끄고 플러그도 뽑았다.

남자는 어둠 속에서 옷을 갈아입고 두툼하게 만 삐라를 옆구리에 꿰찼다. 달리고 도망치는 데 지장이 없도록 운동화 끈을 단단히 묶고 현관문을 나섰다. 하지만 벌렁거리는 왼쪽 가슴은 좀체 진정되지 않았다. 심장 소리마저 누군가에게 들킬 것만 같아 조마조마했다. 남자는 먼저 경비들의 움직임이 잠잠해질 틈을 노려 삐라를 돌리기로 했다. 이동 경로는 감시 카메라가 설치된 엘리베이터 대신 계단을 이용하기로 했다. 남자는 발소리도 내지 않고 각층의 현관문으로 접근해 투입구 마개로 종이쪽지를 가볍게 물려 놓았다. 투입구가 잠긴 경우에는 돌돌 말아 문틈에 끼워 두었다. 바로 그때, 아래층에서 엘리베이터 문이 열리면서 강압적인 구둣발 소리가 들려왔다. 위협적이던 열쇠 꾸러미 소리도 동시에 들려왔다. 남자는 차가운 벽에 몸을 바짝 붙이고 숨을 멈췄다. 혹시 누군가 내 계획을 눈치채고 밀고한 게 아닐까? 그래서 날 잡으려고 온 것일까? 탈옥 영화의 주인공들은 오랜 기간에 걸쳐 계획을 세우지 않던가? 그런데 난 반나절 만에 이 모든 걸 도모하고 실행에 옮기려 하고 있으니……. 과연 이 탈옥에 성공할 수 있을까? 갑자기 머릿속이 복잡해지면서 남자는 두려워지기 시작했다. 그 두려움 때문에 아주 잠깐이지만 포기하고 싶은 생각마저 들었다. 급기야 남자는 에라 모르겠다는 듯, 눈을 질끈 감아 버렸다. 이제는 두근대는 자신의 심장 소리 말고는 아무것도 들리지 않았다.

남자가 가슴을 졸이는 사이 구둣발 소리가 갑자기 사라졌다. 남자는 눈을 뜨고 계단 난간으로 조용히 다가가 아래층을 내려다봤다. 경비가 아닌, 늦은 시간 노역장에서 돌아온 거주자인 모양이었다. 남자는 안도의 숨을 내쉬었다. 온몸에 맺혀 있던 식은땀도 긴장했는지 그제서야 한꺼번에 주르륵 흘러내렸다. 남자는 손등으로 이마를 닦아 내며 삐라를 마저 뿌리기 위해 다시 계단을 올라갔다. 여전히 진정되지 않은 다리는 주체할 수 없을 정도로 후들거렸다.

아파트 층수가 높아질수록 남자의 숨소리는 거칠어졌고 금방이라도 고꾸라질 것만 같았다. 드디어 20층까지 오른 남자는 계단에 앉아 잠시 숨을 돌리기로 했다. 어디선가 시원한 바람이 불어와 이마의 땀을 닦아 주었다. 남자는 바람이 부는 곳으로 고개를 돌렸다. 보초병들이 24시간 대기하고 있는 아파트 꼭대기, 옥상으로 연결된 문이 활짝 열려 있었다. 순간, 놀란 남자는 자리에서 벌떡 일어나 계단을 급히 내려갔다. 그때 강한 바람이 남자의 옷자락을 잡아당겼고, 남자는 묘한 이끌림에 걸음을 멈추고 돌아섰다. 꼭 한번 와 보고 싶던 곳이 바로 눈앞에 펼쳐져 있었다. 남자는 모처럼의 기회를 놓치고 싶지 않았다. 잠깐 들렀다 가도 탈출하는 데 큰 지장은 없을 것이다. 갈등 끝에 바람의 손을 움켜잡은 남자는 삐라를 한손에 말아 쥐고 천천히 남은 계단을 타고 올라갔다. 드디어 남자의 발이 옥상 문턱을 넘어섰고, 남자는 호기심 반 두려움 반으로 주변을 둘러봤다.

그러나 남자가 우려했던 상황은 일어나지 않았다. 그 많던 보초병은 한 명도 보이지 않았고, 은빛 고철 덩이만 바람 부는 대로 맥없이 돌아가고 있었다. 아파트가 무너질 것임을 미리 알고 모두 피신한 것이다.

남자는 벅찬 가슴을 부여잡고 옥상 난간으로 다가섰다. 상상해 왔던 것처럼 가슴 안에 딱딱하게 뭉쳐 있던 답답함을 세찬 바람이 다른 데로 가져가 주는 기분이었다. 저 밑에는 광활한 도시의 야경이 우주처럼 끝도 없이 펼쳐져 있었다. 불빛은 밤하늘의 은하수처럼 길을 이루듯 무리 지어 반짝였다. 눈을 뗄 수 없을 만큼 아름답고 찬란한 광경이어서, 남자는 점처럼 보이는 수백 개의 불빛을 향해 자신도 모르게 우렁찬 탄성을 질렀다. 그러자 어디선가 남자의 탄성만큼이나 큰 파도 소리가 메아리가 되어 되돌아왔다. 남자는 자기 목소리를 들으며 주변을 두리번거렸다. 멀리서 거대한 파도가 하얀 포말을 일으키며 남자를 향해 다가오고 있었다. 도시를 순식간에 빨아들이며 빠른 속도로 다가오고 있는 그것은 아파트마저 집어삼킬 태세였다. 남자는 파도의 위력에 두려움을 느껴 난간에서 한발 물러섰다. 그러나 성난 파도는 난간까지 밀려오더니 어느 순간 기력을 잃고 갑자기 순해졌다. 부챗살처럼 은은한 각도로 퍼져 나간 파도는 아파트 주위를 부드럽게 감싸 안았다. 바다였다. 아파트는 어느새 거대한 바다 한가운데 섬처럼 서 있었다. 남자는 한없이 푸르고 잔잔한 바다를 내려다보며 중얼거렸다.

"아, 바다다…… 바다."

남자는 푸른 바다에서 눈을 떼지 못했다. 남자는 다시 난간으로 다가가 등을 구부리고 저기, 저 아래를 내려다봤다. 투명한 바다 속에 거대한 도시 하나가 들어 있었다. 녹색 해조류처럼 군락을 이루어 하늘거리는 거대한 나무들, 인공 불빛과 비슷한 밝기로 반짝이는 은하수와 스모그 같은 구름, 화살이 허공을 가르듯 어둠을 가르며 떨어지는 별똥별, 어머니를 닮은 둥글고 풍만한 보름달까지. 만지고 싶었던 바다의 포근함과 자유였다. 남자는 난간 밖으로 팔을 뻗어 바다 속으로 손을 담갔다.

그 시각 지상에서는 손전등을 들고 밤늦게 순찰을 돌던 늙은 경비가 놀이터로 들어서고 있었다. 손전등 불빛이 놀이터 모래밭을 어지럽게 헤집었고, 둥그런 불빛은 아이들이 놀다 버린 딱지에 가 멈췄다.

"또 우편물로 장난을 쳤군. 쯧쯧. 입이 닳도록 주의를 줘도 소용이 없으니."

감청색 제복 차림의 늙은 경비가 너덜너덜해진 딱지를 집어들었다.

"101동 2004호, 103동 1207호, 105동 203호……. 이번에는 광범위하군."

주민들 눈에 띄면 경비 소홀 운운해 가며 머슴처럼 불려 다닐 게 뻔해서 경비는 딱지들을 정글짐 옆에 세워져 있는 쓰레기통에 짝짝 찢어서 던져 버렸다.

"이 짓도 신물이 나는군. 내일이라도 관두든가 해야지, 원."

경비는 다시 걸음을 옮겼다. 그때, 어디선가 펄럭거리는 소리가 들려와 늙은 경비는 고개를 들고 소리 나는 쪽으로 손전등을 마구 휘둘렀다. 공중에 뿌려진 붉은 종이쪽지가 펄럭이며 천천히 지상을 향해 내려앉고 있었다. 경비는 저걸 또 언제 치우냐는 듯 시름 담긴 한숨을 내쉬며 그쪽으로 터덜터덜 걸음을 옮겼다.

안나의 일기

안나는 우리 동네 조그마한 성당의 종지기였다.

이 얘기를 듣고 누군가는 빅토르 위고의 소설에 등장하는 인물을 떠올릴지 모르겠다. 꼽추에 얼굴은 못생기고 귀까지 멀어 반만 인간이란 뜻의 이름을 갖게 된 남자. 추한 모습 때문에 노틀담 성당 종탑에 갇혀 살아야 했던 불쌍한 영혼 콰지모도 말이다.

그러나 우리의 안나는, 이름에서 풍기는 이미지처럼 콰지모도보다 소설의 또 다른 주인공인 집시 여자 에스메랄다에 가까운 인물이다. 냉소적인 아름다움을 지닌 안나는 빨간 자전거를 타고 동네를 방랑자처럼 돌아다니기 좋아하는 열한 살 꼬마 아가씨였다.

우리 성당은 비록 작고 보잘것없지만 62년이란 역사

를 가지고 있었다. 장엄하고 유구한 세월만큼 성당 건물도 조금씩 변모해 왔는데, 마치 그 무엇도 시간을 견디지 못한다는 걸 증명이라도 하듯 그래 왔다. 그러나 그 명제를 뒤집은 유일한 건물이 있으니, 바로 하얀 성모상과 수녀원 사이에 돌올하게 솟아 있는 A자 모양의 종탑이다. 그것은 썩지도 삭지도 않으며 숭고한 역사를 고스란히 간직한 채 하나의 전설이 되고 성당의 상징물이 되어 아직까지도 그곳에 서 있다.

우리 성당에서 종탑 다음으로 오래된 것을 찾으라면 사무장을 들 수 있었다. 사무장은 성당에서 온갖 잡무를 맡고 있는 사람으로 올해로 일한 지 30년이 되었다. 그야말로 어금니가 새곰새곰 시릴 나이였고, 실제로도 그래서 사무장은 양치질을 할 때마다 몹시 괴로워했다. 사무장이 성당 업무 중 가장 중요하게 생각하는 건 미사 시간을 알리기 위해 종을 치는 일이었다. 물론 지금은 '종의 시대'가 아니라서 종을 칠 필요가 없지만 62년 동안 지켜 온 전통을 특별한 사유 없이 없앤다는 것도 왠지 서글픈 일이었다. 서글퍼지기 싫어서라도 종 치는 일은 종탑의 생명이 다하는 날까지 계속될 것이고, 사무장 또한 심장이 멈추는 날까지 종을 치리라 다짐했다. 사무장은 종탑을 올려다볼 때마다 누가 먼저 성당을 떠나게 될지 궁금했다.

그러나 곧 그 궁금증은 풀렸다. 종 치는 일을 숙명으

로 알고, 또 자랑으로 여기며 살아왔던 늙은 사무장이 어느 날 더 이상 종을 칠 수 없게 된 것이었다. 중요한 성탄 미사를 몇 분 앞두고 종에 연결된 주황색 노끈을 힘껏 잡아당기는데 팔이 쑥 빠지는 듯한 느낌이 들더니 눈앞이 캄캄해지면서 현기증이 일었던 것이다. 사무장은 한 손으로 종탑의 철 구조물을 짚으며 무서운 기세로 움직이는 종을 올려다봤다. 종이 울릴 때마다 사무장의 심장이 요동치듯 뛰다 잠깐 멈추었다. 숨이 막혔고, 금방이라도 종이 떨어져 머리를 박살 낼 것만 같은 공포에 다리까지 후들거렸다고 사무장은 당시 상황을 설명했다.

너무도 커져 버린 두려움 때문에 사무장은 종을 다 치지도 못하고 탑 밖으로 빠져나와 차가운 눈밭에 드러누웠다. 성탄절을 맞아 모처럼 종이 울리는 횟수를 바위에 앉아 세고 있던 안나는 갑자기 그쳐 버린 종소리에 깜짝 놀라 눈을 떴다. 눈밭에서 숨을 헉헉대고 있는 사무장을 발견한 안나는 곧장 그에게 달려갔다. 사무장은 가슴을 움켜잡고 손가락으로 종탑을 가리켰다. 말하지 않아도 무슨 뜻인지 안나는 알고 있었다. 안나는 탑 안으로 들어가 노끈을 향해 손을 뻗었으나 키가 작아 닿지 않았다. 안나는 철 구조물을 몇 개 밟고 올라가 간신히 줄을 잡아당겨 남은 다섯 번의 종을 마저 쳤다. 종이 반대쪽으로 기울면서 줄이 당겨 올라갈 때마다 안나의 발이 바닥에서 두 뼘이나 떠올랐다. 몸이 공중으로 떠오르는 순간 안나는 회전목마를 타면 꼭 이런 기분과 느낌일 거라 상상했고, 사무장은 그때 안나의 얼굴에서 환희에 찬 미소를 발견할 수 있었다. 웃는 안나를 본다는 건 당시 아주 드문 일이었기에, 희귀한 광경을 목격한 사무장은 자신에게 행운이 찾아올 것만 같았다고 그날을 회고했다.

사무장은 안나에게 일주일간의 미사 일정표가 적힌 성당 주보를 건네며 종 치는 일에 대해 자세히 설명해 주었다. 안나의 키에 맞추려고 종을 잡아당기는 줄을 길게 연결하지는 않기로 했다. 사무장은 자신의 일을 대신해 주겠다고 나선 안나가 예쁘고 고마워서 원하는 게 있으면 무엇이든 말해 보라고 했다. 안나는 잠깐 고심하는 듯하더니 빗물이 묻어도 잘 지워지지 않는 펜을 여러 자루 달라고 했다. 하고많은 것 중 왜 펜인지 알 수 없었지만 늙은 사무장은 그러마, 약속했고 그 약속은 안나의 펜이 닳을 때까지 꾸준히 지켜졌다.

성당 미사는 일주일에 열 번 정도 있었다. 주로 아침과 저녁, 새벽에 있었는데 평일 오전 9시 미사 때는 안나가 학교에 있을 시간이라 종을 칠 수 없었다. 안나는 대신 다른 사람이 치는 은은하고 신비한 종소리를 교실 창가에 앉아 들어야 했다. 멀리서 물결처럼 잔잔하게 퍼지는 그 소리는 마치 엄마 배 속에서 들어온 듯 편안했다. 특히 차고 어스름한 새벽 공기를 뚫고 울리는 종소리에는 사람의 마음을 고독하게 만드는 운율이 있었다. 소리에도 색깔이 있다면 그건 분명 청록색에 가까운 소리일 거라고 생각했다. 차분한 듯 활기가 넘치는 청록색 소리가 가슴에 도착하면 안나는 궁금해졌다. 저 종은 누가 치는 걸까? 내가 치는 종소리는 어떤 음색을 지녔을까? 내가 칠 때도 사람들이 그런 걸 궁금해할까? 그러나 사람들에게 종소리는 신비로울 것도 없고, 치는 사람이 바뀐다고 소리가 달라지는 것도 아닌, 그저 세상을 이루는 무수한 시끄럽고 복잡한 소리 중 하나에 불과했다. 누가 치든 그들에겐 중요하지 않은 것이다. 안나가 종 치는 일을 맡게 된 후, 네가 성당 종을 친다며? 라고 물어오는 사람이 아무도 없었기 때문에 안나도 그럴 거라 짐작했다. 하루하루 피곤에 찌들어 살아가는 사람들에게 종소리의 특징 같은 건 아무래도 상관없거나, 아예 들리지 않을 수도 있다고.

안나는 시간에 늦는 법 없이 매일 낡아 빠진 빨간 자전거를 타고 가풀막진 언덕을 씽씽 내려와 성당에 도착했다. 종은 미사 시작 30분 전에 준비종으로 열 번을 치고 1분 전에 시작종으로 또 열 번을 치도록 되어 있었다. 그러니까 안나는 준비종을 친 후 다음 종을 치기 위해 29분을 기다려야 했는데, 안나는 그 시간의 공백을 자전거를 타고 꼼꼼한 관찰력으로 동네를 한 바퀴 둘러보는 것으로 채웠다. 그리고 시작종까지 다 치고 나면 조용히 성당을 나와 집으로 돌아갔다.

중요한 성당 일 하나를 맡게 되었으면서도 안나는 성당에 다니지 않았다. 안나는 독실한 천주교 신자였던 엄마와 아빠 때문에 태어나자마자 유아세례를 받았고 안나라는 세례명이 그대로 이름이 되었지만 1년 전부터 주일 미사조차 보지 않고 있었다. 원장 수녀가 안나에게 다그치듯 성당에 안 나오는 이유가 뭐냐고 물었을 때, 처음으로 망설이지 않고 "돈이 없어서요."라고 대답했다. 미사 중 다른 아이들이 공손하게 모은 두 손을 제대 앞 헌금 바구니에 집어넣을 때마다 고개 숙인 채 가만히 자리에 앉아 있어야 했던 짧은 시간이 창피했다고. 계속 창피해지기 싫어서 한번은 빈손을 바구니에 넣었다 빼는 시늉만 한 적도 있었다고 어렵게 고백했다. 좀체 말을 하지 않는 안나가 대답이란 걸 한 건 그때가 처음이었다. 안나로서는 어떤 해명이나 변명을 하고 싶었던 모양이었다.

안나가 헌금 낼 돈조차 없게 된 건 망나니 같은 외삼촌 때문이었다. 안나의 외삼촌은 가진 돈을 통장에 고이 모셔 두는 것은 멍청한 사람들이나 하는 짓이라며 부자가 되기 위해서는 투자라는 걸 해야 한다고 식구들을 구슬렸다. 갖은 노력에도 자신의 농간이 먹히지 않자 어느 날 외삼촌은 통장과 도장을 훔쳐 미국으로 달아났다. 다른 통장에 고작 1000만 원을 남겨 둔 채. 몇 번의 편지로 외삼촌은 일이 잘되어 간다고 소식을 전했지만 그가 미국에서 하고 있다는 투자란 도박 비슷한 것이었다. 돈과 섹스, 술과 마약이 전부인 그곳은 알고 봤더니 라스베이거스였고 외삼촌이 그 돈을 한순간에 모두 잃었다는 건 세상이 다 알 만큼 뻔한 일이었다. 돌아올 비행기 삯조차 남지 않은 외삼촌은 가족에게 보내는 마지막 편지에서 이번 기회에 미국에 눌러앉아 영어를 배워 가겠다고 했다. 완벽하게 마스터하면 영어라면 깜빡 죽는 한국에서 일자리 구하는 건 식은 죽 먹기일 거라고 식구들을 안심시켰다. 그러나 그 안심은 안나가 기억 속에서 외삼촌을 말끔히 지워 버리는 계기가 되었다. 안나는 철자가 엉망인, 땡큐와 굿바이로 끝나는 외삼촌의 마지막 편지를 한숨과 함께 찢어 시커먼 하수구로 흘려보냈다. 그리고 그날 자신의 얼굴에서 표정도 지워 버렸다.

안나는 자전거를 탈 때나 종을 치는 순간에도 늘 무뚝뚝하고 냉소적인 표정만 지었다. 무심해 보이는 시선과 꾹 다문 입술, 안면 근육이 마비된 환자 같은 굳은 얼굴은 빨간 자전거와 함께 안나의 트레이드마크가 되었다. 어떻게 보면 뿌루퉁한 게 버릇없는 아이 같기도 했지만 길에서 어른을 만나면 반드시 인사는 했다. 비록 "안녕하세요." 없이 고개만 까딱이는 인사였지만. 그렇다고 우리가 안나의 생각이나 기분, 생활에 대해 모르는 건 아니었다. 오히려 우리는 안나에 대해 모든 걸 분명하고 세세히 알고 있었고, 어떤 날은 알 필요가 없는 것까지도 알게 되었다. 주변을 주의 깊게 살피면 누구나 다 알 수 있는 것이었는데, 그것은 안나의 일기 때문이었다.

안나가 일기를 쓰기 시작한 건 엄마 아빠를 한꺼번에 잃고부터였다. 1년 전 안나의 부모는 결혼 10주년을 맞아 남쪽의 보석 같은 작은 섬으로 여행을 떠났다. 안나를 낳고서야 간소하게 친구 몇 명을 불러 결혼식을 치렀던 터라 그들에게 10주년은 기념할 만한 특별한 해였다. 그러나 가슴 설레던 첫 결혼 기념 여행은 시작도 하기 전에 물거품이 되어 바닷속으로 잠기고 말았다. 아침 일찍 섬으로 향하던 선박이 갑작스러운 돌풍에 그만 뒤집히고 만 것이다. 시신은 실종된 지 이틀 만에 온전한 상태로 나란히 떠올랐다. 어린 나이에 감당하기 힘들었을 그 사건으로 안나는 말과 웃음을 잃었고, 부모 목숨 값을 훔쳐 달아난 외삼촌 때문에 표정까지 빼앗겼다.

안나는 웃지 않고 그렇다고 울지도 않으면서 어두운 시간을 홀로 빠져나오고 있었다. 우리는 안나가 말하는 걸 좀체 들을 수 없었지만 대신 안나는 일기를 통해 보통 사람보다 더 많은 이야기를 내면으로 하고 있었다. 글은 안나에게 자유와 상상력을 주었고, 우리는 그 일기를 통해 막막하고 고통스러운 시간을 안나가 어떻게 지내 왔는지 알 수 있었다. 어떤 사람은 이 말뜻을 우리가 안나의 일기를 훔쳐본 것으로 오해할지도 모르겠으나 그런 건 전혀 아니었다.

안나에게는 일기장이란 게 존재하지 않았다. 헌금 낼 돈도 없는 마당에 일기장 살 돈은 더더구나 없을 거라고 우리는 추측했다. 왜냐하면 안나가 쓰는 일기는 제한된 일기장의 페이지 수로는 도저히 채울 수 없는 분량이었기 때문이다. 한 많은 그 긴 글을 모조리 일기장에 남긴다면 어떤 날은 하루치 일기를 쓰기 위해 일기장 절반을 써야 할지도 몰랐다. 그러니 안나의 형편으로 며칠에 한 권씩 일기장을 교체한다는 건 쉽지 않은 일이었을 것이다. 그러므로 그곳은, 안나 스스로가 주체할 수 없을 정도로 매일 가슴속에 담아 둔 말을 일기장 걱정 없이 마음껏 기록할 수 있는 유일한 곳이었을 것이다.

일기장 살 돈은 없는데, 뭔가를 적어야 한다는 강박감은 날로 심해지자 안나가 종이 일기장 대신 선택한 것은 바로 우리 동네였다. 우리 동네는 비록 낡고 볼품없지만 안나에게는 세계지도만큼 커다란 가능성을 지닌 공간이었다. 그 가능성은 연립주택 벽에, 공원 플라스틱 벤치에, 놀이터 철봉 기둥에, 전신주에, 공공 쓰레기통에, 철이나 유리로 된 문 등등에 담겨 있었다. 울퉁불퉁하지 않고 반반하고 매끄러운 데라면 어디라도 충분했다.

안나의 일기를 처음 발견한 사람은 공인중개사 윤 씨였다. 부동산 투기로 떼돈을 번 윤 씨는 우리 동네에서 가장 높은 6층짜리 건물을 소유한 사람이었다. 안나의 일기는 그 건물 외벽을 감싸고 있는, 번쩍번쩍 윤이 나는 아이보리 빛 대리석에 또박또박한 글씨체로 쓰여 있었다. 보기 드물도록 예쁘고 정갈한 글씨체에도 불구하고 안나의 일기는 한동안 낙서 취급을 받았다. 하루아침에 번듯한 건물의 소유주가 되어 세상이 만만해진 윤 씨 입장에서 안나의 낙서는 자신의 체면을 더럽히고 훼손하는 사건이었다. 윤 씨에게 그것은 자신이 쌓아 올린 부에 대한 시기와 도전으로 비쳤다. 윤 씨는 누군지 잡히기만 하면 손모가지를 부러뜨릴 각오로 헝겊 조각에 시너를 묻혀 낙서를 빡빡 닦아 냈다. 그리고 식사 중에도 무슨 소리가 나면 숟가락을 입에 문 채 5층 창밖으로 얼굴을 내밀고 건물에 접근하는 사람들을 일일이 감시했다. 그럼에도 윤 씨는 범인을 잡아내지 못했다.

그러나 범인을 잡아내지 못한 게 아니라 윤 씨 스스로 포기한 거라고 말하는 편이 더 옳았다. 윤 씨가 범인 잡기를 관두게 된 것은 범인에 대한 신뢰가 싹터서였다.

어느 날 평소와 다름없이 낙서를 지우려고 벽으로 다가 갔는데 윤 씨의 눈에 '공인중개사 할아버지'라는 글자 가 눈에 들어왔다. 윤 씨는 비싼 가죽 구두로 시녀가 뚝 뚝 떨어지는 것도 모른 채 단숨에 문장을 읽어 내려갔 다. 낙서에는 그동안 윤 씨에 대해 이러쿵저러쿵 씹어 댔 던, 괴소문을 만들어 퍼뜨린 자에 대한 이야기가 적혀 있었다. 그놈이야말로 윤 씨가 오래전부터 잡기 위해 별 러 왔던 자였다. 윤 씨는 낙서를 읽다 너무 울분이 치민 나머지 팬티에 오줌까지 싸 버렸다. 물론 낙서는 소문을 낸 자의 이름을 직접 언급하지는 않았고 대신 인물의 외 양을 구체적이면서 은유적으로 묘사하고 있었다. 그 표 현대로 인물을 따라가 보면 그건 분명 윤 씨의 20년 지 기 친구 진미슈퍼 최 씨였다.

나는 치약을 사고 남은 돈으로 양파링을 사 먹고 싶었 지만 꾹 참았다.

이 문장이 결정적인 단서였다. 낙서를 한 사람은 진 미슈퍼에서 물건을 사는 도중에 엿들은 내용을 그대로 옮겨 적은 것이었다. 슈퍼마켓은 온갖 사람들이 드나드 는 곳이므로 소문이 시작되기에도 좋은 장소였다. 윤 씨 는 시녀 냄새를 바람 속에 풍기며 진미슈퍼로 달려가 라 면 박스를 옮기고 있던 최 씨의 멱살을 움켜쥐었다. 물론 최 씨는 자기는 전혀 모르는 일이라며 잡아뗐지만 대리석에 적혀 있는 문장이 증표가 되어 주었다. 윤 씨는 최 씨와의 20년 우정을 그날로 끝내 버렸고 건물에 쓰여 있는 낙서는 지우지 않고 지금까지 그대로 남겨 두었다. 그것이 안나의 일기가 세상에 처음으로 모습을 드러내게 된 시작이었다.

우리는 낙서, 아니 일기의 내용을 파악해 본 결과 그것을 쓴 사람이 안나라는 걸 금방 알 수 있었다. 물론 자신의 집을 지저분하게 만드는 걸 좋아할 사람은 아무도 없었다. 누군가는 안나를 찾아가 야단을 치거나 윽박지르기도 했고, 게임기를 사 주겠다고 구슬리기도 했지만 소용없었다. 무던한 어떤 이는 성장통 같은 것이니 그리 오래가지 않을 거란 전망을 내놓기도 했고, 정신적 충격에 대한 방어기제로 보인다며 안나를 이해해야 한다고 두둔하는 사람도 있었다. 쓴다는 것 자체가 낫게하는 거라면서. 일기장이 없어서라면 얼마든지 사 주겠다고 하는 사람도 있었으나 안나는 일기장 따위에 흥미를 잃은 지 오래인 듯, 일기장에 쓰는 일기는 의미가 없다는 듯 묘한 표정까지 지었다. 삶의 고통을 알아 버린 안나의 고집은 어른도 꺾을 수 없었다. 어쩌면 펜에 이어 일기장마저 공짜로 얻어 쓰는 게 안나로서는 마지막 자존심을 다치는 일이었는지 모른다.

일기는 빗물에도 잘 지워지지 않았고 세게 문질러 지

우더라도 다음 날 어김없이 그 위에 다른 날짜의 일기로 덧쓰여 있었다. 이상한 건 우리 중 누구도 안나가 일기 쓰는 모습을 직접 목격한 사람이 없다는 것이었다. 안나는 우리의 매서운 눈을 피해, 바람처럼 예고 없이 찾아와 구름처럼 하늘하늘 머물다 다시 연기처럼 어딘가로 무연히 사라져 버렸다. 우리는 그날의 날짜와 날씨로 시작되는 일기를 보고서야 안나가 다녀갔음을 알 수 있을 뿐이었다.

안나의 일기에 문제가 있다면 그 내용들이 너무 구체적이고 자세하다는 것이었다. 안나는 자신이 하루 동안 겪은 일이나 스쳐 간 생각들을 담담하면서도 차근차근 써 내려갔다. 좀 과장되게 표현하면 밥을 먹은 뒤 이쑤시개로 이를 쑤시고 그 이쑤시개를 절반으로 분질러 쓰레기통에 버렸다는 이야기까지 적어 놓았다. 안나는 마치 그날 있었던 일이나 귓속으로 자연스럽게 스며든 말과 소리, 그리고 자신의 머릿속에 떠도는 수많은 공상과 몽상 들까지 어딘가에 적어 두어야만 안심하는 아이처럼 보였다. 종탑에 관심 없던 우리가 성당 종지기가 안나란 사실을 알게 된 것도 동네 구석구석에 적힌 일기를 통해서였다. 하루 일과 중 거의 빼놓지 않고 하는 일이 종 치는 것과 자전거를 타고 동네를 돌아다니는 것이라서 안나의 일기에는 반드시 그 대목에 대한 문장이 등장했다.

기억이란 시간을 만나면 흐릿해지고 간혹 엉뚱하게 변색되거나 각색되기도 하는 것이므로 '구체적인 기록'은 기억을 되짚고 싶은 순간 유용하게 쓰이기 마련이었다. 그러나 그 '구체적'이란 게 감추고 싶거나 수치스러운 일일 때는 난감하지 않을 수 없었다. 안나의 일기에도 그런 부분이 꽤 있었고, 가장 대표적인 게 초경에 관한 것이었다. 안나는 엄마 없이 자신이 겪게 된 초경의 두려움과 신기로움을 자세히 서술하고 있었다. 그 일기가 적혀 있는 장소는 공원 흰색 플라스틱 벤치, 사람들의 엉덩이가 닿는 부분이었다. 그곳은 주로 또래 아이들부터 고등학생 남자아이들이 방과 후 둘러앉아 잡담을 나누거나 담배를 피우는 곳이었다. 호기심이 왕성한 남학생들에게 안나의 일기는 흥미의 대상이었는데, 이 부분이 특히 남자들의 상상력을 자극했다.

……오줌이 마렵거나 똥을 누고 싶은 것도 아닌데, 그렇다고 밥을 잘못 먹은 것도 아닌데, 배가 아팠다. 그러더니 갑자기 짜증이 나기 시작했다. 나는 그냥 화장실에 오래 앉아 있었다. 그런데 잠시 똥구멍 근처가 묵직해지면서 덩어리가 같은 게 변기 속으로 풍덩, 하고 떨어지는 느낌이 들었다. 오줌도 아니고 똥도 아니었다. 가랑이를 벌리고 안을 내려다봤더니 변기 물은 빨갛게 물들어 있었고 보지에

는 끈끈한 핏방울이 맺혀 있었다. 신기했지만 두려운 마음이 앞서 팬티를 무릎 사이에 걸친 채 외할머니한테 달려갔다. 외할머니는 하얀 천을 접어 내 팬티 속에 넣어 주며 넌 이제 여자가 됐으니 몸가짐을 바르게 해야 한다고 했다. 그 말에 결국 참아 왔던 엄마 생각이 나고 말았다.

이른 나이에 닥친 초경은 분명 감추고 싶거나 부끄러운 일이었을 것이다. 그런데도 안나는 적고 있었다. 우리는 굳이 적어 두지 않아도 될 텐데, 라고 생각했지만 안나의 의중을 알 길은 없었다. 무엇이 됐든 안나한테는 오로지 쓰는 게 중요했지 내밀한 걸 들키는 것에는 관심이 없는 것 같았다. 우리가 짐작하는 것보다 안나에게 그것은 종이에 쓰는 것과 똑같은 진짜 일기인 거라고 누군가 말했다. 쓰면서 나아지게 하고 쓰면서 알아 가게 하는 일기. 그러자 옆에 앉아 있던 누군가가 코를 훌쩍이며 말했다. 안나는 누구라도 읽어 주길 바라고 동네에 쓰는 건지도 모른다고. 읽으면서 이해하게 되는 일기를.

그 일기로 인해 상처를 받은 건 물론 안나 자신이었다. 그 사건이 알려지자 또래 아이들은 안나를 멀리하기 시작했다. 더럽고 불길하고 무서워서였다. 안나와 몸이 닿으면 전염병처럼, 그럴 시기가 아닌데도 초경을 하게 될까 봐 일부러 피해 다니는 여자아이들도 있었다. 지극히 사적인 얘기까지 하는 아이라면 분명 자신들의 초경

얘기는 물론이고 다른 비밀 이야기도 떠벌릴 거라며 조심했다. 친구들은 안나로 인해 자신의 얘기가 세상에 알려질까 봐, 행여 자신의 이름이 일기에 등장하게 될까 봐 노심초사하며 안나에게 말을 걸지 않았고 몇 안 되는 친구들마저 모두 등을 돌려 버렸다. 친구들은 입을 모아 안나의 일기는 일기가 아니라고 반박했다. 친구들이 생각하는 일기란 자기만의 비밀이고, 비밀은 아무도 볼 수 없게 숨기는 것으로 알고 있기 때문이었다. 안나는 일기가 자신을 고립시킬 거란 걸 알고 있었을까? 그 질문에 우리 중 누군가는 알고 있었을 거라 대답했고, 순간 분위기는 숙연해졌다.

그런데 이상한 건 시간이 지날수록 사람들이 안나에게 관대해진다는 점이었다. 다른 말로 표현하면 사람들이 안나의 일기에 점점 더 관심과 흥미를 갖게 됐다는 것이었다. 어쩌면 그것은 당연한 일인지도 몰랐다. 사람들의 마음속에는 타인의 내밀한 것들을 알고 싶어 하는 어찌할 수 없는 욕구가 소용돌이치고 있으니까. 안나의 일기는 그 호기심을 해소시켜 주기에 충분했고 사람들은 그 대가로 자신의 집 일부를 '기꺼이'와 '은근슬쩍'의 방식으로 내주었다.

사람들은 길을 가다 멈춰 서서, 혹은 버스를 기다리는 지루한 시간에 안나의 일기를 찾아 읽었다. 일기는 곳곳에 적혀 있어서 찾는 데 큰 어려움이 없었고, 비록 글재주가 뛰어난 건 아니지만 내용은 소설처럼 재미있었다. 그것은 일기가 안나의 사생활에만 국한된 게 아니라 안나의 주변 인물들, 성당을 중심으로 옹기종기 모며 사는 동네 사람들의 소소한 이야기까지 닿아 있었기 때문이다. 일기란 한 개인의 기록이지만 그 개인은 혼자서 살아갈 수 없지 않은가. 그렇다면 이쯤에서 안나의 일기에 나오는 사람들과 그들이 벌인 사건의 핵심에 해당하는 부분을 간단하게 발췌해 보기로 하자.

이슥한 밤 공원 벤치에서 몸을 비비며 키스하는 교복 차림의 언니 오빠를 봤다. 나는 갑자기 얼굴이 빨개졌다. 그것은 내가 처음으로 본 야한 장면이었다. 죄지은 것처럼 심장이 두근거리는데도 이상하게 계속 훔쳐보게 됐다.

옆집 노총각 아저씨가 화나서 할머니를 발로 걷어찼다. 할머니는 아프다고 소리를 질렀지만 아저씨는 발길질을 멈추지 않았다. 나중에 아저씨는 할머니보고 나가 죽으라 했다. 정말 할머니가 그 말대로 나가 죽을 것 같았다. 그것은 모양만 다를 뿐 외삼촌이 외할머니랑 나한테 한 짓과 똑같았다. 그래서 아저씨가 너무 미워서 발로 차 주고 싶었다.

모던미용실 언니가 유기견에게 음식을 챙겨 주는 걸 봤

다. 개는 언니를 보자 반갑게 꼬리를 치면서 허겁지겁 음식을 먹었다. 언니가 그 개를 키우면 좋겠다.

집에 오는 길에 자전거를 타고 장을 보러 가는 원장 수녀님을 만났다. 수녀님은 나한테 헌금을 내지 않아도 좋으니 성당에 꼭 나오라고 했다. 하지만 나는 성당은 돈이 없으면 가기 창피한 곳이라고 여전히 생각했다. 돈이 없으면 부끄러움을 대신 헌납해야 한다고.

소라세탁소 아저씨는 그리 예쁜 것도 아닌 아줌마 앞에서 꼼짝을 못 했다. 아저씨는 늘 아줌마한테 야단을 맞았다. 그런데도 아저씨는 히죽히죽 웃었다. 마누라 바보 같은 게 꼭 우리 아빠를 보는 것 같았다.

뜨개질방 아줌마들이 곗돈을 챙겨 야반도주한 화장품 가게 미자 이모한테 욕을 했다. 어떤 아줌마는 울기도 했다. 내 눈에도 미자 이모는 사기 치게 생겼는데 어른들 눈에는 그게 안 보였던 모양이다. 돈만 보여 그런 걸까.

낮에 빨간 벽돌집 앞을 지나는데 열린 2층 창문으로 이상한 신음 소리가 들렸다. 여자가 많이 아픈 것 같았다. 119에 신고해야 되는 거 아닌가 생각했다.

일기에는 무수히 많은 뉴스와 말과 행동이 등장했다. 사람들은 안나의 일기로 몰랐던 사실을 알게 되었다. 공원에서 애정 행각을 벌인 학생들이 누군지 궁금해서 고교생을 둔 부모들은 한 번씩 자신의 자식을 의심했다. 평소 진한 색조 화장 때문에 미용실 아가씨에 대해 좋지 않은 편견을 가지고 있던 사람들은 따뜻한 시선으로 말을 걸게 되었고, 세탁소 아저씨는 공처가로 소문이 났으며, 빨간 벽돌집 2층에 사는 여자들을 볼 때면 사람들은 혹시 저 여잔가 하며 몰래 키득거렸고, 노총각이 지나갈 때는 평판이 안 좋다니 역시나 하며 고개를 절레절레 흔들며 피해 다녔다. 사실을 기록한 안나로 인해 곤란을 당하는 사람도 많았지만, 그건 자신이 저지른 부도덕한 행동에 대한 벌이라고 우리 중 누군가는 말했다.

한번은 이런 일도 있었다. 의처증이 심하던 꼬꼬치킨집 남자가 낮에 자신의 전화를 받지 않았다는 이유로 한밤중 마누라를 개 패듯 두들겨 팼다. 여자는 맞으면서 남편에게, 브라자를 사러 장에 갔는데 막상 마음에 드는 게 없어서 빈손으로 왔다는 이야기를 수백 번 했지만 남편은 끝까지 믿어 주지 않았다. 여자가 할 수 있는 일이라고는 좌판에 속옷을 늘어놓고 팔던 남루한 상인을 증인으로 찾아내는 것뿐이었지만 그러려면 다음 장날까지 닷새를 기다려야했다. 닷새는 여자가 남편한테 맞아도 열두 번은 맞아 죽을 수 있을 만큼 까마득히 먼 시간이었다.

치킨집 여자는 팔팔 끓는 기름을 들여다보며 그날 자신의 행적을 곰곰이 생각해 봤다. 그러다 아주 다행스럽게도 돌아오는 길에 성당에서 자전거를 끌고 나오던 안나와 마주친 일을 기억해 냈다. 안나는 토요일 오후 4시에 있는 초등부 미사 종을 치고 나오던 길이었다. 더불어 여자는 그날 안나에게 했던 말을 떠올렸다. 안나야, 요즘은 왜 치킨 배달 안 시키니? 물론 안나는 여자에게 인사만 하고 질문에는 대답하지 않았다. 여자는 닭을 튀기다 말고 기름 냄새 나는 앞치마를 두른 채 그 날짜의 일기를 찾으러 동네를 돌아다녔다. 안나의 일기는 여기저기 퍼져 있어서 원하는 날짜의 일기를 찾기란 숨은 그림찾기나 보물찾기처럼 쉽지 않았지만, 여자는 결국 어스름한 저녁에 일기를 발견했다.

……꼬꼬치킨 아줌마가 요즘은 왜 배달을 안 시키냐고 물었다. 아줌마가 살기가 힘든 모양이다. 나한테까지 닭을 팔려고 하는 걸 보면. 생일도 멀어서 당분간은 닭 먹을 일이 없을 것 같아 아줌마한테 미안했다.

역시 안나는 그날의 일기에 종을 치고 나오다 여자를 만났던 사실을 기록해 놓았고, 여자는 그 때문에 남편에게 자신의 결백을 당당하게 주장할 수 있었다. 며칠 전에는 안나의 동급생인 김동구란 남자아이가 태양문구점 주인으로부터 도둑으로 몰린 적이 있었다. 가게 물건이 심심찮게 없어지고 있는 것이 아무래도 수상쩍어 며칠 동안 감시한 결과 김동구 짓이 분명하다는 것이었다. 매일 문구점에 들러 눈치를 살피며 물건을 이것저것 만지작거리기만 한다는 게 주인이 김동구를 범인으로 지목한 이유였다. 그때 김동구의 억울한 누명을 벗겨 준 것 또한 안나의 일기였다.

태양문구점 막내아들은 가게를 나올 때마다 가슴에 물건을 찔러 넣었다. 나는 그 애를 이해할 수 없었다. 자기 가게 물건은 자기 건데 왜 몰래 가지고 나오는 건지. 나는 그 애를 먼발치에서 보면서 늘 부러워했다. 일기가 쓰고 싶으면 언제든 공책과 연필을 가져다 쓸 수 있으니까. 나는 가난해서 일기장을 살 수 없는데. 그래서 벽에 이렇게 일기를 쓰는데······.

김동구는 친구들의 도움으로 그 부분을 찾아냈다. 태양문구점 주인은 김동구에게 미안해서 어느 날 가게로 조용히 불러 진열된 물건 중 원하는 것을 한 가지만 골라 가지라고 했다. 비싼 것도 괜찮다는 주인의 말에 김동구는 덥석 은하철도999 연필깎이를 골랐다. 손이 닿지 않은 가장 높은 선반에서 은빛으로 빛나는 그것은, 김동구가 문구점에서 딱 한 개만 훔칠 수 있다면 가장 먼저 집어 가고 싶은 물건이었다. 그럼에도 김동구는 연필깎이를 들고 늦은 밤 안나를 찾아가 수줍게 내밀었다. 하지만 안나는 시큰둥한 표정을 지으며 거절해 버렸다. 펜으로 일기를 쓰는 안나에게 연필깎이는 그닥 유용한 물건이 아니었던 걸까? 아니면 이유 없는 호의라고 판단해서일까? 김동구는 왠지 안나의 그 무뚝뚝한 표정과 자신의 선물이 거부당했다는 사실에 묘한 매력을 느껴서 동공이 커지고 심장이 빠르게 뛰는 걸 태어나 처음 경험했다. 그날 이후 김동구는 안나를 혼자서 좋아하게 되었다. 안나 일기의 애독자가 된 건 말할 것도 없었다. 그 일기에 자기 얘기가 혹시라도 나올까, 안나가 자기에 대해 어떻게 생각하고 있는지 궁금해서였지만 안나의 일기에 동구의 이름은 한 번도 등장하지 않았다. 아쉬웠지만 동구는 진짜 자기 존재가 비밀이 된 건지도 모른다는 착각에 빠져 아침마다 안나의 새침한 얼굴을 떠올리며 옷을 멋지게 차려입는 데 신경 썼다. 그리고 언젠가는 안나에게 마음을 꼭 고백하리라 생각했다.

그러나 안나의 일기는 두 사건처럼 유용하게 쓰이기보다 악용되는 경우가 훨씬 많았다. 사람들이 자기 소유의 건물이 더러워지는 것에 관대한 것도 뭔가 정보를 획득해 그걸 이용하려는 목적에서였다. 일기는 남 말하기 좋아하는 사람들에게 훌륭한 빌미가 되었고, 안나가 개인적으로 누가 싫다거나 좋다는 식으로 한 인물을 평가하면 사람들은 쉽게 수긍하고 인정했다. 아이의 순수한 판단은 옳을 것이라는 게 이유였고, 무엇보다 일기란 사실에 근거해 쓰이는 것이고 또 그래야 하므로 자신도 모르게 동조하게 된다는 것이었다.

안나로 인해 대표적으로 피해를 본 사람은 동사무소 남자 직원과 바람난 게 들통나 별거에 들어간 은성제화 정 씨 아줌마와, 아이들에게 상습적으로 '삥'을 뜯어 온 사실이 밝혀져 정학을 당한 안나의 학교 선배 남지운, 그리고 결혼할 생각까지는 없었으나 모텔에서 나오는 게 목격돼 결혼 얘기가 오가는 중인 성당 청년부 남녀가 있었다. 안나만 아니었으면 영원히 묻힐 수 있었던 비밀이었으니 그들로서는 억울하지 않을 수 없었다. 그렇다고 그런 울분을 안나에게 달려가 풀 수도 없는 노릇이었다. 이미 엎질러진 물을 가지고 왈가왈부해 봤자 어린애 앞에서 체면만 구겨질 뿐이었다. 무엇보다 변명할 수 없는 사실이었기에 어쩔 수 없었다.

굳이 그런 불미스러운 사건이 아니더라도 안나의 일기는 꼬리에 꼬리를 물고 소문과 파장을 양산해 내는 원인이 되었다. 가끔은 반드시 지켜져야 하는 비밀도 있기 마련인데 아이러니하게도 안나는 비밀의 결정체라 할 수 있는 일기로 동네의 비밀을 폭로하고 있었다. 말이

끊이지 않고 돌고 돌아 우리 동네는 점차 혼돈에 빠져들었다. 협박과 협잡, 싸움과 이간질, 의심과 불신이 마을을 뒤덮었다. 안나가 고립될수록 우리에게 안나는 조용하고 말은 없지만 무서운 존재가 되었다. 이제 안나는 또래 아이들뿐만 아니라 어른들에게도 두려운 대상이 되었다.

두려운 대상이란 곧 조심해야 하는 상대를 뜻했다. 우리는 안나 앞에서 말과 행동을 조심했고 길 가다 만나더라도 눈을 맞추지 않으려고 노력했다. 꼭 다문 입술로 고개만 까딱이며 하는 인사도 이젠 그리 반갑지 않았다. 그즈음 우리는 안나가 치는 성당 종소리에 자주 귀를 기울이게 되었다. 마치 안나가 우리를 심판하는 소리처럼 들렸기 때문이었다. 갈수록 종 치는 실력이 늘어서 종소리는 오묘한 울림으로 가슴을 파고들어 심장을 두근거리게 했고, 잘못한 것도 없는데 괜히 벌벌 떨게 만들었다.

그리고 우리는 어느 한가로운 일요일 오후 성당 등나무 아래 모여 앉아 '일기와 비밀'에 대해 진지하게 생각해 보기 시작했다. 우리 중 누군가가 사람들은 왜 일기를 쓰지? 라고 혼잣말처럼 중얼거렸을 때 우리는 일기를 쓰는 이유에 대해 한 번도 생각해 본 적이 없음을 깨달았다. 순간 그것이 우리에게는, '우리는 왜 매일 밥을

먹지?'와 같은 맥락으로 들려와서 아무도 입을 열지 못
했다.

한참 있다 다른 누군가가 일기는 개인의 역사야, 라
고 말문을 텄을 때 우리는 안도의 한숨을 내쉬었다. 세
계나 국가처럼 거대하고 화려한 것에만 역사가 있는 건
아니니까. 유명한 사람들이 남기는 자서전이나 자화상
처럼 보통 사람에게도 존재의 흔적을 남기고 싶어 하는
욕망은 있어. 언젠가는 잊어버리게 될 과거의 발자취를
남기려는 의미 있는 과정이지. 다만 일기장은 결국 개인
의 역사책이 되는 거니까 왜곡도 거짓도 없어야 돼. 한
사람의 말이 끝나자 누군가가 물었다. 일기를 거짓으로
쓰는 사람도 있을까? 그 질문에 누군가가 자신의 경험
을 빌어 얘기했다. 예전에 그런 사람을 본 적 있어. 그런
데 그 사람은 일기장을 소홀하게 관리하더군. 어차피 거
짓이니까. 옆에 있던 누군가가 곧바로 이어서 자신의 생
각을 말했다. 일기란 비밀스러운 성격이 강해. 누구에
게나 너무 벅차서 가슴에 담아 두었다가는 폭발해 버릴
것만 같은 비밀이 있잖아. 그럴 때 일기가 필요한 거야.
그 폭발할 것 같은 두려움을 막아 주는 것, 일테면 대나
무 숲 같은 역할을 해 준다고 할까. 임금님 귀는 당나귀,
하고 외칠 수 있는 곳 말이야. 그러니까 일기는 자기 목
소리만 들을 수 있어야 해. 다른 사람이 그 목소리를 들
어 버리면 그건 더 이상 일기라고 할 수 없으니까. 자물

쇠 달린 일기장이 왜 나오겠어. 그러자 우리는 다시 안나를 생각했다. 안나의 경우는 우리가 지금껏 한 얘기에 조금도 해당되지 않았다. 온전히 개인의 역사도 아니었고 일기에 자물쇠를 채우지도 않았으니까. 그때 손톱 주변에 난 거스러미를 뜯어내며 우리의 얘기를 잠자코 듣고 있던 구석 자리의 누군가가 하품을 하며 이렇게 결론지었다. 어쩌면 진짜 비밀은 일기에 쓰지 않는 것인지도 몰라. 일기장은 호기심을 유발하는 물건이라 누군가에 의해 반드시 들키기 마련이거든. 진짜 비밀은 폭발하는 한이 있어도 여기 이 가슴에 묻어 둬야 해.

그렇다면 안나에게도 가슴에 묻어 둔 이야기가 있을까?

그즈음 우리 동네에는 두 가지 큰 사건이 있었다. 하나는 얼마 전 우리 성당으로 첫 발령을 받은 젊은 아녜스 수녀가 수녀원에서 정신을 잃고 쓰러진 사건이었다. 명품 로고가 찍힌 실크 스카프에 목이 감긴 채 바닥에 누워 있는 아녜스 수녀를 원장 수녀가 발견했는데, 어떤 이는 당시 하얀 수녀복이 허벅지까지 올라가 있었다고 했다. 아녜스 수녀에게 일어난 의문스러운 사건은 동네 사람들의 무수한 추측과 억측을 낳았다.

옛부터 성스러운 수녀원은 사내들의 목표물이 되곤 했고, 훔쳐 갈 물건이 없음에도 도둑이 심심찮게 드는 곳이었다. 그러한 이유로 사람들은 혹시 수녀가 몹쓸 짓을 당한 뒤 도둑에게 목 졸림을 당한 게 아닐까 의심했다. 이 추측에 단호하게 반발하고 나선 것은 원장 수녀였다. 그러자 우리는 다른 방향으로 골몰하기 시작했다. 평소 말을 잘하고 쾌활한 성격의 아녜스 수녀를 떠올리며 막상 수녀가 되고 보니 절제된 생활이 체질에 맞지 않아 우울증을 앓았을 것이고, 그래서 스스로 죽으려 했는데 실패로 끝난 거라는 이야기 한 편이 짜여졌다. 이 말에 원장 수녀가 또 반박하고 나섰다. 성직자한테 자살이 얼마나 큰 죄인지 누구보다 잘 아는 수녀가 그런 무서운 짓을 저지를 리 없고, 옆에서 지켜본바 아녜스 수녀는 어떤 젊은 수녀보다 성직자 생활에 만족하며 규범을 잘 지켰다고 말했다.

원장 수녀의 힘 있고 설득력 있는 반박에 우리는 아녜스 수녀의 사건을 실패한 타살로 결론지었고, 그렇다면 누가 무슨 이유로 죽이려 했는지를 추리하기 시작했다. 우리는 아녜스 수녀가 발견되었을 당시 목에 스카프가 둘러져 있었다는 사실에 주목했다. 검소한 성직자에게 명품 스카프는 어울리지 않는 소품이었고, 원장 수녀 또한 아녜스 수녀가 원래부터 가지고 있던 물건은 아니라고 말했다. 우리는 좀 더 구체적으로 추론하기 시작했다.

수녀가 되기 전부터 아녜스 수녀에게는 사랑하던 남

자가 있었다. 그런데 아녜스 수녀는 남자를 사랑하는 대신 신을 사랑하기로 마음먹었고, 수녀가 되는 길고도 까다로운 절차를 차근차근 밟아 나갔다. 시간이 흘러 수련을 다 끝낸 아녜스 수녀는 어느 작은 동네 성당으로 첫 발령을 받았다. 그때까지도 아녜스 수녀를 잊지 못하던 남자는 수소문 끝에 그곳까지 쫓아갔다. 여자라면 누구나 좋아할 만한 명품 스카프를 선물로 들고서. 남자는 성당 주위를 며칠 동안 배회하다 아녜스 수녀가 혼자 있는 틈을 노려 수녀원에 진입하는 데 성공했다. 광기 어린 눈을 한 남자는 스카프를 손에 들고 아녜스 수녀에게 다가가며 제발 자신에게 돌아와 달라고 애원했다. 그러나 아녜스 수녀는 예전에 남자가 알고 있던 고분고분한 여자가 아니었다. 아녜스 수녀는 전혀 다른 얼굴로 돌변해 거칠게 반항했다. 아녜스 수녀의 격렬한 저항에 이성을 잃고 만 남자는 급기야 스카프로 목을 졸랐다. 아녜스 수녀는 고통에 발버둥쳤고 그 때문에 수녀복이 허벅지까지 말려 올라갔다. 남자는 눈을 희번덕거리며 의식을 잃어 가는 수녀를 보자 덜컥 겁이 나모든 걸 포기하고 달아났다.

우리의 추리는 제법 그럴듯했다. 그렇다면 분명 목격자도 있을 거라고 우리는 생각했다. 남자가 수녀원으로 잠입하는 순간과 범행을 저지르고 나오는 찰나, 그리고 아녜스 수녀가 반항하는 과정에서 질렀을 비명을 누군가 들었을 거라고. 그때 우리는 아무 말도 하지 않고 서로의 얼굴만 쳐다봤다. 그건 우리 모두의 생각이 일치하고 있음을 암시하는 제스처였다.

손전등을 든 우리는 각자 흩어져 안나의 일기를 찾기 시작했다. 사건이 일어난 때는 얼추 안나가 종을 치는 시간과도 맞아떨어졌다. 사건이 발생한 날짜의 일기 찾기는 밤늦도록 계속됐지만 우리는 결국 찾아내지 못했다. 이상하게도 그 날짜의 일기만 쏙 빠져 있었기 때문이었다. 그 점이 안나가 아녜스 수녀 사건의 목격자라는 걸 말하고 있는 듯해서 우리의 의문은 더욱 커져 갔다. 반면 우리는 이렇게도 생각했다. 어쩌면 우리의 추리는 그냥 서투른 어림짐작에 불과할지도 모른다고. 아녜스 수녀에게는 애당초 사랑하던 남자도 없고, 우연히 얻게 된 고급 스카프를 원장 수녀 몰래 목에 둘러보려고 서두르다 그만 발을 헛디뎌 생긴 불상사일지도 모른다고. 그러니 아녜스 수녀가 의식을 찾아 사건에 대해 소상히 털어놓지 않은 이상 아무도 모르는 일이라고 말이다.

아무도 모르는 일이었지만 우리의 의구심이 말끔히 해소된 건 아니었다. 우리는 길에서 안나를 볼 때마다 안나의 표정을 주의 깊게 관찰했다. 혹시 뭔가를 숨기고 있지는 않나 눈치를 살폈지만 달라진 건 아무것도 없었다. 오히려 안나의 표정은 과장된 듯 더욱 차분하고 냉소적으로 보였다. 병원에서 돌아온 아녜스 수녀가 그 날 있었던 일에 대해 어떤 언급도 하지 않은 채 다른 성당으로 떠나 버린 터라 우리의 궁금증은 더욱 증폭되었다. 그러나 그 궁금증은 또 하나의 큰 사건과 더불어 자연스럽게 우리의 기억과 일상에서 사라지고 말았다.

사건의 시작은 안나의 낡은 자전거에서 시작되었다. 안나가 새벽 미사 종을 치기 위해 아스팔트로 포장된 가풀막진 길을 씽씽 내려오는데 갑자기 브레이크가 말을 듣지 않았다. 제어되지 않은 자전거는 빠른 속도로 내려와 중간 지점의 도도록한 과속방지턱에서 강한 충격을 받아 공중으로 붕 떠올랐다. 중심을 잃고 비틀거린 자전거는 양옥집 담벼락을 들이받고 나서야 겨우 멈춰 섰다. 다행히 발목을 약간 접질린 안나는 절뚝거리며 자전거를 끌고 성당에 도착해 제시간에 맞춰 준비종을 쳤다.

이 사건을 두고 우리 중 누군가는, 안나의 일기로 인해 피해를 봤던 어떤 이가 앙심을 품고 브레이크를 고장 냈을 거라고 말했다. 그러나 우리가 조사해 본바, 브레이크가 고의적으로 훼손된 흔적은 없었다. 안나의 자전거가 너무 오래되고 낡아서 제 기능을 하지 못한 것뿐이었다. 그러니 안나에게 일어난 최종의 사고는 우리의 잘못이 아니었다.

어떤 불길함을 먼저 감지한 사람은 늙은 사무장이었

다. 사무장은 안나가 치는 종소리를 늘 눈을 감고 경청하는 사람 중 하나였다. 그런데 이상하게 그날은 미사가 시작됐는데도 시작종이 울리지 않았다. 처음 있는 일이었기에 사무장은 미사 준비를 마치고 성당을 나와 급히 종탑으로 갔다. 막 돋아나기 시작한 푸른 잔디밭에 피를 흘리며 쓰러져 있는 안나를 사무장이 발견했을 때 성당 안에서는 입당성가가 끝나고 있었다.

우리는 미사를 보다 말고 뛰쳐나와 종탑과 안나를 둥글게 에워쌌다. 점점 물러나기 시작한 어스름한 새벽빛이 안나에게 일어난 사고를 알려 주었다. 우리는 안나가 왜 여기 쓰러져 있는지 어리둥절해서 잠시 서로의 얼굴을 쳐다봤지만 누군가가 주워 들고 온 펜을 보고서야 그 내막을 알 수 있었다. 우리는 동시에 고개를 들어 높은 종탑을 올려다봤다. 종탑 끝에 까치 한 마리가 앉아 울고 있었다.

안나는 왜 접질린 다리로 저 높은 곳까지 올라가 일기를 써야만 했을까. 높은 종 안에 쓴 일기는 무슨 내용일까. 누군가는 아녜스 수녀 사건에 대한 뒤늦은 진실이 적혀 있을 거라 했고, 어떤 이는 누구도 알아서는 안 되는 안나만의 진짜 비밀 일기일 거라고 말했다. 안나는 가슴에 묻어 두기 벅찬 이야기를 안전하게 기록해 둘 곳, 자기만의 대나무 숲을 찾아다닌 게 분명했다. 그러다 종탑을 발견했고, 일기를 쓰고 내려오다 실족한 것이었다. 아마도 안나는 신비스러운 종소리가 울려 퍼질 때마다 아무도 그 뜻을 알지 못할 비밀이 우리 동네에 메아리치기를 바라고 있었는지도 모른다.

한쪽 다리가 부러진 안나는 황급히 큰 병원으로 실려 가 수술을 받았다. 자꾸 길어지는 수술 시간에 우리는 걱정하고 슬퍼하고 안타까워했다. 우리는 수술이 무사히 끝나길 바라며 성당에 모여 앉아 묵주기도와 십자가의 기도를 올렸다. 날이 어둑해지고 기도가 끝날 즈음 수술이 잘 되었다는 연락을 받고서야 우리는 안도했다. 누군가는 옆에서 "주여!"를 외치며 흐느끼기도 했다. 이틀 후 신부님과 사무장을 필두로 문병을 갔을 때 원장 수녀는 안나에게 다리가 다 나으면 오르간을 배워 미사 반주를 해 보는 건 어떻겠느냐고 제안했다. 안나는 생각해 보겠다고 대답했다.

한 달 후 우리는 성당에서 휠체어를 탄 안나를 볼 수 있었다. 우리는 작은 이불로 다리를 가리고 있는 안나에게서 변화된 무언가를 발견하려고 애썼다. 아직 걸을 수만 없을 뿐 안나의 냉소적인 표정은 예전 그대로였다. 안나가 웃는 걸 봤다는 사람도 있었지만 대부분은 잘못 봤을 거라고 생각했다. 물론 확실히 달라진 게 있긴 했다. 그건 안나가 더 이상 일기를 쓰지 않는다는 것이었다. 단순히 안나에게 일기를 쓸 기력이나 흥미가 없어진 것인지, 주변을 자유롭게 관찰할 수 없어서 쓸 수 없게 된 것인지 알 수 없으나 우리는 섭섭했다. 안나가 일기를 쓰지 않는 건 한때 우리가 간절히 바라던 일이었지만 막상 그렇게 되자 모두들 서운해했다.

그러면서 우리는 저 종 안의 일기만은 읽지 않기로 다짐했다. 안나의 비밀을 속속들이 알고 있는 우리였지만 그것만큼은 지켜 주는 게 마지막 도리라고 생각해서였다. 실은 너무 높은 곳이라 읽으려고 시도하는 사람도 없었다. 아마 안나의 비밀은 신만이 알 것이고, 다른 일기와 마찬가지로 시간의 풍화가 그 모든 것을 말끔하게 지워 버릴 것이다. 안나가 우리의 기억에서 언젠가는 사라질 것처럼. 아쉽지만 여기까지가 우리가 알고 있는 안나 이야기의 전부이고, 그 후 성당의 종은 더 이상 울리지 않았다.

이층집

식탁에는 밥 먹는 소리뿐이었다.

그러나 그 소리는 다분히 인공적이었다. 마치 일부러 수저를 거칠게 다루고 과장되게 쩝쩝 소리를 내는 것 같았다. 허리를 꼿꼿이 세우고 식사 중이던 김 과장이 귀에 거슬린다는 듯 헛기침을 했다. 순간 식탁 위로 서늘한 정적이 휘몰다 사라졌고, 일시 정지된 비디오 화면처럼 동작을 멈춘 식구들이 일제히 김 과장을 쳐다봤다. 약간 벗겨진 머리며 고리타분하고 지루하게 생긴 외모가 전형적인 공무원이었다. 처음부터 공무원이 되기 위해 태어난 사람 같은 모습. 달리 보면 검소와 절도가 배어 있는 듯하지만 식구들에게는 반가울 리 없는 근성이었다. 가족들은 오랜 공무원 생활이 김 과장을 저렇게 만들었다고 생각했다.

　김 과장의 헛기침 한 방에 조용히 이루어지던 식사
는 엄숙으로 치달았다. 유일하게 가족이 한자리에 모이
는 저녁 시간은 이번에도 이렇다 할 대화 없이 어그러지
고 말았다. 툭, 그때 수영의 손에 들려 있던 젓가락 한
짝이 바닥으로 떨어졌다. 어느새 수영의 무릎 위에는
양쪽 귀를 축 늘어뜨린 코커스패니얼이 앉아 있었다. 수
영은 네일 숍에서 관리받은 손으로 강아지의 목덜미를
귀엽다는 듯 어루만졌다.

　"털 날려, 저리 가!"

　김 과장의 눈치를 보던 박 여사가 숟가락을 들어 때
리는 시늉을 하자 강아지가 몸을 움츠리며 눈을 파르르
떨었다.

　"밥 먹을 땐 묶어 두랬지?"

　수영은 깜빡했다며 강아지를 밖으로 내보냈다.

　강아지가 사라지자 중단됐던 식사가 다시 시작되었
다. 그런데 밖에서 문을 긁어 대는 강아지가 김 과장의
심기를 또 건드렸다. 김 과장은 밥맛이 떨어졌다는 듯
숟가락을 탁, 놓고 자리에서 일어났다. 그때 부엌방을
나가려던 김 과장이 하얗게 드러난 유진의 허벅지를 노
려보며 말했다.

　"스커트가 너무 짧다. 학생이면 학생답게."

　유진은 입술을 삐죽거리며 식탁 밑으로 손을 집어넣

어 스커트를 잡아 내리는 시늉을 했다. 김 과장이 문을 열자마자 강아지가 뛰어 들어와 수영의 무릎 위로 다시 잽싸게 올라갔다. 김 과장은 고개를 절레절레 흔들며 문을 탕, 닫고 자기 방으로 들어가 버렸다.

김 과장이 없는 식탁 위로 갇혀 있던 말들이 쏟아졌다.

"지금까지 위장병 안 걸린 게 용치."

맏딸 수영이 두부조림을 젓가락으로 쿡 찔렀다.

"한여름에 이게 뭐가 짧다는 거야. 아빠 때문에 촌년 다 됐어."

유진은 꼰 다리를 풀어 바닥이 울릴 정도로 발을 굴렀다.

"김성준, 네 눈에도 이게 짧아 보이냐?"

김 과장을 닮은 성준은 누나들의 불만에 동요하지 않고 조용히 밥만 먹었다.

"누가 아빠 아들 아니랄까 봐."

수영이 강아지의 길쭉한 귀를 매만지며 입꼬리를 살짝 올렸다. 박 여사는 식탁에서 벌어지는 광경을 묵묵히 지켜만 봤다. 밥 먹을 때 말할 자유와 즐거움을 빼앗는 건 김 과장 하나로 족했다.

수영의 스마트폰에서 인기리에 방영되고 있는 드라마 주제곡이 흘러나왔다. 약속이나 한 듯 유진과 성준의 휴대폰도 동시에 울렸다. 유진의 벨 소리는 유명 남자 아이돌의 노래였고 성준의 벨 소리는 휴대폰에서 기본으로 제공되는 귀뚜라미 음이었다. 아이들은 식탁에서 각자 전화를 받았다. 특히 수영은 휴대폰 액정을 터치하며 큰 소리로 오빠, 라고 말했다. 주위를 의식해 한동안 응, 아니라고만 대답하던 수영은 슬슬 눈치를 보며 거실로 자리를 옮겼다. 박 여사는 수영의 통화 내용이 몹시 궁금해서 귀를 쫑긋했다. 내용까지는 아니더라도 남자의 목소리나 말투가 어떤지라도 듣고 싶었다. 박 여사가 연애하던 시절처럼 집 전화가 유일한 연락 수단이었다면 적어도 서너 번은 자신이 받아 궁금한 것을 알아냈을 것이다. 전화 예절을 통해 남자의 성품과 성격을 어느 정도 짐작해 볼 수도 있을 것이다. 어떤 놈을 만나고 돌아다니는지 알아야 딸 가진 부모로서 안심이 되었다. 데이트 폭력이니, 이별 살인이니 무서운 세상이었다. 하지만 지금으로서는 수영에게 어떤 놈이 있고, 그들에게 무슨 일이 벌어지고 있는지 알 도리가 없었다. 박 여사의 20대 때와는 시대가 다른 것이다. 박 여사는 거실 테이블에 창백하고 무뚝뚝하게 놓여 있는 유선전화기를 바라봤다. 전화는 하루에 한 번도 울리지 않을 때가 많았다. 매달 통화료도 기본 요금에 1000원이 더 붙어 나올 뿐이었다. 박 여사에게 용무가 있는 전화만 걸려 와서 이동과 휴대만 안 될 뿐이지 집 전화는 박 여사의 휴대폰이나 다름없었다.

설거지를 마치고 방으로 향하던 박 여사의 발걸음이 신경질을 내는 목소리에 돌아섰다. 딸들의 방에서 나는 소리였다. 방문을 열자마자 화장대 거울로 잔뜩 찡그린 수영의 얼굴이 보였다. 양손에는 내용물이 움푹 파인 클렌징크림과 으깨진 립스틱이 들려 있었다.

"할머니 때문에 내가 못 살아!"

수영은 티슈 서너 장을 거칠게 뽑아 화장품 케이스에 묻은 립스틱을 닦아 냈다. 덩어리째 묻어 나온 립스틱이 못내 아까운지 수영은 계속 티슈만 들여다봤다. 이번이 벌써 세 번째였다. 박 여사는 안으로 들어가 방을 절반으로 나누고 있는 열 자짜리 장롱 뒤로 고개를 내밀었다. 노인은 코까지 골며 깊은 잠에 빠져 있었고, 벽은 온통 낙서투성이였다. 노인의 머리맡에는 초등학생이 그린 듯한 조악한 그림이 그려져 있었다. 손을 맞잡고 서 있는 사람들 뒤로 산봉우리와 이글거리는 태양이 높게 떠 있었다. 선이 불그스름한 게 수영의 립스틱으로 그린 게 분명했다. 벽의 낙서는 장롱으로 구분지어 놓은 경계 선을 천천히 넘어서고 있었다. 이젠 이 튼튼한 장롱마저 제구실을 못하고 있는 것이다.

박 여사가 노인을 모시기 시작한 건 9년 전부터였다. 노인은 큰아들 내외와 살다 고부 갈등을 못 견디고 김 과장네로 거처를 옮겼다. 노인은 큰아들 내외에 대한 불만과 괘씸함을 꽁꽁 싸 두었던 돈 보따리를 푸는 것으로 대신했다. 노인의 도움으로 김 과장은 계획보다 일찍이 층짜리 양옥집을 장만할 수 있었다. 그런데 막상 이사를 하고 나자 김 과장의 고질병인 자린고비 근성이 도져서 노인이 지낼 방이 없어지고 말았다. 문간방에 살던 신혼부부에게 세를 계속 놓기로 한 것이었다. 할 수 없이 박 여사와 김 과장은 제법 큰 안방을 노인과 딸들에게 내어 주고 작은방을 쓰기로 했다. 그런데 방을 바꾸기로 한 날 장롱이 문제였다. 말 그대로 '작은 방'이어서 박 여사가 시집올 때 해 온 열 자짜리 장롱은 다 들어가지 않았다. 어쩔 수 없이 박 여사는 장롱을 옮기지 않고 안방에 그대로 두기로 했다. 그러다 보니 이불이나 옷을 넣고 꺼낼 때마다 방을 옮겨 다녀야 하는 번거로움이 생겼다.

장롱으로 방을 나누자고 제안한 건 유진이었다. 유진은 공부하느라 밤늦게까지 켜 두어야 하는 형광등이 노인의 잠을 방해하는 것 같아 미안하다고 했다. 안방을 나눈 후 노인과 딸들은 그런대로 서로의 영역을 존중하며 불편 없이 지내 오고 있었다. 그런데 몇 달 새 사정이 달라졌다. 1년 전부터 치매안심센터에 다니며 약을 복용해 오고 있음에도 노인의 머릿속에 벌레가 자라기 시작한 것이다. 그 벌레가 뇌를 갉아먹어 가자 노인은 잠자리 구분은 물론이고 방이라는 개념조차 조금씩 잃고 있었다. 정신이 흐려질수록 장롱이 그어 놓은 경계선도 점점 희미해져 갔다.

"엄마, 어떻게 좀 해 줘. 안 그럼 나 독립한다!"

수영은 독립이란 말에 악센트를 주며 말했다. 나이도 먹을 만큼 먹었고 경제력까지 갖춘 수영은 누구보다 독립을 원했다. 그런 수영을 반대하고 나선 건 김 과장이었다. 결혼할 때까지 부모 곁에 얌전히 묶어 놔야 사람들 입줄에 오르내리지 않는다는 이유였다. 고삐 풀린 망아지로 키우는 건 김 과장의 교육 철학을 벗어나는 일이었다.

"이게 얼마나 비싼 립스틱인데. 한정판이라 유진이한테도 안 빌려줬단 말이야."

"쌤통이다."

유진이 옆에서 수영의 화를 더욱 돋우었다.

"그렇게 비싼 거면 챙겨서 다녔어야지."

박 여사는 수영이 남자 친구한테 받은 선물이란 걸 알면서 되레 화를 냈다. 속상해하는 수영의 눈가에 어느새 눈물이 맺혔다.

"이미 버린 걸 어째. 불 끄고 잠이나 자."

박 여사는 문을 닫으며 속으로 한숨을 쉬었다.

박 여사의 심난한 발걸음은 거실에서 다시 멈추었다. 성준이 가죽 소파 팔걸이를 베고 자고 있어서였다. 팔걸이가 높아 목은 심하게 꺾여 있었다. 오래된 4인용 소파는 갈라진 틈새마다 움푹 파여서 개미처럼 가는 성준의 허리를 고르게 받쳐 주지 못했다. 그러다 삼대 독자 척추에 문제라도 생길까 걱정이었다. 제 방이 없어서 성준은 중고등학교 시절부터 도서관과 PC방을 오가며 살아왔다. 가족이 공동으로 사용하는 공간이라 불편한 게 많아서 성준은 거실을 고시원처럼 잠만 자는 곳으로 이용했다. 박 여사가 성준을 깨웠다.

"성준아, 이불 깔고 바닥에서 자. 그러다 허리 상한다. 얼른."

성준은 괜찮다며 굳이 소파에서 자겠다고 고집을 피웠다. 무던하고 조용한 게 김 과장의 성격을 닮아 지금껏 방에 대한 불평 한마디 없이 잘 지내 왔다. 유별난 누나들 등쌀도 특유의 침묵으로 묵묵히 견뎌 냈다. 성준을 볼 때면 김 과장의 성격도 쓸 만한 데가 있다고 박 여사는 생각했다.

박 여사는 거실 한쪽에 덩그러니 놓여 있는 성준의 낡은 책상을 바라봤다. 오랫동안 사용하지 않은 가구였다. 그 책상 뒤에 문이 있었고, 문 위로는 조그마한 창이 나 있었다. 유리창은 시커먼 먼지로 뒤덮여서 아무것도 보이지 않았다. 불을 끈 채 TV를 보는지 화면이 바뀔 때마다 잿빛 유리창이 한 번씩 번쩍거렸다. 가끔 전쟁 영화에서 나오는 기관총 소리도 들렸다. 이 집으로 이사 오기 전부터 신혼부부가 세 들어 살던 방이었다. 대개 양옥집 주인들은 저 방을 세놓았다. 부엌과 화장실이 딸려 있어서 신혼부부나 자취생을 들이기에 안성맞춤이었다. 박 여사는 이사를 오면서 신혼부부한테 방을 비워 달라고 날짜까지 못박았는데 그들은 매일 밤 찾아와 박 여사의 팔을 붙잡고 늘어졌다. 부부는 집을 장만할 때까지만 지내게 해 달라고 사정하며 대신 세는 얼마든지 올려 주겠다고 했다. 전세금을 올려 주겠다는 말에 김 과장은 10분 만에 신혼부부 편으로 돌아섰다. 그러나 집을 장만할 때까지라고 한 게 벌써 8년째로 접어들고 있었다. 그사이 새댁이 낳은 딸은 초등학생이 되었다. 박 여사는 그 딸이 얼마나 더 커야 집을 장만하게 될지 궁금했다.

식구들이 집을 나서는 시간이 달라서 아침 식사도 제각각이었다. 가장 먼저 식탁에 앉는 사람은 늘 김 과장이었다. 쓸쓸하긴 하지만 혼자 앉아 있는 모습이 박 여사 눈에는 오히려 편안해 보였다. 헛기침할 일이 없어서 식사는 순조롭게 끝났다. 김 과장이 넥타이를 고쳐 매고 현관을 나가자 기다렸다는 듯 수영이 부엌으로 들어섰다. 거실에 웅크리고 앉아 있던 강아지도 뒤따라 들어왔다. 수영은 밥과 국이 차려진 식탁에는 눈길도 주지 않았다. 입맛 없는 아침을 박 여사 때문에 억지로 먹고 지하철에서 구토를 한 후 트라우마가 생겨 버렸다. 수영은 아침 식탁을 볼 때마다 지하철에서 겪었던 창피함을 떠올리며 눈을 질끈 감곤 했다.

"아빠는 비위도 참 좋은가 봐. 아침마다 밥 한 그릇은 뚝딱이야."

수영은 고개를 절레절레 흔들며 커피를 내리고 토스트를 바삭하게 구워 냈다. 커피 잔은 받침대에 꼭 받치고 토스트는 커피 잔과 세트인 접시에 담았다. 수영의 아침을 책임지는 커피메이커와 찻잔 세트는 수영이 직접 장만한 것들이었다. 대충 먹어도 될 것을 수영은 반드시 격식을 갖추었다. 유난히 길고 고운 손과 세련된 찻잔은 수영과 잘 어울렸다. 그 긴 손가락으로 커피 잔을 들고 토스트를 뜯어내는 자태는 광고에 나오는 모델처럼 기품 있었다. 무릎 위에 앉아 있는 귀족적인 풍모의 코커스패니얼은 그런 수영을 더욱 돋보이게 했다. 유행에 민감한 광고처럼 수영을 세련된 사람으로 만든 건 대학을 졸업하자마자 들어간 광고회사였다. 수영은 좀 더 많은 광고를 찍고 싶어했다. 수영이 입에 달고 사는 '독립'은 그 많은 광고 중 하나였다.

등교 시간이 들쭉날쭉한 유진과 성준이 부엌으로 들어왔다. 유진은 한층 짧아진 스커트를 입고 이어폰에서 흘러나오는 힙합 음악에 맞추어 몸을 흔들었다.

"너 그러다 아빠한테 또 혼난다."

음악 소리가 너무 커서 박 여사의 말은 유진에게 전달되지 않았다. 박 여사가 줄을 잡아당기자 유진의 가슴께에서 이어폰이 달랑거렸다.

"뭐 어때. 아빠도 없는데. 걱정 마."

반복되는 박 여사의 핀잔에 유진은 시큰둥하게 반응했다. 그러면서 배낭을 열어 찢어진 청바지를 보여 주었다.

"학생이 가방에 책은 없고."

유진은 이어폰을 다시 끼우고 다리를 꼬았다. 속옷이 보이지는 않을까 애가 탄 박 여사는 식탁 밑으로 고개를 숙였다. 박 여사가 유진의 통통한 무릎을 발로 툭 건드리자 꽈배기처럼 말린 다리가 풀어졌다.

유진은 박 여사에 대한 불만을 반찬 투정으로 대신했다. 콩자반 그릇을 젓가락으로 밀어내며 일주일 내내 식단이 똑같다고 투덜거렸다. 너무 세게 밀었는지 검정콩 한 알이 튀어나와 간장 양념을 묻히며 식탁 끝으로 굴러갔다.

"엄마도 책 보고 요리 좀 해 봐. 살림한 지가 언젠데 반찬이 맨날 똑같아? 그 흔한 달걀말이도 내가 안 하면 구경조차 못하고."

음악을 크게 듣고 있어서 유진이 큰 목소리로 말했다.

"요리책? 우리 집 생활비로는 어림도 없어, 이것아."

박 여사의 말을 듣긴 한 건지 유진은 고개로 리듬만 타고 있었다. 박 여사와 유진이 옥신각신하는 사이 성준은 벌써 밥 한 공기를 비웠다. 성준은 김치 하나만 있어도 밥을 맛있게 먹을 줄 알았다. 다이어트한답시고 깨작거리는 유진과는 반대였다. 성준은 자리에서 일어나 빈 그릇과 수저를 개수통에 집어넣었다. 박 여사가 없었다면 아마 설거지까지 했을 것이다. 성준은 보리차를 마신 뒤 인사를 하고 부엌을 나갔다. 누가 말을 걸지 않는 이상 "잘 먹었습니다."나 "다녀오겠습니다."가 성준이 하는 말의 전부였다.

밥을 절반이나 남긴 유진도 뒤따라 자리에서 일어났다. 그러다 갑자기 생각난 듯 한쪽 이어폰을 빼고 박 여사를 쳐다보며 말했다.

"조만간 피아노 살까 해."

"얘가 얘가 미쳤나. 할머니 때문에 정신 사나워 죽겠는데 무슨 피아노?"

박 여사가 기겁을 했다.

"아빠도 피아노 소리 싫어하는 거 몰라? 그리고 돈은 어디서 나서?"

"중고라도 사려고 용돈 모으고 짬짬이 알바도 했어."

"좁아터진 집구석에 놀 자리가 어딨다고?"

"머리에라도 이고 있을 거야."

박 여사가 주전자를 들고 방으로 들어서자 노인이 수저를 놓았다. 박 여사는 조심스럽게 노인 옆으로 다가가 앉았다. 곱게 빗어 넘긴 머리와 단정한 옷차림을 보자

마음이 놓이는지 박 여사가 컵에 물을 따르며 물었다.

"오늘은 기분이 좀 어떠세요?"

"볕이 좋다. 밖에 내다 놓으면 쑥쑥 잘 자라겠어."

노인은 박 여사의 말을 못들은 척 자리에서 일어났다. 구부정한 자세로 베란다로 나가 무거운 화분을 하나씩 들어 올렸다. 노인은 열다섯 개나 되는 화분을 볕이 잘 드는 곳으로 옮긴 뒤 조리개로 물을 뿌렸다. 물에 젖은 푸른 이파리들이 햇살 속에서 반짝였다. 노인은 한참을 화분 앞에 쭈그리고 앉아 있었다.

"어머님, 이제 그만 들어오세요."

"이것들도 언젠가는 말라 죽겠지."

이파리를 매만지던 노인이 축축해진 자기 얼굴로 손을 가져갔다. 노인은 아침에 일어나 머리맡의 낯선 그림과 마주하던 순간을 떠올리며 입술을 깨물었다.

박 여사는 청소를 하기 시작했다. 노인이 물린 상을 치운 후 물걸레로 전화기에 쌓인 먼지와 찐득찐득한 방바닥을 문질렀다. 강아지가 여기저기 싸 놓은 오줌도 닦았다. 기른 지 두 달이나 됐는데 강아지는 아직도 대소변을 못 가렸다. 수영이 배변 훈련을 시키는데도 소용없는 걸 보면 영리한 강아지는 아닌 듯했다. 게다가 말썽이 심해서 집 안에 남아나는 물건이 없었다. 슬리퍼는 너덜너덜해졌고 가죽 소파에도 이빨 자국이 나 있었다. 그렇다고 묶어 놓고 기를 수도 없었다. 목줄을 채울 때마다 짖고 발광하는 모습이 더 보기 싫었다. 박 여사는 갑자기 짜증이 밀려와 강아지 엉덩이를 발로 걷어챘다. 강아지는 깨갱거리며 제 집으로 들어가더니 박 여사를 올려다보고 한참을 으르렁댔다.

청소를 마친 박 여사가 각 방에서 나온 쓰레기를 종량제 봉투에 담았다. 화장실 쓰레기통은 매일 비우지 않으면 흘러넘치기 일쑤였다. 그것은 아침마다 벌어지는 화장실 전쟁의 치열함을 보여 주는 증거이기도 했다. 큰방에서 나온 립스틱 묻은 화장지가 봉투 가장자리에 닿았다. 하나라도 더 넣기 위해 쓰레기를 손으로 꾹 눌렀더니 립스틱이 봉투에 붉은 선을 그으며 안으로 들어갔다. 마치 립스틱 바른 입술을 손으로 짓뭉개서 닦아 낸 것 같았다. 박 여사는 거실 귀퉁이에 놓인 쓰레기통을 비우다 둘둘 말린 화장지를 발견했다. 버리기 아까울 정도로 깨끗해서 강아지 오줌 닦는 데라도 쓰려고 화장지를 펼쳐 봤다. 눈에 띄는 오물은 없지만 짧고 꼬불꼬불한 털들이 여기저기 들러붙어 있었다. 박 여사는 황급히 화장지를 다시 구겨 봉투 깊숙이 보이지 않게 쑤셔 넣었다. 그러고는 주둥이를 가까스로 묶은 다음 대문 밖으로 가져갔다. 오늘따라 쓰레기봉투를 든 박 여사의 손이 무거웠다.

거실로 들어서자 전화벨이 울렸다. 김 과장이었다.

"어머니는 좀 어때?"

김 과장은 촉각을 다투는 일이 아니고서는 전화하는 법이 없는 사람이었다.

"괜찮아요. 근데 눈치를 채신 것 같아요. 그쪽 약이 증상을 늦춰 줄 뿐이라잖아요."

수화기에서 흘러나오는 김 과장의 한숨 소리에 박 여사의 귓속이 아플 정도로 뜨거워졌다.

"낚시 가방 좀 챙겨 놔."

몇 년간 잠잠하던 낚시 병이 다시 도진 모양이었다.

박 여사는 낚시 가방을 찾으러 화장실 옆으로 난 나무 계단을 타고 올라갔다. 걸음을 옮길 때마다 낡아 빠진 계단이 삐걱댔다. 계단마다 쓰지 않은 물건들이 잔뜩 쌓여 있었고 그 물건들은 시커먼 먼지로 뒤덮여 있었다. 2층을 향해 기역자로 꺾어 있는 계단은 창고로 사용 중이었다. 마땅히 둘 데가 없거나 버릴 물건들은 제일 먼저 이곳으로 옮겨졌다. 계단참은 박 여사가 시집올 때 해 왔던 자개 박힌 발재봉틀을 비롯해 각종 고장 난 가전제품들로 가득했다. 모두 김 과장의 버리지 못하는 습관이 빚어낸 결과였다. 물론 고쳐서 쓸 수 있는 것도 있지만 대부분이 수리조차 불가능한 것들이었다. 박 여사는 아이들이 읽고 버린 책들과 잡동사니를 마구잡이로 헤치며 낚시 가방을 찾았다. 그 때문에 계단참은 더욱 난장판으로 변해 버렸다. 그런데도 가방은 보이지 않았다. 박 여사는 계단참에서 다시 계단을 타고 올라갔다. 계단 끝, 김치냉장고 브랜드명이 적혀 있는 깊고 커다란 상자 속에 낚시 가방이 들어 있었다. "누가 여기다 처박아 둔 거야."라고 중얼거리며 가방을 집어들고 내려오려는데 계단 끝에서 가느다란 웃음소리가 들려왔다. 박 여사는 돌아서서 문에 바짝 귀를 댔다. 2층에 사는 군인 부부의 웃음소리였다. 행복에 겨운 웃음. 저렇게 웃어 본 게 언제였던가. 그런 적이 있기나 했던가. 문득 박 여사는 문을 박차고 들어가 그 행복을 좀 나눠 갖자고 하고 싶어졌다. 박 여사는 자신도 모르게 손잡이를 잡아 돌렸다. 그러나 그것은 굵은 철사 줄로 꽁꽁 묶여 있어서 돌아가지 않는 데다 오래되어 녹까지 슬어 있었다. 철사에 스친 박 여사의 손목에 갈색 녹이 묻어났다. 철사가 아니더라도 이 문은 안쪽에서 잠겨 있거나 군인 부부의 큼지막한 살림살이가 가로막고 있을 터였다. 박 여사는 돌아서서 계단을 내려왔다. 귓전에 맴도는 웃음소리에 너무 신경을 곤두세웠는지 잡동사니에 발이 걸려 넘어지고 말았다. 무릎이 연장통 모서리에 부딪쳐서 붉은 피가 봉긋 솟아올랐다.

늦은 밤 외제 승용차가 수영을 내려놓고 골목을 빠져나갔다. 대문 앞에 어정쩡하게 서 있던 수영이 휴대폰 통화 버튼을 터치했다.

"유진아, 대문 좀 열어 줘".

누가 들을까 목소리는 낮추었다.

"열쇠 없어?"

"잃어버렸어."

"칠칠맞기는."

도둑고양이처럼 소리 나지 않게 살금살금 빠져나온 유진이 뾰로통한 얼굴로 대문을 열어 주었다.

"아빠가 나 찾았어?"

유진은 대답 대신 귀찮은 듯 고개를 좌우로 흔들었다. 제법 조심스럽게 걷는데도 수영의 하이힐이 시멘트 바닥에 닿아 따닥따닥 소리를 냈다. 예민한 귀를 가진 김 과장이 구둣발 소리에 방문을 벌컥 열고 거실로 나왔다. 둥그렇고 둔해 보이는 김 과장의 배가 수영의 눈앞으로 성큼성큼 다가왔다. 하얀 메리야스가 팽팽하도록 불룩 튀어나온 배는 위압적이었다.

"지금이 몇 시야?"

"회식이 있어서……."

수영은 김 과장의 배에 시선을 고정한 채 둘러댔다.

"그놈의 회사는 일은 안 하고 맨날 회식이냐?"

유진은 불똥이 자신에게 튈까 봐 은근슬쩍 팬츠를 내려입었다. 터질 듯한 김 과장의 배가 수영의 팔뚝에 닿으려는 순간, 어디선가 끙끙대는 소리가 들려왔다. 야단을 치다 말고 김 과장이 노인의 방으로 곧장 향했다. 수영은 안도의 숨을 내쉬고 나더니 투덜댔다.

"내 나이가 지금 몇인데 통금 시간이야? 진짜 짜증 나!"

심각한 표정으로 노인의 방에서 나온 김 과장이 급히 박 여사를 불렀다. 유진이 코를 킁킁거렸다.

"이게 무슨 냄새야?"

공기를 타고 온 집 안에 똥 냄새가 퍼졌다. 유진이 코를 틀어막고 도망치듯 부엌방으로 들어갔다. 수영은 소파에 앉아 강아지 머리만 쓰다듬고 있었다. 세숫대야를 들고 노인의 방에서 나온 박 여사가 수영을 흘겨보며 쏘아붙였다.

"제대로 기를 자신 없으면 정들기 전에 다른 데로 보내! 내가 니들 할머니로 모자라 개새끼 똥오줌 수발까지 들어야겠어?"

박 여사의 말에 김 과장은 배가 움찔하도록 헛기침을 했다. 박 여사의 거칠고 빠른 발걸음이 대야의 물을 바닥으로 첨벙, 흘려 놓았다. 그 물이 소파 쪽으로 튀자 수영이 얼굴을 찌푸렸다.

"전기 요금 많이 나온다. 코드 안 뽑힌 것 있나 확인하고 자."

김 과장이 무거운 얼굴을 하고 문을 닫았다. 그러나 누구도 거실에서 움직이려고 하지 않았다. 그러자 성준이 한마디 했다.

"여긴 내 방이야."

일요일 아침, 낚시 가방을 둘러메고 김 과장이 집을 나섰다. 표정은 굳어서 어두웠다. 걱정거리가 있으면 김 과장은 낚시를 갔다. 해답이라도 낚아 오려는 것일까. 김 과장이 나가자마자 기다렸다는 듯 방문이 열리고 싸우는 소리가 들렸다. 얼굴을 붉히며 박 여사가 큰방으로 쫓아갔다.

"왜 또?"

"시끄럽다고 볼륨 좀 줄이라니까 더 높이잖아!"

수영이 눈을 빗떠 유진을 쳐다봤다.

"그럼 고상한 클래식이라도 틀어 줄까?"

유진이 비아냥거리며 애먼 강아지한테 화풀이를 했다. 꼬리를 사린 강아지가 수영의 품으로 파고들었다.

"맘에 드는 구석이 하나도 없어!"

"나도 마찬가지야!"

"앞으로 내 옷 입지 마!"

"치사해서 안 입어!"

"조용히 좀 해!"

소파에 누워 책을 보던 성준이 벌떡 일어나 소리를 질렀다. 순간 식탁에서나 감돌던 정적이 방 안을 훑고 지나갔다. 이어 책 덮는 소리가 거실 쪽에서 크게 울렸다. 성준은 머리카락을 헝클며 밖으로 나가 버렸다.

"쟤도 저런 면이 있었나."

수영과 유진이 서로의 얼굴을 쳐다보며 어깨를 으쓱

했다.

성준이 나가 버린 현관문으로 2층에 사는 군인 부부가 손을 잡고 들어섰다. 박 여사는 부부를 보자 며칠 전 계단에서 훔쳐 듣던 그들의 웃음소리가 떠올랐다. 그때 갑자기 무릎 상처가 시큰거렸다.

"아침부터 웬일이야?"

"드릴 말씀이 있어서요."

부부가 거실 마루 끝에 나란히 걸터앉았다.

"이이가 강원도로 발령이 나서 이사를 가게 됐어요."

수영과 유진의 반짝거리는 눈동자가 군인 부부의 다정한 얼굴로 향했다.

"서운하네. 정들만하니까 가 버리고."

"그러게요."

"전세금은 언제쯤 빼 주면 될까?"

"빠르면 빠를수록 좋은데. 중개 수수료 제하고 이쪽으로 입금해 주세요."

메모지를 건넨 군인 부부는 현관문을 나서면서도 잡은 손을 놓지 않았다. 부부가 나가자 수영과 유진이 박 여사의 팔에 매달렸다.

김 과장은 어깨를 축 늘어뜨린 채 대문으로 들어섰다. 텅 빈 어망은 반들반들 물기만 묻어 있었다.

"오늘은 어머니 어땠어?"

김 과장이 낚시 가방을 신발장 위에 올려놓으며 박 여사에게 물었다.

"오늘은."

박 여사는 머뭇거리다 김 과장의 팔을 방으로 잡아 끌었다.

"2층이 이사 간다네요. 새댁 남편이 강원도로 발령이 나서."

"언제?"

"다음 주 금요일에요."

"전세금 빼서 당신이 돌려줘."

"세놓을 거예요?"

"당연하지 그럼. 비워 둬?"

"누가 비워 두재요?"

"내일 부동산에 집 내놔."

"우리도 좀 사람답게 삽시다!"

박 여사가 갑자기 소리를 질러서 김 과장이 놀란 눈으로 쳐다봤다.

"하도 답답해서 요 가슴이 터질 것 같다고요!"

박 여사가 주먹으로 자기 가슴을 세게 쳤다.

"쥐꼬리만 한 전세금 통장에 넣어 둬 봤자 이자가 불면 얼마나 분다고! 은행 금리 또 내린다는데."

박 여사가 참았던 말을 폭포수처럼 쏟아 냈다.

"수영이 유진이 시집갈 때까지만이라도 편하게 살게

해 줍시다. 쟤들이 이 집에서 살면 얼마나 살겠어요. 길어야 3~4년인데, 그 후에 세놔도 되잖아요. 수영이는 사귀는 남자도 있는 것 같은데 그러다 불쑥 집에 데리고 오면 어떡해요."

"뭘 어떡해? 사람 사는 게 다 그렇지. 제 놈은 뭐 궁전에서 산대?"

"눈치를 보니 궁전에서 사는 것 같습디다!"

김 과장이 박 여사를 째려봤다.

"부모로서 애들 체면은 세워 줘야 할 거 아니에요. 그보다 성준이 제 방 하나 없이 사는 거 미안하지도 않아요? 다 큰애를."

"잔말 말고 밥이나 줘."

밥 달라면서 김 과장은 팔베개를 하고 바닥에 누웠다. 불룩한 배가 숨을 쉴 때마다 출렁거렸다.

"그날 이후로 애들도 방에 안 들어가려고 해요. 손녀들한테 면목 없어서 어머님 마음도 안 편할 거예요. 이 집 누구 때문에 장만하게 됐는지 생각해 봐요. 어제는 헛소리까지 하시고 점점 안 좋아지고 있다고요. 앞으로 살면 얼마나 사시겠어요. 남은 여생 편히 지내게 해 드리자고요."

"아, 시끄러!"

"당신도 형님네랑 다를 게 하나도 없어요!"

그 말에 김 과장의 출렁이던 배가 조금씩 잦아들었

다. 김 과장은 눈을 감고 옆으로 돌아누웠다.

대이동이 시작됐다.

수영과 유진, 성준의 살림살이는 각각 2층 자기 방으로 옮겨졌다. 노인은 김 과장네가 머물던 작은방으로, 김 과장네는 노인이 쓰던 큰방으로 거처를 옮겼다. 열 자짜리 장롱은 방 중앙이 아니라 벽에 딱 붙여서 놓았다. 장롱은 노인이 벽에 그려 놓은 그림을 감쪽같이 가려 주었다. 이제는 옷과 이불을 넣고 꺼낼 때마다 방을 옮겨 다니는 수고를 하지 않아도 되었다.

잡동사니로 가득 찼던 계단은 어느새 깨끗하게 치워졌다. 문손잡이에 꽁꽁 감겨 있던 녹슨 철사도 제거되었다. 계단은 물건을 옮기는 데 더없이 중요한 다리가 되어 주었다. 계단은 양옥집이 지어진 이래 한 번도 위층과 아래층을 연결해 준 적이 없었다. 그저 지저분한 창고 역할만 했을 뿐이었다. 식구들은 쓸모없는 계단을 볼 때마다 잘못 만들어진 거라고 생각했었다. 그러나 오늘과 같은 상황으로 계단이 목적 없이 설계된 게 아님이 증명되었다. 무더운 여름, 뙤약볕을 맞으며 물건을 옮기지 않아도 되니 이 이상 고마울 데가 없었다. 그래서 더욱, 낡은 계단은 자신의 존재를 드러내려는 듯 가족의 발길이 닿을 때마다 삐걱댔다.

2층에는 비슷한 크기의 방 두 개와 그보다 작은 방이

하나 있었다. 가장 작은 방은 성준이 쓰기로 했다. 성준의 방은 꾸밈없고 단출했다. 옷장과 책상, 컴퓨터와 운동 기구 몇 개가 살림의 전부였다. 주인을 닮아 더없이 수더분하고 조용한 방이었다. 비슷하지만 조금 큰 방은 나이가 많다는 이유로 수영의 차지가 되었다. 수영의 방에는 어느새 원목으로 된 싱글 침대가 들어와 있었다. 레이스 달린 침대 시트와 커튼은 같은 디자인이었다. 침대 옆에 화장대를 놓았고, 그 위에 고급 화장품들을 가지런하게 정리해 두었다. 지금 당장 광고를 찍어도 손색없을 만큼 우아한 방이었다. 주인과 떨어져 거실에서 지내야 했던 강아지도 수영의 방 한쪽으로 이사를 했다. 이로써 강아지는 박 여사와 유진의 화풀이 대상에서 벗어나게 되었다. 수영이 침대 위에서 부르르 몸부림 치고 있는 휴대폰을 받았다. 달달한 목소리가 수영의 귓속에 은밀한 입김을 불어넣었다. 수영은 엉덩이로 매트리스의 탄력을 느끼며 큰 소리로 오빠, 하고 불렀다.

유진은 짧은 청스커트를 입고 전신 거울 앞에 서서 춤을 췄다. 댄스 동아리 주최로 열리는 경연 대회를 준비하는 것이었다. 휴대폰에서 남자 아이돌 그룹의 노래가 흘러나왔다. 이젠 답답한 이어폰으로 음악을 듣지 않아도 되었다. 음악이 격렬해질수록 유진의 몸동작도 커지고 대담해졌다. 땀방울이 유진의 온몸을 적시고 장판으로 떨어졌다. 음악이 끝나자 유진은 숨을 헐떡이며 방바닥에 다리를 벌린 채 누웠다. 활짝 열어 놓은 방문으로 시원한 바람이 들어왔다. 선풍기가 없는데도 땀이 저절로 말랐다.

　박 여사가 가벼운 발걸음으로 계단을 올라갔다. 귀찮아하거나 불편해하는 기색은 없었다. 얼굴 가득 편안한 미소를 머금은 박 여사는 아이들 방마다 노크를 하며 말했다.

　"저녁 먹어라."

　목소리에도 부드러움과 여유가 묻어 있었다. 유진과 성준이 계단을 타고 우르르 내려오는 통에 계단의 삐걱거림은 전보다 심해졌다.

　"계단 부서진다. 가만히 좀 내려와. 가만히."

　김 과장이 계단 앞에 장승처럼 서 있다 그들의 즐겁고 가벼운 마음에 어깃장을 놓았다.

　"수영이는?"

　김 과장이 눈을 동그랗게 뜨고 계단 끝을 올려다보며 물었다.

　"회식 있대요."

　김 과장은 고개를 끄덕이며 앞장서 부엌으로 갔다. 식사는 변함없이 조용하게 시작되었다. 강아지가 방해하는 일도 없었다. 김 과장 입에서 간혹 잔소리가 튀어나와도 아무도 얼굴을 구기지 않았다.

집에 들어오자마자 침대로 쓰러져 잠을 자던 수영이 눈을 떴다. 머리는 반으로 쪼개질 것처럼 지끈거렸고 위장은 칼로 도려낸 듯 쓰렸다. 휴대폰을 열어 시간을 확인했다. 새벽 4시가 넘어가고 있었다. 간밤의 숙취로 목이 마른 수영은 흐느적거리며 침대에서 일어났다. 수영은 방을 나와 뒤꿈치를 들고 살그머니 계단을 밟고 아래층으로 내려갔다. 그러나 조심스러운 노력에도 불구하고 나무 계단은 불규칙적으로 울어 댔다. 차 한 대 지나가지 않는 어두운 터널에 갇힌 듯 가슴이 답답했고 균형을 잃은 몸은 자꾸 휘청거렸다. 결국 수영은 발을 헛디뎌 발목을 접질리고 말았다. 수영은 얼굴을 찡그리며 부엌방으로 가 냉장고에서 보리차를 꺼내 벌컥벌컥 들이켰다. 차가운 물이 몸속으로 스며들자 발목이 더욱 시큰거리는 것 같았다.

"안 되겠어."

수영은 냉장고에서 새어 나온 주황색 불빛에 접질린 발목을 비춰 보며 중얼거렸다.

모처럼 일찍 퇴근하고 집으로 돌아온 수영은 팔을 걷어붙이고 2층 부엌을 구석구석 청소하기 시작했다.

"뭘 저렇게 많이 샀어?"

박 여사가 아래층에 배달되어 온 물건들에 대해 물었다.

"나 절뚝거리는 거 안 보여? 엊그저께 물 마시러 내려갔다가…… 하여튼 번거로워."

수영은 청소를 끝낸 뒤 아래층 부엌에서 쓰던 자기 물건들을 위층 부엌으로 모조리 옮겼다. 커피메이커, 토스터기, 커피 잔, 그릇, 냄비……. 며칠 전 회사에서 인터넷으로 주문한 인덕션과 식탁, 미니 냉장고도 위치를 잡아서 놓았다.

"아빠가 알면."

"걱정 마. 전기 요금, 수도 요금 쓴 만큼 낼 테니까. 애들하고도 합의 본 거야. 개들도 틈틈이 알바하니까 그 정도는 부담해도 돼."

수영은 시큰거리는 발목도 아랑곳하지 않고 콧노래를 흥얼거리며 물건들을 정리했다. 강아지는 폴짝거리면서 수영이 가는 곳마다 따라다녔다.

2층까지 올라가기가 귀찮아진 박 여사는 옆에 놓인 김 과장의 휴대폰을 집어 들어 유진에게 전화를 걸었다.

"저녁 먹게 다들 내려오라고 해."

행여 김 과장 귀에 들릴까 봐 소곤거리듯 말했다. 실은 귀찮아서가 아니라 계단을 오르내릴 때마다 무릎에서 나는 소리를 감당할 자신이 없어서였다. 생활비를 한 푼이라도 아껴 보려는 마음에 휴대폰을 하지 않은 박 여사지만 요즘 들어 그것의 편리함을 실감하고 있었다. 박 여사는 김 과장 휴대폰 통화 목록에서 유진의 이름을 삭제하며 우체국에서 판매한다는 알뜰폰이라도 장만해 볼까 생각했다.

유진이 수영의 방문을 두드린 뒤 문을 열었다.

"아직 안 들어왔나."

아무도 없는 방 안에서 강아지가 제 집을 물어뜯으며 놀고 있었다. 갈기갈기 찢어진 부위에서 하얀 솜이 비어져 나왔다. 머지않아 집이 완전히 망가져서 못 쓰게 될 것 같았다. 유진이 이번에는 마주 보고 있는 성준의 방으로 가 노크를 했다. 그런데 안에서 잠겼는지 문이 열리지 않았다. 유진은 문을 두드리며 이름을 불렀다. 그제야 문이 열렸고 발갛게 달아오른 성준의 얼굴이 나타났다.

"뭐 하는데 문을 잠그고 있어?"

"어, 언제 잠겼지."

성준은 자신도 알 수 없다는 듯 어리둥절한 표정을 지어 보였다. 나중에는 유진의 간섭에 화가 나는 듯 한마디 쏘아붙였다.

"일부러 잠그면 또 어때? 내 방인데. 상관 마."

"나도 상관하기 싫어. 밥 먹으러 내려오래."

유진은 성준의 떡 벌어진 어깨 너머로 방을 훔쳐보다 속으로 피식 웃었다. 티슈 상자에서 빠져나온 화장지가 끊김 없이 성준의 이불까지 닿아 있었다.

"점심 먹은 게 소화 안 됐다고 난 나중에 따로 먹는다고 전해. 아빠 얼굴 보고 먹다간 체할 것 같으니까."

유진은 제 방으로 들어가 K팝을 크게 틀어놓고 춤 연습을 했다. 성준은 바지춤을 추스른 뒤 한 손에 낡은 컴퓨터 자판을 들고 계단을 내려갔다. 계단참에 놓여 있는 김치냉장고 상자 속으로 자판을 던져 넣고 계단을 세 개씩 건너뛰었다. 성준의 육중한 발놀림에 계단은 금방이라도 주저앉을 듯했다. 저녁 식탁에는 세 사람만이 덩그러니 앉아 있었다. 더없이 조용히 시작된 식사는 그보다 더없이 조용하게 끝이 났다.

밤늦게까지 데이트를 하고 돌아온 수영이 2층 초인종을 눌렀다. 유진이 졸린 목소리로 인터폰을 받았다.

"아빠가 찾았어?"

"찾지, 그럼."

"그래서 뭐랬어?"

"들어왔다고 했어."

"2층으로는 안 올라오시고?"

"언제 아빠가 올라온 적 있어?"

유진이 귀찮은 듯 인터폰을 끊었다. 잠시 후 대문이 자동으로 찰칵하고 열렸고, 수영은 소리 나지 않게 문을 닫으며 아래층 불 꺼진 창문을 흘끗 쳐다봤다. 아래층은 물에 잠긴 듯 고요했다. 수영은 발뒤꿈치를 든 채 대문 옆에 바짝 붙어 있는 시멘트 계단을 타고 2층으로 올라갔다. 계단이 끝나자 수영의 걸음걸이에서 조심성은 사라졌다. 또각거리는 하이힐 소리가 무거운 밤하늘로 쟁쟁하게 울려 퍼졌다. 하이힐 소리는 그 무엇도 건드리지 못했다. 수영은 아무렇게나 구두를 벗어 던지고 제 방으로 들어갔다. 구두 한쪽이 소리를 내며 옆으로 쓰러졌다.

더없이 여유로운 토요일 아침이 시작되었다. 이제는 주말뿐만 아니라 평일 아침도 여유가 있었다. 화장실 밖에서 초조하게 순서를 정해 기다리지 않아도 되었고, 안에서는 바쁘게 서두르지 않아도 되었다. 씻는 데 오랜 시간을 들이며 즐겨도 상관없었다. 수영은 샤워를 끝낸 뒤 반찬 냄새가 나지 않는 식탁에 혼자 앉아 자몽 주스와 올리브 오일에 적신 바게트 빵을 먹었다. 식사를 마치고 나서는 목적지와 어울리게 바다색 아이섀도로 눈두덩을 칠하고 바다색 옷을 골라 입었다. 수영은 유진이 옷을 훔쳐 입지 못하도록 열쇠로 옷장 문을 잠근 뒤 방을 나갔다. 재촉하듯 밖에서는 클랙슨이 빵빵, 하고 울렸다. 좁은 골목에 주차되어 있는 검정색 승용차가 2층에서 훤히 내려다보였다. 수영이 손을 흔들자 남자도 차창을 열어 손을 흔들어 주었다. 수영은 서둘러 신발장에서 바다색 구두를 골라 신고 현관문을 나섰다. 머리에서 발끝까지 잘 갖춰 입은 수영은 마치 15초짜리 광고에서 막 튀어나온 모델 같았다. 오늘도 밤늦도록 데이트가 이어질 거라고 생각하자 수영은 벌써부터 온몸이 짜릿했다.

성준은 도서관에 가지 않고 일어나자마자 컴퓨터부터 켰다. PC방에서 하던 게임을 돈과 시간 제약 없이 자기 방에서 할 수 있게 되다 보니 날을 새고도 모자라 또 인터넷 게임에 몰두하려는 것이었다. 게임이 풀리지 않을 때마다 성준의 입에서 거침없이 욕이 쏟아졌다. 헤드폰이 아닌 스피커에서 흘러나오는 생생한 효과음이 성준을 더욱 긴장시켰다. 새로 구입한 자판을 두드려 대는 손가락의 움직임은 갈수록 빠르고 격해졌다. 부족한 수면 탓에 눈은 충혈되고 피부는 푸석푸석했다. 게임에서 지자 화가 난 성준은 곧바로 인터넷 성인 방송에 접속했다. 문이 잘 잠겨 있는지 확인하는 것도 잊지 않았다. 오늘 밤에는 같은 과 동기가 나라와 취향별로 영상을 모아 둔 외장 하드와 섹시한 여배우 브로마이드를 가져다주기로 했다. 브로마이드는 눈에 가장 잘 띄는 책상 위에 붙여 놓을 참이었다. 자리에 누우면 마주 보이는 곳이었다.

소개팅이 있는 유진은 거울 앞에 서서 옷을 골랐다. 모두 낡고 후줄근해서 청미니스커트와 어울리지 않았다. 문득 지난 주말 수영이 인터넷으로 주문했던 블라우스가 생각났다. 유진은 수영의 방으로 가 옷장을 열었다. 그러나 문이 열리지 않았다. 소리 나게 손잡이를 계속 잡아당기자 강아지가 사납게 짖어 대며 허벅지로 달려들었다.

"치사해서 안 입는다, 안 입어!"

유진은 발부리로 옷장을 걷어찼다. 방을 나온 유진은 미니스커트가 김 과장 눈에 띄면 잔소리할 게 뻔하므로 아래층 신발장에서 자기 신발을 모조리 꺼내 와야겠다고 생각했다. 신발은 외출 시 아래층을 거치게 만들었다. 유진은 세 번에 걸쳐 성준의 신발까지 2층으로 모조리 가지고 올라갔다. 아래층 신발장에는 김 과장과 박 여사, 노인의 신발만 남아 있었다. 마지막으로 신발 두 켤레를 손에 들고 나무 계단을 올라가던 유진은 박음질이 너덜너덜 풀린 슬리퍼를 계단 한쪽에 벗어 던졌다. 유진의 맨발이 닿는 계단마다 예전처럼 물건이 쌓여 가고 있었다. 누렇게 바랜 책들, 고장 난 충전용 청소기, 목이 부러진 소형 선풍기, 녹슨 익스팬더, 망이 풀린 배드민턴 라켓. 유진은 장애물이 없는 계단 중앙을 까치발로 밟고 2층으로 마저 올라갔다.

유진은 2층에서 간단하게 라면을 끓여 먹은 뒤 현관을 나섰다. 양이 부족해서 그런지 갑자기 감자 샐러드가 먹고 싶어졌다. 유진은 돌아오는 길에 샐러드에 필요한 재료를 사 와야겠다고 생각했다. 유진의 손으로 직접 만들지 않으면 이 집에서 평생 먹을 수 없는 요리였다. 박 여사는 감자 샐러드를 만들어 본 적이 한 번도 없었다. 유진은 잊어버리지 않게 손바닥에 '샐러드'라고 적었다. 손바닥을 들여다보며 시멘트 계단을 내려오다가 캔버스화 끈이 발에 밟혀 굴러 떨어질 뻔했다. 유진은 가슴을 쓸어내리며 허리를 구부려 끈을 단단히 맸다. 그 바람에 청미니스커트가 들려 올라가 노란색 팬티가 보였다.

노인의 방에서 코를 찌를 정도로 심한 악취가 났다. 박 여사는 매일 노인의 방을 쓸고 닦은 뒤 탈취제를 뿌렸다. 냄새를 조금이라도 없애려면 어쩔 수 없었다. 그럼에도 하루가 지나면 마찬가지였다. 면벽하고 앉아 있는 노인이 갑자기 호통치듯 파리채로 벽을 내려쳤다. 누렇게 색이 바랜 벽지는 알 수 없는 낙서들로 가득했다. 낙서에는 파리처럼 보이는 거뭇한 점들도 몇 개 있었다. 그러다가도 정신이 맑아지면 화분 앞으로 다가가 앉았다. 노인이 화분에 물을 주고 이파리를 물걸레로 닦는 건 정신이 돌아왔다는 뜻이었다. 그러나 오락가락하는 노인의 정신 때문에 열다섯 개 화분 중 두 개는 벌써 뿌리까지 썩어 있었다.

아이들이 2층으로 방을 옮긴 후 숨통이 트일 만큼 집은 환해졌다. 갑자기 조용해진 분위기는 집 안을 한적하고 더욱 넓어 보이게 했다. 청소해야 할 공간이 많아지기는 했지만 박 여사는 힘들다고 생각해 본 적이 없었다.

일주일이 되어도 반밖에 차지 않는 화장실 쓰레기통이나 강아지 똥오줌 치울 일이 없으니 분명 수월해진 부분도 있었다. 물건을 망가뜨릴까 전전긍긍하며 강아지를 감시하지 않아도 되어서 그 또한 홀가분했다. 대신 그 시간을 노인한테 쏟을 수 있었다. 하지만 박 여사의 가슴 한편은 뻥 뚫린 것마냥 늘 허전했다. 그 뚫린 가슴으로 찬바람이 불어와 한참을 머물다 가면 며칠 동안 입맛이 없었다.

거실을 물걸레질하던 박 여사의 눈이 신발장 위, 낚시 가방으로 향했다. 김 과장은 텅 빈 어망을 들고 집으로 돌아온 뒤 낚시를 가지 않았다. 낭창낭창한 낚싯대를 던져 놓는다고 모든 해답이 낚이는 건 아니란 걸 눈치챈 걸까. 아니면 해답이 없는 문제도 있다는 걸 알아 버린 것일까. 낚시 가방은 뿌연 먼지를 뒤집어쓴 채 그대로 놓여 있었다. 박 여사는 걸레로 가방에 묻은 먼지를 대충 닦아 내고 둘 만한 데를 찾았다. 마땅한 곳이 눈에 띄지 않자 박 여사는 결국 또 계단을 밟고 올라갔다. 삐걱대는 계단처럼 박 여사의 무릎 관절에서도 한 번씩 똑같은 소리가 났다. 계단은 어느새 잡동사니로 가득 차 있었다.

"또 쌓이는군."

사람들 눈에 띄지 않는 곳이라 지저분한 물건을 처박아 두기에 이만한 곳도 없었다. 박 여사는 발 디딜 공간을 만들기 위해 발끝으로 물건을 밀어내며 남은 계단을 올라갔다. 낚시 가방은 원래 있던 상자 속으로 다시 들어갔다. 환청이었을까, 그때 문득 계단 끝에서 웃음소리가 들려오는 것 같았다. 박 여사는 문을 향해 천천히 계단 끝까지 올라갔다. 가까이 갈수록 웃음소리는 더욱 커졌다. 박 여사는 저번처럼 손잡이를 잡고 힘 있게 돌렸다. 그런데 문이, 열리지 않았다. 문손잡이에 철사가 감겨있지 않은데도, 큼지막한 살림살이로 문을 가로막았던 군인 부부는 오래전에 이사를 가고 없는데도 말이다. 어느 순간 웃음소리가 뚝 끊기고 숨 막히는 정적이 몰려왔다. 박 여사는 계단을 황급히 내려왔다. 그때처럼 넘어질까 봐 난간을 꼭 붙잡았다. 그런데도 힘없는 다리는 후들후들 떨렸다.

박 여사는 수영에게 곧바로 전화를 걸었다.

"2층 계단 문 누가 잠갔어?"

"아, 그거. 내가."

수영은 무덤덤하게 말했다.

"왜?"

"청소한다고 엄마가 올라올까 봐. 아래층으로도 벅찰 텐데. 위층은 우리가 할 테니까 신경 꺼. 애들도 아니고 자기 방 청소는 이제 스스로 해야지."

"그것 때문에 잠근 거야?"

수영이 잠깐 머뭇거렸다.

"실은 할머니 때문에. 며칠 전에 유진이가 봤는데, 할머니가 2층으로 올라가시더래. 그러다 화장품 또 망쳐 놓으면 어떡해."

박 여사는 전화를 끊고 먼지가 뿌옇게 내려앉은 유선 전화기를 우두커니 바라봤다. 아이들의 벨 소리를 들어 본 지가 언젠지 가물가물했다. 박 여사는 아이들의 휴대폰 벨 소리를 떠올려 봤다. 그러나 아무리 머릿속을 더듬어도 생각나지 않았다. 설령 기억났다 해도 이미 다른 벨 소리로 바뀌어 있을 터였다.

갑자기 비가 쏟아지더니 빗방울이 창문으로 세차게 들이쳤다. 비 오는 소리에 깜짝 놀란 노인이 자리에서 일어나 베란다를 내다봤다. 화분 속 이파리들이 비바람에 위태롭게 꺾이고 있었다. 불안해진 노인은 신발도 신지 않은 채 밖으로 뛰쳐나가 화분들을 현관으로 하나씩 들여놓았다. 빗줄기가 거칠어질수록 노인의 움직임도 빨라졌다.

비에 흠뻑 젖은 노인이 거실 바닥에 털썩 주저앉았다.

"이 많은 화분을 어디에 두나."

노인은 집 안 구석구석을 부산스럽게 돌아다니며 적당한 장소를 찾았다. 곧 노인의 시선이 한곳에 머물렀다. 노인이 콧노래를 흥얼거리며 화분을 하나씩 들고 계단으로 갔다. 그러고는 각각의 계단에 화분을 네 개씩 올려놓고 네 번째 계단에는 세 개의 화분을 놓았다. 노인은 빈자리를 마저 채우기 위해 시간이 나면 꽃가게에 들러 화분 한 개를 더 사야겠다고 생각했다. 열다섯 개의 화분에는 뿌리째 말라죽은 화분 두 개도 끼어 있었다. 고집스러운 노인은 쓸모없게 된 화분을 아직까지 간직하고 있었다. 박 여사가 사흘 전, 대문 앞에 몰래 버려둔 것을 다시 주워 온 것이었다. 노인은 조만간 그 화분에 물을 자주 주지 않아도 되는 선인장을 심을 계획이었다. 노인은 계단을 쳐다보며 아이처럼 웃었다. 일정한 높이와 간격을 유지하고 있는 잎사귀들은 서로에게 닿지 않았다. 열다섯 개나 되는 화분이 한눈에 들어오자 노인은 안심이 되었다.

유진이 늦은 밤 대문 왼쪽에 달린 우편함에서 한 뭉치의 우편물을 꺼내 들었다. 가로등 불빛에 우편물을 비추며 한 통씩 뒤로 넘겼다. 갑자기 우편물 위로 그친 줄 알았던 빗방울이 후드득 떨어졌다. 다급해진 유진은 자신의 이름이 적힌 휴대폰 요금 청구서와 백화점 다이렉트메일 두 통을 뽑아 든 뒤 나머지는 도로 우편함에 넣었다. 그리고는 짧은 스커트와 민소매 티를 손으로 잡아 늘이며 2층 초인종을 눌렀다. 그런데 몇 번을 눌러도 대답이 없었다. 그사이 빗줄기는 더욱 굵어지고 있었다. 유진은 할 수 없이 가방 깊숙이 처박아 둔 열쇠로 대문을 따고 손바닥으로 머리를 가린 채 2층으로 올라갔다.

아무도 없는 2층은 조용했다. 수영과 성준은 오늘도 늦게 들어오거나 아예 들어오지 않을 모양이었다.

유진은 냉장고에 남아 있는 재료들로 감자 샐러드를 만들었다. 그런데 계란이 다 떨어지고 없었다. 아마 아래층 냉장고에는 계란이 있을 것이다. 유진은 계단으로 통하는 문손잡이를 잡아 돌렸다. 그때 잠금 장치가 풀리면서 손잡이 중앙이 갑자기 튀어나왔다. 유진은 순간적으로 소리에 놀라 비명을 질렀다.

"깜짝이야. 언제 잠가 놓은 거야."

문을 열어젖히자 이번에는 뭔가에 쿵, 하고 부딪혀서 문이 한 뼘 정도밖에 열리지 않았다.

"또 뭐야? 아, 짜증 나."

세게 밀어내도 문은 꿈쩍하지 않았다. 유진은 문을 가로막고 있는 물건을 찾아내기 위해 문틈으로 팔을 집어넣어 더듬거렸다. 뼘이 문에 바짝 닿자 팔목 두께의 나무토막이 손에 잡혔다. 문을 바투 잡아당겨 나무토막을 치우자 그제야 문이 열렸다. 얼굴에서 땀이 후끈 솟았고, 화도 났다. 팔뚝에는 문에 짓눌려서 생긴 붉은 자국이 선명하게 나 있었다. 유진은 계단을 내려가다 발에 걸리는 물건을 걷어차는 것으로 화풀이를 했다.

"엉망진창이야. 이놈의 계단은 왜 이렇게 삐걱대. 귀신이라도 나올 것 같네. 이건 또 뭐야?"

계단 끝에 크기가 제각각인 화분들이 질서 정연하게

놓여 있었다. 발 디딜 틈도 없어 보였다. 유진은 눈썹에 힘을 주며 넓이뛰기 선수처럼 팔을 서너 번 내저은 뒤 계단 네 개를 한꺼번에 뛰었다. 그때 쿵, 소리와 함께 맨 아랫줄에 놓여 있던 화분이 유진의 발끝에 걸려 넘어졌다. 흙이 덩어리째 쏟아지면서 늙은이 수염 같은 하얀 뿌리가 드러났다. 유진은 누가 나올까 봐 잽싸게 화분에 흙을 쓸어 담았다.

유진은 흙 묻은 손으로 냉장고를 살그머니 열어 계란 두 개를 훔치듯 꺼냈다. 양손에 계란을 쥐고 부엌을 나온 유진은 아까 화분이 쓰러졌던 자리와 계단을 올려다 봤다. 음침한 데다 복잡하고 지저분해서 왠지 올라가고 싶지 않았다. 유진은 신발장에 자기 신발이 없어서 맨발로 밖으로 나간 뒤 시멘트 계단을 통해 2층으로 올라갔다. 유진이 부엌으로 가다 말고 계란을 손톱으로 긁으며 뭔가를 곰곰이 생각했다. 유진은 방과 거실을 돌아다니며 적당한 위치를 물색한 뒤 중얼거렸다.

"내 방은 좁아서 안 될 것 같고. 저기가 딱 좋겠어. 어차피 쓸모도 없게 됐잖아."

유진은 공중으로 던진 계란을 손바닥으로 아슬아슬 받아 내며 부엌으로 들어갔다.

아무도 없는 시간에 2층으로 갈색 중고 피아노가 배달되었다. 인부 세 명이 피아노를 들고 시멘트 계단을 힘겹게 올라갔다. 인부들의 얼굴에서 비지땀이 반질반질 흘러내렸다. 한 시간여의 수고 끝에 피아노가 베란다 문턱을 겨우 통과했다.

"아저씨, 아무리 중고라도 긁히지 않게 조심해 주세요."

드디어 피아노가 거실까지 올라왔다.

"학생, 이거 어디다 놓을까?"

"저기요."

유진이 손으로 가리킨 곳으로 인부들의 시선이 일제히 향했다. 인부 한 명이 문을 열어 계단을 내려다보며 유진에게 물었다.

"이 문 사용할 거 아니야?"

"올라올 사람도 내려갈 사람도 없으니까 거기 놔 주세요."

유진의 말이 끝나기 무섭게 인부들이 피아노로 달려들었다. 나무로 된 피아노가 조금씩 움직여 문 앞에 놓였다. 문 색깔과 피아노 색깔이 비슷해서 피아노 뒤에 문이 있는지 잘 보이지 않았다. 인부들이 떠나자마자 유진은 피아노 뚜껑을 열고 서투른 손짓으로 건반을 눌렀다.

마트에서 돌아온 박 여사는 헐렁한 장바구니를 식탁에 둔 채 안방으로 들어갔다. 이불 위에 팔베개를 하고 누워 우체국에서 개통한 휴대폰 벨 소리를 무엇으로 설정할 것인지 고민하느라 눈을 여러 번 끔뻑였다. 유선전화는 필요가 없게 됐으니 내일 해지할 생각이었다. 휴대폰을 만지작거리는 박 여사의 눈이 무거워졌다. 무료해 보이는 박 여사의 눈꺼풀이 슬슬 감기려는 순간 어디선가 피아노 소리가 들려왔다. 박 여사는 자신도 모르게 서투른 피아노 소리에 맞춰 무릎장단을 쳤다. 피아노 연주가 끊길 때면 무릎장단도 덩달아 멈추었다. 박 여사의 무릎 상처는 이미 깨끗하게 아물어 있었다.

"누구네 집이지? 옆집에 피아노 들여놨나?"

박 여사는 하품을 늘어지게 하며 옆으로 돌아누웠다. 피아노 소리는 멀리서 들려오는 듯 아득하기만 했다.

점
거

처음에는 그냥 물건인 줄 알았다. 아니, 물건이었다.

여행자들이 여행 다닐 때 바닥에 질질 끌고 다니는, 바퀴 달린 검은색 트렁크.

이런 물건이 왜 난데없이 내 집에 있나 싶어 여자는 무심코 발로 푹, 건드려 봤다. 딱딱하고 차갑고 어두운 그것이 구석으로 조금 움직였다. 분명 건드려서 밀린 게 아니라 여자의 발을 피해 스스로 움직인 것이었다. 딱딱한 듯 말랑한 느낌이 들기도 해서 이번에는 건드리지 않고 푹, 차 봤다. 그러자 그것이 구석으로 좀 더 움직였다. 찰 때마다 구석 쪽으로 움직이기만 할 뿐 소리를 내지는 않았다. 그래서 여자는 소리를 낼 때까지 계속 찼다. 물건이 아니라면 소리를 낼 것이 분명하므로. 구석으로 완전히 몰려 더 이상 움직일 공간이 없을 때까지 발로 찼더니 왼쪽 어깨에 해당하는 부근이 조금 솟았다 가라앉았다. 왼쪽 어깨를 들썩이는 버릇.

아버지였다.

아버지는 끝까지 소리를 내지 않았다. 안 아픈 건가 싶어 여자는 연달아 세 번을 푹푹 소리가 날 정도로 찼다. 그런데도 소리를 내지 않았다. 참는 것인지 침묵하는 것인지 알 수 없다고 여자는 생각했다. 아버지는 까만 트렁크인 척 얼굴을 무릎 위로 얹은 채, 구석에 웅크린 자세를 하고 앉아 있을 뿐이었다. 보잘것없고 초라하고 볼품없는 모습으로 앉아 있었지만 본래가 그렇게 생겨 먹은 물건 같았다.

여자는 까만 트렁크에 신경을 끄고 부엌으로 가 저녁 준비를 서둘렀다. 닭볶음탕을 할 생각이었다. 어제 새벽 케이블 채널의 요리 방송을 시청하다 알게 된 토마토 소스를 이용한 닭볶음탕이었다. 그것은 날이 밝으면 꼭 만들어 먹어야지, 라고 결심하게 만들 정도로 군침 도는 음식이었다. 여자는 포스트잇에 급한 글씨체로 써 내려간 레시피를 부엌 타일 벽에 붙여 두고 자주 쳐다보면서, 그것이 시키는 대로 재료 손질부터 하기 시작했다. 가스레인지에서 나오는 열기로 벽에 습기가 차서인지, 아니면 타일 벽에 눌러 붙은 누런 기름때 때문인지 포스트잇은 자꾸 조리대 쪽으로 떨어졌다. 다시 붙여도 소용없었다. 젖은 손으로 여러 번 만졌더니 접착력이 더 떨어져서 나중에는 아예 붙지도 않았다. 여자가 어쩔 수 없이 바닥에 떨어진 포스트잇을 그대로 두긴 했으나, 요리하는 과정에서 튄 물방울 때문에 글자의 잉크는 점차 사방으로 번져 가기 시작했다. 그렇지 않아도 글씨를 휘갈겨 써 놓은 탓에 알아보기도 힘든데…… 물에 완전히 번져 조리법이 사라지기 전에 요리를 서둘러 마쳐야겠다고 여자는 생각했다. 서투른 칼질은 빨라졌고, 그 사이에도 글자는 희미하게 물러졌다.

글자가 점점 검은색으로 자기 둘레를 넓혀서 그림자처럼 한 덩어리로 포스트잇 지면 전체를 차지할 즈음 다행히 여자의 요리도 끝났다. 이젠 불 조절만 하면서 닭이 익기를 기다리면 되었다. 다시 보니 검게 변해 버린 포스트잇이 마치 안방에 쭈그리고 앉아 있는 그것 같았다. 여자는 이마에 맺힌 땀을 닦으며 쓸모없고 눅눅해진 포스트잇을 자근자근 구겨 쓰레기통에 버렸다. 냄비 뚜껑을 열어 보니 빨간 국물은 보글거리는 소리와 바글거리는 거품을 내며 졸아들고 있었다. 토마토 냄새가 집 안 곳곳으로 맛있게 스며들었다.

여자는 토마토소스 닭볶음탕을 그릇에 따로 담아 내지 않고 냄비째 식탁에 올려놓았다. 그러고는 국자로 냄비를 뒤적거려서 닭다리를 찾아 허겁지겁 뜯어먹었다. 토마토소스의 달콤함이 닭과 의외로 잘 어울린다고 생각하며 여자는 뼈에 붙은 살을 샅샅이 발라먹었다. 먹고 남은 뼈와 먹지 않는 닭 껍질은 신문지 위에 한데 모아 두었다. 그때였다. 여자가 남은 닭다리 하나를 잡고 막 뜯으려는 순간 등 뒤에서 무슨 소리가 들려왔다. 여자는 소리가 나는 쪽으로 고개를 돌렸다. 안방이었다. 활짝 열린 문으로, 어두컴컴한 방구석에 더없이 둥그런 모양으로 웅크리고 앉아 있는 아버지가 보였다. 아버지가 낸 소리였을까. 여자는 닭다리를 입에 문 채 식탁에서 일어나 안방으로 갔다. 트렁크가 아니라 진짜 아버지가 맞나 싶기도 하고, 맞다면 왜 여기 있는 것인지 알 수 없어서 여자는 발로 푹, 찼다. 그것은 아까보다 더 말랑하고 따뜻해져 있었다. 탄력이 생기니 발로 차는 재미가 있었다. 그래서 여자는 연타로 계속 푹푹푹푹 찼다. 그런데도 여전히 그것은 소리를 내지 않고 있었다. 물건이 아니라면 증명해 보라는 듯, 아까 소리를 낸 게 당신이 맞냐는 질문을 담아 마지막에는 아주 세고 깊게 푸욱, 찼다. 구석으로 내몰리면서도 아버지는 고집스럽게 침묵을 지켰다. 많이 움직인 탓인지 여자는 잠시 잊고 있던 배고픔이 다시 몰려오는 걸 느꼈다. 곧 가겠지, 하고 생각한 여자는 허기를 마저 채우기 위해 식탁으로 돌아가 저녁을 맛있게 먹었다.

여자는 식탁을 치우지 않고 물론 설거지도 하지 않고 커피머신이 내려 준 커피 한 잔을 들고 크림색 소파 베드로 갔다. 여자는 소파베드에 다리를 쭉 뻗고 누워 커피를 조금씩 나눠 마시며 TV를 시청했다. 「개그콘서트」를 보고 배꼽 빠지게 웃다, 욕을 하며 주말 드라마를 본 뒤, 저게 진실일까 의문을 품으며 마감 뉴스까지 정규 방송을 모조리 시청하고 나서는 케이블 쪽으로 채널을 돌려 바쁜 일정 때문에 못 보고 지나친 예능 프로를 찾아서 봤다. 그마저도 끝나 버리면 아이패드를 켜 다시 보기 서비스로 놓친 드라마를 시청했다.

더 이상 보고 싶은 것도 볼 것도 없어지자 여자는 슬슬 잠이 오기 시작했다. 벌써 새벽 3시였다. 그러나 여자는 자기도 모르게 입으로 쭉, 하고 소리를 내 보다 갑자기 생각난 듯 자리에서 벌떡 일어나 안방으로 달려갔다. 어두운 방구석에는 아직도 그것이 검은 형체를 한 채 웅크리고 앉아 있었다. 여자는 쭉, 하고 입으로 소리를 내며 그것을 발로 가만히 찼다. 그러자 거기서도 맞장구치듯 쭉, 하는 소리가 들려왔다. 마치 여자처럼 맞을 때 입으로 쭉, 하고 소리를 낸 것 같았다. 몇 번을 더해 봤더니 역시나 똑같은 소리가 들려왔다. 나중에는 맞장구치는 것이 아니라 말대답하는 것처럼 들려서 화가 난 여자는 쭉쭉쭉, 차며 아버지한테 당장 내 방에서 나가라고 소리쳤다.

"피곤해서 자야 한다고!"

여자는 두 번이나 반복해 말했다.

그러나 그것은 물건인 척 말을 전혀 안 듣고 오히려 구석으로 더 파고들었다. 나중에는 여자가 발로 차지 않았는데도, 아니 차기도 전에 몸을 움츠리며 스스로 알아서 구석으로 자리를 옮겼다. 여자는 아버지가 침대가 있는 자기 방에서 나갈 때까지 발로, 그리고 동시에 입으로 푹, 찼다. 하도 많이 찼더니 나중에는 발이 아프고 입도 아팠다. 그때까지도 아버지는 방에서 나갈 기미가 조금도 보이지 않았다. 지쳐 버린 여자는 관심을 끄고 그냥 침대에 누워 잘까 생각했지만 아버지와 같은 방에 잠시도 함께 있고 싶지 않았다. 그것은 여자한테 상상도 할 수 없을 만큼 끔찍한 일이었다. 아까는 몰랐는데 이상한 냄새도 나는 것 같았다. 여자는 방을 나오기 전 그것을 한 번 더 푹, 차 준 뒤 문을 꽝 닫고 나와 거실 불을 끄고 소파베드에 누웠다. 여자는 어둠 속에서 눈을 빠르게 깜빡이며 내일은 반드시 저 작고 불길한 물건을 집 밖으로 쫓아낼 거라고 다짐했다. 푹푹푹, 공을 다루듯 발로 푹 차서, 도시 저 멀리, 끝으로.

늦게 잠이 든 여자는 다음 날 점심때가 지나서야 겨우 잠에서 깼다. 밤새 누구한테 얻어맞기라도 한 듯 온몸이 찌뿌둥했다. 여자는 눈을 절반만 뜬 채 소파베드에서 일어나 냉장고로 갔다. 문을 열고 차가운 보리차를 꺼내 컵에 잔뜩 따랐다. 눈을 감고 두 모금쯤 마시는데 난데없이 왼쪽 무릎에서 통증이 느껴졌다. 찬물 때문인가, 라고 잠시 생각했지만 무릎이 시린 이도 아니고 그럴 리 없었다. 그때 갑자기 아버지가 어제 까만 트렁크인 척하며 집으로 찾아온 사실이 떠올랐다. 그러니까 여자 입장에서는 이게 다 푹, 때문인 것이다.

여자는 컵을 손에 든 채 안방 문을 소리 나게 열어젖혔다. 설마 갔겠지 했으나, 아버지는 여전히 트렁크처럼 검게 웅크린 자세로 바닥에 앉아 있었다. 왜 저런 자세를 고수하는 걸까. 불쌍하게 보여 동정받으려는 속셈이라 여긴 여자는 문턱을 꾹 밟고 안방으로 들어갔다. 진짜 물건일지도 모른다는 생각에 다시 한번 확인해 볼 겸 가까이 다가가니, 아버지는 구석에서 상당히 멀리 떨어져 나와 여자의 침대에 등을 붙이고 앉아 있었다. 여자는 자기 침대에서 어서 등을 떼라는 뜻으로 아버지를 푹, 찼다. 그런데 아버지는 꼼짝을 하지 않았다. 저번처럼 밀리지도 않았고 흔들리지도 않았다. 여자의 눈에는 아버지가 바닥에서 떨어지지 않으려고 안간힘을 쓰고 있는 것으로 보였다. 당당하게 왼쪽 어깨를 펴고 있어서인지 어제보다 좀 커진 것 같기도 했다. 여자는 아버지를 구석으로 밀어붙일 요량으로 세게 푹푹, 찼다. 그것은 어제보다 더 부드럽고 말랑해져 있기까지 했다. 딱딱하고 차가운 물건에서 말랑하고 따뜻한 물질이 되어 가는 것이었다. 그래서일까, 정작 아버지는 한 치도 밀리지 않고 대신 여자가 들고 있던 컵에서 보리차가 흘러넘쳐 손등과 장판을 차갑게 적셨다.

여자는 일단 컵을 놓고 와서 다시 차야겠다 생각하고 부엌으로 돌아갔다. 식탁은 어제 저녁 식사를 마치고 난 상태 그대로였다. 그런데 냄비를 들여다보니 깨끗하게 비워져 있었다. 토마토소스와 채소 건더기 하나 없이 싹싹. 버리려고 신문지 위에 모아 두었던 닭 뼈와 닭 껍질조차 보이지 않았다. 냄비 안에는 숟가락으로 여러 번 긁은 자국과 함께 입으로 빤 듯한 여자의 수저가 들어 있었고, 냄비 옆에는 여자가 어제 절반만 마시고 남겨 둔 커피 잔이 놓여 있었다. 커피 잔 역시 하얀 바닥을 속살처럼 드러내 보이고 있었다.

여자는 그대로 돌아서서 안방으로 다시 갔다. 그새 아버지는 침대 위에 새우처럼 몸을 잔뜩 오므리고 누워 있었다. 여자는 침대로 올라가 아버지의 엉덩이를 발로 푹푹, 걷어찼다. 역시나 미동도 하지 않았고 소리를 내지도 않았다. 그럼에도 여자는 계속 찼다. 아버지가 침대 밑으로 떨어질 때까지. 한 번만 더 세게 차 주면 떨어뜨릴 수 있을 것 같은 순간까지 와서, 여자가 발을 활시위처럼 뒤로 당겼다 놓으려는데 거실에서 휴대폰이 요란하게 울렸다. 여자는 안방에서 나와 휴대폰을 받았다. 시안을 언제까지 보내 줄 거냐는, 다소 화가 난 거래처의 독촉 전화였다. 여자는 어쩔 수 없이 시안을 보낸 뒤 푹을 다시 침대에서 쫓아내기로 하고, 그래픽 작업을 위해 급하게 작업실로 들어가 컴퓨터를 켰다.

일을 끝내고 이메일로 시안을 부랴부랴 보내고 났더니 저녁 11시가 넘어 있었다. 여자는 그제야 허기를 느끼고 부스스한 몰골로 작업실에서 나와 부엌으로 갔다. 뭐든 씹어 먹을 수 있을 것 같아 냉장고를 열었다. 그런데 냉장고 안에는 먹을 만한 게 하나도 없었다. 원래부터 없었던 게 아니라 모두 먹어 치워서 없어진 것이었다. 걸신이라도 들어갔다 나온 듯 냉장고는 낮에 봤던 냄비처럼 싹싹 비워져 있었다. 찬밥도 보리차도 날계란도 밑반찬도 김 빠진 콜라도. 심지어 요리 부재료인 마늘과 양파까지 한 개도 남아 있지 않았다.

여자는 또 안방 문을 벌컥 열고 들어갔다. 푹은 여전히 침대에 누워 있었다. 불쌍하게 보이려고 고수했던 웅크린 자세 대신 이제는 제 집처럼 천장을 보고 여유롭고 편하게 누워 있었다. 누가 봐도 뻔뻔하고 당돌하고 당당한 자세였다. 아침보다 몸집은 더 커져 있었다. 당연했다. 냉장고에 있는 걸 모조리 해치웠으니 배가 불러 커진 것이었다. 여자는 침대로 올라가 푹을 푹, 찼다. 푹이니까 푹푹, 찼다. 다른 방식 같은 건 떠오르지 않았고 필요하지도 않아서 푹, 찼다. 역시나 그것은 아침보다 더 말랑하고 혈색도 좋아 보였다. 당연했다. 냉장고 속 음식을 전부 비웠으니 피둥피둥 살이 쪄서 말랑해졌고, 영양분을 충분히 섭취했으므로 혈색이 좋아진 것이었다. 그래서 푹, 하고 찰 때마다 푹한테서는 건강해진 느낌으로 푹, 하는 맑은 소리가 났다. 하지만 그것은 푹의 입에서 직접 나온 소리는 아니었다. 한 가지 달라지지 않은 게 있다면 푹은 아무리 맞아도 입을 벌려 소리를 내지 않는다는 것이었다. 무슨 고집일까? 여자는 생각했다. 견디는 것일까? 다스리는 것일까? 이기려는 것일까? 기다리는 것일까? 그렇다면 그것도 일종의 살아 내는 방식인 걸까? 예전에도 그런 식이었나. 여자는 기억나지 않아서 계속 찼다. 차다 보면 과거에 어땠는지 기억이 날지도 몰라서. 그러나 아무리 차도 기억은 나지 않았다. 입 밖으로 터져 나오는 고통의 소리를 들을 일념 하나로 계속 찼더니 더욱 허기지기만 했다. 나중에는 기운이 달리고 기진맥진해져서 차고 싶어도 찰 수 없는 지경까지 이르고 말았다. 무릎도 다시 시큰거렸다. 여자는 뭐라도 좀 먹고 나서 마저 차야겠다 생각하고 지갑을 들고 방을 나섰다.

"당장 나가!"

여자는 삼선 슬리퍼를 꿰신으며 안방에 대고 말했다.

"내가 돌아오기 전까지!"

여자는 집을 나서자마자 휴대폰의 통화 버튼을 눌렀다. 연결이 된 건 한참 만이었다.

"왜 이렇게 전화를 늦게 받아?"

여자는 다짜고짜 말했다.

"왜?"

다급한 여자의 마음과 달리 언니는 속이 터질 정도로 느긋하게 물어왔다.

"언니, 우리 집에 이상한 게 있어."

여자는 흥분한 숨을 고르며 말했다.

"이상한 거 뭐? 바퀴벌레?"

언니는 하품을 참는 듯한 목소리였다.

"바퀴벌레면 때려잡기라도 하지."

"그럼?"

"쑥, 아니 아버지."

"아버지?"

"그래 그거."

"이상하긴 하다."

언니는 아까 참았던 하품을 하면서 말했다.

"왜 네 집에 있다니?"

"모르니까 언니한테 전화한 거잖아."

"그래."

여자는 그때 막 가로등을 지나려 하고 있었다. 왠지 밝은 가로등 밑에서라면 자기가 하려는 얘기가 잘 전달

되거나 잘 들리거나, 하다못해 잘 통하기라도 할 것 같아서 자기도 모르게 그 아래 멈춰 섰다.

"언니가 전화해서 좀 데려가."

여자는 부탁조로, 간절함을 담아 말했다.

"힘들다는 거 잘 알잖아."

언니는 사정조로, 이해해 달라는 듯 말했다.

"세쌍둥이 땜에 정신이 하나도 없다고. 하나를 재우면 하나가 깨고 또 겨우 재우면 다른 하나가 깨서 울고."

"애들도 봐주고 하면 언니한테 도움이 될 거야."

여자는 가로등에 등을 기대었다.

"백일 지나기 전에는 함부로 외부 사람 들이는 거 아니래."

언니는 핑곗거리를 찾다 급하게 생각해 낸 듯했다.

"미신이야."

"안 지키면 께름칙해. 그보다……"

전화가 끊기거나 수신에 문제가 있는 듯 언니의 목소리는 한참 동안 들리지 않았다. 할 수 없이 여자가 말을 이었다.

"그보다 뭐."

"여기 있으면 내가 밥도 챙겨 줘야 하고 어차피 그게 그거야."

그러면서 언니가 말했다.

"차라리 없는 게 나아."

여자는 가로등을 올려다보며 한숨을 내쉬었다. 금방이라도 꺼질 듯 가로등이 희미하게 깜빡였고, 언니는 여자보다 더 큰 한숨을 내쉬더니 신세 한탄을 하기 시작했다.

"어쩌자고 셋이 한꺼번에 생겨서 이 고생인지 모르겠어."

언니가 조금 울먹이는 것 같았다.

"이럴 줄 알았으면 인공수정 안 하는 건데."

여자는 진짜인지 가짜인지 모를 언니의 눈물에 말려들지 않으려고 말했다.

"담에 또 안 낳아도 되잖아, 대신."

"낳아도 좋으니까 차근차근 하나씩 키우고 싶었다고."

훌쩍이는 소리가 어렴풋하게 났는데 전화로는 진실을 알 수 없었다.

"옷을 한 벌 사면 나중에 둘째든 셋째든 됐다 입힐 수 있잖아. 근데 이건 뭐 돈도 한꺼번에 세 배나 드는 데다 물려줄 동생도 없으니 한번 산 물건은 다시 못 쓴다니까."

꼭 옷 사 달란 말처럼 들렸다. 조카가 한꺼번에 셋이나 생겨서 힘든 건 여자도 마찬가지였다. 무엇을 사든 세 개나 사야 하니까.

"형부는 안 도와줘?"

언니가 눈물을 삼키는 목소리로 말했다.

"남자들은 다 똑같아."

그때 휴대폰에서 아기 울음소리가 들렸다. 언니가 마침 잘됐다는 듯 전화를 끊어야겠다고 말했다. 여자는 왠지 언니가 곤히 잘 자는 애들을 일부러 깨워서 울게 만든 것 같다고 생각했다. 언니와 조카들의 울음에 말려들고 만 여자는 가로등을 벗어나면서 먼저 전화를 끊었다. 말을 많이 했더니 더 배가 고팠다. 춥기까지 해서 여자는 어깨를 잔뜩 움츠렸다. 가로등 불빛이 닿지 않는 부분의 거리는 매정할 정도로 어둡고 차가웠다.

한밤중이라 문을 연 식당이 있을 리 만무해서 여자는 가까운 편의점으로 들어갔다. 김치가 없으니 김치맛 컵라면 두 개와 생수 한 통, 순면 생리대를 집어 들고 계산대로 갔다. 남자 점원이 거스름돈을 건네주며 혹시 드시고 가실 거냐고 물었다. 여자가 당연한 걸 묻는다는 뉘앙스로 네, 라고 퉁명스럽게 대답하자 점원이 미안한 표정을 지으며 사정이 생겨 지금 당장 가게 문을 닫아야 한다고 말했다. 여자의 눈에는 '당장' 닫아야 할 정도로 다급해 보이지 않았다. 그래서 여자는 '편의점이 이렇게 일찍 문을 닫아도 되나.'라고 생각하다 '개인이 운영하는 편의점이니 그럴 수도 있지.'라고 속으로 말하면서 좀 느긋하게 대처했다. 여자의 생각을 눈치챘는지 남자는 거짓말이 아님을 보여 주려고 의자에 걸쳐 둔 배낭을 한쪽 어깨에 멨다. 그러면서 인심 쓰듯 뜨거운 물은 받아 가도 된다고 말했다. 여자가 자존심을 굽히고 빨리 먹을게요, 라고 말했음에도 점원은 한 개라면 모를까 뜨거운 컵라면 두 개를 어떻게 빨리 먹을 수 있겠느냐, 게다가 라면이 익는 데도 3분이나 걸리는데, 라는 표정을 지었다. 그러더니 손에 들고 있던 열쇠 꾸러미를 일부러 소리 나게끔 초조하게 만지작거렸다. 상당히 신경에 거슬리는 소리였고, 까딱하다가는 뜨거운 물도 못 받고 쫓겨날 것 같아서 여자는 얼른 컵라면 포장지를 벗기고 뚜껑을 연 뒤 건수프와 분말수프 봉지를 뜯었다. 바쁘게 서두르느라 뚜껑을 잘못 뜯어서 가운데는 이미 찢어진 상태였고, 수프도 테이블에 조금 흘리고 말았다. 정말 급한 사정이 있는 것인지 점원이 남은 컵라면 포장지를 옆에서 같이 벗겨 주고 수프도 넣어 주었다. 남자가 열어 준 컵라면 뚜껑은 찢어진 부위 없이 하얀 종이테두리 위에서 둥그렇게 들썩이고 있었다. 그리고 야채 부스러기 하나 바닥에 흘리지 않았다.

여자는 뜨거운 컵라면을 양손에 들고 점원과 함께 편의점을 나왔다. 점원은 열쇠로 문을 잠그고 여자와 반대 방향으로 걸어갔다. 여자는 뒤돌아 점원을 쳐다봤다. 여유 부리며 걷고 있던 점원은 여자가 자기를 지켜보고 있다는 걸 눈치채고 그제야 바쁜 듯 뛰기 시작했다. 여자도 뛰고 싶었지만 양손에 들고 있는 컵라면 때문에 그럴 수 없었다. 여자가 잘못 뜯은 컵라면 뚜껑 틈새로 따뜻한 김이 새어 나왔다.

여자는 아파트 놀이터 나무 벤치에 양반다리를 하고 앉아 컵라면을 먹었다. 초겨울이지만 컵라면을 들고 있어서 손이 시리지는 않았다. 오밤중이라 놀이터에 놀고 있는 사람이 없어서 혼자 컵라면을 먹는 게 창피하지도 않았다. 편의점에서 먹을 때랑 느낌이 비슷했다. 배가 무척 고팠던 터라 컵라면 두 개는 순식간에 사라져 버렸다. 한 개 더 먹어도 괜찮았을 것 같다는 생각이 들 정도였다. 하지만 컵라면 세 개를 들고 여기까지 오는 건 무리였을 것이다. 그렇게 생각하자 컵라면 한 개는 쉽게 단념이 되었다. 대신 여자는 평소 컵라면 국물을 먹지 않는 타입인데도 뜨거운 국물을 배가 찰 때까지 마셨다. 그러나 다 들이켜지는 않고 바닥에 조금 남겨 두었다. 다 먹어 버리면 따뜻한 온기도 사라져서 손이 시려울 것 같아서였다. 여자는 만족할 만큼 국물을 들이켠 뒤 생수로 텁텁한 입안을 헹구었다.

그러나 날이 추워서 남겨 둔 컵라면 국물은 금세 식어 버렸다. 손이 차가워지자 여자는 자기 집을 놔두고 이런 데 앉아서 컵라면을 두 개나 먹었다는 사실이 새삼스레 화가 났다. 생리를 시작해서 그런지 나무 벤치가 더 차갑고 딱딱하게 느껴졌다. 여자는 식어서 쓸모가 없어진 국물을 놀이터 모래밭에 쏟아 부은 뒤 용기 두 개를 포갰다. 지금쯤 갔겠지. 컵라면 두 개가 익고, 그 두 개를 다 먹을 시간이면 가고도 남았겠지. 국물도 식어 버렸으니, 아마도. 말귀를 알아먹었다면 분명히. 염치가 있다면 갔을 거라 생각하고 여자는 벤치에서 일어나 컵라면 용기를 발로 푹, 찼다. 용기가 포물선을 그리며 공중에 잠시 떠 있다 그네 밑 허방으로 푹, 하고 가라앉았다.

여자는 현관문을 거칠게 열고 쳐들어가는 듯한 속도로 집에 도착했다. 여자는 슬리퍼를 아무렇게나 벗어 던지고는, 앞뒤 쳐다보지 않고 곧장 안방으로 걸음을 옮겼다. 발이 움직일 때마다 바닥은 크게 울렸다. 역시나 여자는 안방 문을 힘주어 열어젖히고, 발끝에 온 힘을 기울이고 쏟아서 방으로 들어갔다. 문손잡이가 벽에 닿아 텅, 소리를 냈고 벽에서 튕겨 나온 문이 절반쯤 다시 닫히려고 했다. 닫히지 않도록 여자가 손으로 문을 밀어내려는 순간, 발끝에 모아 둔 기운이 어디론가 맥없이 사라져 버렸다. 푹이 보이지 않아서였다. 침대에도 구석에도 없었다. 말귀는 알아먹었어. 여자는 이제야 모든 게 끝났다는 듯 홀가분한 표정을 지으며 돌아서서 거실로 갔다.

그런데 거기에 있었다. 안방에 없던 푹이 거실에. 그

것도 여자의 소파베드에 편안하게 다리를 쭉 뻗고 누워, TV의 음량을 소거해 둔 채 잠들어 있었다. 여자가 더 추워지면 덮으려고 미리 사 둔 극세사 이불을 꺼내 턱 아래까지 덮고서. 그것은 아까보다 더 커지고 검어지고 무거워져 있었다. 점점 커지고 검어지고 무거워지는 이유는 대체 뭘까. 자신감인 것 같았다. 어디서 비롯된 것인지 알 수 없는. 이유도 근원도 모를. 푹은 자신감을 가질 만한 일을 하고 살아온 사람이 아니었다. 여자는 다시 발끝에 온 힘을 모아 푹을, 푹푹푹푹 찼고, 여자가 찬 횟수만큼 거기서 거짓 없이 푹푹푹푹 소리가 났다. 여자는 푹의 입에서 무슨 소리든 분명하게 나올 때까지 계속 찼다. 그만하라든가, 나가겠다든가, 아니면 아프다라든가, 살려 달라든가. 하지만 여자가 왜 온 거냐고 온 힘을 다해 물어도 푹은 어떤 소리도 내지 않고 가만히 있었다. 그만두라면 그만둘 생각도 있었지만 푹이 계속 참기만 해서 여자는 도저히 참을 수 없었다. 그래서 여자는 또 푹, 찼다. 푹은 커지고 검어지고 무거워진 만큼 말랑해져 있었다. 점점 더 걷어차기 좋아지고 있는 것이었다. 말랑해서 아무리 차도 여자의 발과 무릎은 그때처럼 아프지 않았다. 마치 솜이 든 쿠션을 차는 것 같았다. 누가 차든 걷어차기 좋으라고 말랑해지는 걸까. 말랑해서 아무리 차도 푹 또한 아프지 않은 것 같았다. 그래서 흠씬 맞고도 소리를 내지 않는 것 같았다. 대신 무거워져서 아무리 차도 붙박이처럼 자리에서 움직이지 않았다. 소리를 내기는커녕 눈 한번 뜨지 않고 소파베드에 꼼짝없이 누워 발가락만 까딱였다. 여자가 발로 있는 힘껏 밀어내도 소파베드와 한 몸이라도 된 듯 거기서 떨어지지 않았다. 여자는 쿡을 차는 데 힘을 다 써서 초췌해지고 피곤해졌다.

여자는 생리대가 든 까만 봉지를 들고 화장실로 들어갔다. 생리를 시작하면 여러모로 깊은 잠을 잘 수가 없었다. 나흘째까지는 양이 많은 편이라 잠드는 자세를 신경 써도, 위생 팬티를 입어도 항상 샜다. 오버나이트는 너무 두껍고 커서 기저귀를 찬 듯 갑갑한 느낌이 들어 몇 번 사용하다 관뒀고, 식은땀과 메슥거림, 심한 두통 같은 탐폰 쇼크를 호되게 경험한 뒤로는 탐폰 또한 쓰지 않았다. 침대에 누우면 매트리스에 피가 묻을지 모른다는 불안감 때문에 잠은 더 오지 않았고 생리통 때문에도 자는 게 거의 불가능했다. 똑바로 누워서 자면 어김없이 엉덩이 골을 타고 허리까지 피가 흘렀다. 일부러 의식하고 새우잠을 자더라도 결국은 한 번씩 뒤척이게 되었고 그러다 보면 어느새 반듯하게 누운 자세로 돌아와 있곤 했다. 그러나 천연 가죽으로 만들어진 소파베드에 비스듬히 누워 있으면 자세가 한결 편했고, 약을 먹지 않아도 소파베드에 누워 TV를 틀어 놓으면 자기도 모르게 스르르 잠이 들 때가 있었다. 그것이 여자가 소파베드를 비싼 값 주고 산 이유였다. 아직 할부금도 6개월이나 남아 있었다.

남은 할부금 생각에 다시 속이 부글부글 끓어오른 여자는 화장실을 나가자마자 푹을 향해 발을 휘둘렀다. 아프다고 소리 지를 때까지 푹푹푹, 푹푹. 정신 없이 차다 보니 정말 소파베드와 푹이 한 몸이 돼 버린 것처럼 자신이 지금 푹을 차고 있는 것인지 소파베드를 차고 있는 것인지 헷갈리기 시작했다. 푹한테서도 소파베드한테서도 찰 때마다 동시에 푹, 하는 소리가 났고 똑같이 푹신하고 부드러운 질감이 느껴졌다. 그래서 고통이 전해지지 않는 건가 싶어 여자는 발뒤꿈치로 푹을 푹, 찍어 누르려고 무릎을 높이 들어 올렸다. 그때 여자의 아랫배에서 찢어질 듯한 통증이 느껴졌다. 여자는 배를 움켜쥐고 안방으로 들어갔다. 그러고는 화장대 서랍에서 진통제를 꺼내 입에 물었다. 생리를 하지 않더라도 안방 침대에서 잘 수는 없었다. 방 곳곳에 푹의 냄새가 배어 있어서 자고 싶은 마음이 들지 않았다. 여자는 부엌에서 물 한 모금과 함께 알약을 삼키고 작업실로 들어갔다. 진통제를 먹었으니 배는 아프지 않을 것이고 바닥에서 잘 테니 생리혈이 묻을까 걱정하지 않아도 될 것이다.

그러나 불면의 요소가 모두 제거되었음에도 여자는

잠을 잘 수 없었다. 거실에서 들려오는 TV 소리 때문이었다. 푹이 음소거를 해제하고 TV를 시청하는 소리가 들려왔다. 여자는 거실로 뛰쳐나가 TV를 끄라며 푹을 발로 푹, 푹푹, 찼다. 푹이 TV를 끌 때까지 계속 찼고, 계속 차자 이번에는 견디기 힘들었던지 푹이 리모컨의 빨간 버튼을 눌러 TV를 껐다. 여자는 그제야 작업실로 돌아왔다. 그런데 들어오자마자 거실에서 TV 트는 소리가 다시 들려왔다. 푹은 여자로부터 푹, 하고 맞는 것이 견디기 힘들어서 전원 버튼을 눌렀던 게 아니라 단지 귀찮았던 것이다. 푹, 하고 자기 몸을 자꾸 건드려서 흔들리게 만드는 것이. 여자는 참을 수 없어서 전기를 아예 사용하지 못하도록 두꺼비집 차단기를 내려 버렸다.

약 기운이 떨어지자 다시 시작된 생리통 때문에 여자는 아침 일찍 눈을 떴다. 겨우 한 시간 정도 잔 것 같았다. 여자는 얼굴을 찡그리고 자리에서 일어나 이불을 들추고 누워 있던 자리를 살폈다. 빨리 일어난 덕에 생리혈이 이불까지 스며들지는 않았지만 바지에는 묻어 있었다. 샤워를 하고 옷을 갈아입어야 했다. 여자는 엉덩이를 뒤로 빼는 엉거주춤한 자세로 작업실에서 나와 화장실로 향했다.

화장실에서 물소리가 흘러나왔다. 샤워하는 소리였다. 푹이. 여자는 반사적으로 발끝에 온 힘을 모았지만 잠겨 있는 문 때문에 모아 둔 그 힘을 당장 쓸 수 없어서 대신 화장실 문을 걸어찼다. 빨리 나오라고, 쿵쿵쿵. 그러나 그 짧은 시간 동안에도 생리통은 심해지고, 생리혈은 물컹하게 쏟아져 나오고, 바지는 빨갛게 젖고 있었다. 그럼에도 여자가 할 수 있는 건 쿵이 나올 때까지 기다리는 것뿐이었다. 여자는 엉덩이를 더 뒤로 빼고 똥마려운 강아지마냥 집 안을 초조하게 서성거렸다. 그때 틀린그림찾기의 정답처럼 틀린 그림들이 반짝거리며 여자의 눈으로 하나둘 들어오기 시작했다. 조간 신문이 거실 바닥에 쫙 펼쳐져 있었고, 위 건강을 위해 요구르트 아줌마로부터 매일 배달시켜 마시고 있는 건강 음료의 뚜껑이 열려 있었고, 여자가 아직 읽지도 않은 소설책에 밑줄이 그어져 있었고, 여자 이름으로 온 각종 우편물들의 봉투가 뜯겨 있었고, 여자의 밥그릇과 수저는 밥풀이 묻은 채 식탁 위에서 꾸덕꾸덕 말라 가고 있었고, 생리통에 좋다고 해서 만들어 둔 해독 주스 일주일 분량이 바닥나 있었고, TV 선호채널이 바뀌어 있었고, 소파 베드의 위치가 오른쪽에서 왼쪽으로 옮겨져 있었고, 화장대에 있어야 할 핸드크림이 거실 테이블에 놓여 있었고, 솔빗에 짧은 머리카락이 잔뜩 끼어 있었다. 틀린 그림이 또 뭐가 있나 눈에 불을 켜고 부산하게 찾고 있는데 드디어 화장실 문이 열렸다. 뜨거운 열기와 함께 쿵이, 여자의 아디다스 추리닝 바지에 캘빈클라인 티셔츠를 받쳐 입고 여자의 슬리퍼를 끌며 나왔다. 그러고는 당당한 걸음으로 세탁기가 있는 곳으로 가더니 누런 속옷과 어제 입고 왔던 시커먼 옷을 던져 넣었다. 여자의 속옷과 옷들이 뒤엉켜 있는 세탁기 안으로.

여자는 일단 급해서 열기로 후끈거리는 화장실로 들어갔다. 그런데 거기서도 틀린그림찾기는 계속되었다. 변기 커버는 올라가 있었고, 변기 주변에 누런 소변이 군데군데 튀어 있었고, 여자의 칫솔과 치간 칫솔이 젖어 있었고, 치약은 중간 부분이 푹 눌려 있었고, 다리와 겨드랑이 털을 미는 데 사용하는 일회용 면도기에 수염 가루가 까맣게 끼어 있었고, 천연 세숫비누에 짧은 머리카락이 엉겨붙어 있었고, 요술처럼 때를 밀어 준다는 '때도깨비 장갑'을 사용한 뒤였고, 샤워 타월에서 보디 워시 향이 났고, 타일 바닥에 하얀색 보디로션 두 방울이 떨어져 있었고, 젖은 수건에 음모가 거뭇하게 달라붙어 있었고, 그것은 타일 바닥과 욕조 벽에도 거머리처럼 꼬불꼬불 붙어 있었다. 오로지 여자의 생리대만 그대로였다. 그것만 건드리지 않았다.

여자는 배가 아픈 것도, 바지가 젖고 있는 것도 잊은 채 푹을 발로 차기 위해 화장실에서 나와 푹을 찾아 나섰다. 푹은 안방에도 거실에도 부엌에도 없었다. 설마 거기에는 안 들어갔겠지, 필요한 게 없으니까 거기에는 없겠지 안심하고 있던 여자의 작업실에 푹이 있었다. 인터넷을 언제 어디서 배웠는지 여자의 컴퓨터 앞에 앉아 집게손가락과 가운뎃손가락을 까딱여 마우스를 능수능란하게 작동하고 있었다. 여자는 발끝에 온 힘을 모아 푹을 푹푹푹푹 찼다. 지금까지 찬 것보다 더 많이, 그리고 오래, 더 세게 찼다. 내 집에서 당장 꺼지라고, 땅으로 꺼지든 하늘로 꺼지든 푹 꺼지라고 푹푹 찼다. 하지만 푹은, 평생을 세상으로부터 맞고만 살아서 맞는 데 이골이 났다는 표정으로 꼼짝하지 않았고 자리를 피하지도 않은 채 인터넷에만 푹 빠져 있었다. 가까이서 보니 푹은 훨씬 크고 훨씬 더 검어지고 훨씬 더 더 무거워져 있었다. 더 말랑해진 건 말할 것도 없었다. 그래서 여자가 푹, 하고 차는 것조차 감각하지 못하는 것 같았다. 어쩌면 여자가 어떤 행동을 하든 상관하지 않겠다는 의지인지도 몰랐다. 나중에는 여자가 푹, 하고 세게 차면 찰수록 여자의 몸이 푹, 하고 그만큼 멀리 구석으로 떠밀렸다. 여자가 아니라 푹이 여자를 푹, 찬다는 느낌마저 들었다. 힘을 쓸수록 힘들어지고 난처해지는 건 오히려 여자 쪽이었다. 푹, 차면 푹, 하고 소리가 나는 곳은 푹 쪽이 아니라 여자의 몸뚱이와 입이었다. 여자의 몸은 점점 커지는 푹과 반대로 푹 꺼지고 있었다. 여자는 문득 이러다 자기 몸이 바람 빠진 풍선처럼 완전히 꺼질 것만 같은 불안과 공포에 휩싸였다.

여자는 생리대가 든 검은 봉지에 지갑과 휴대폰,

USB를 넣고 황급히 집을 빠져나왔다. 푹이 한번 만지고 건드린 물건에서는 불쾌한 오물이 묻은 듯 구린내가 나서 손댈 수조차 없었다. 집 안 공기 전체에 스며든 푹의 체취로 호흡곤란과 두통이 일어서 더 이상 집에 머물 수도 없었다. 여자는 심호흡을 한 뒤, 놀이터 모래밭에서 지끈거리는 관자놀이를 한 손으로 꾹꾹 누르며 언니한테 전화를 걸었다. 이번에도 한참 만에 언니가 하품을 하며 전화를 받았다. 발신자가 누구인지 다 알면서 여보세요, 하며. 간밤에도 잠을 못 잔 목소리였다.

"언니, 나 집 나왔어."

여자의 목소리는 떨리면서도 기운이 없었다.

"왜?"

"내 것만 써서."

"누가? 아버지가?"

언니는 무심하게 물었다.

"응."

"네 집에 있는 건 다 네 거니까 당연히 네 것만 쓰지."

언니는 여자를 이상하게 생각하는 것 같았다.

"내가 자주 쓰거나 아끼는 것만 귀신같이 골라서 쓴다고."

"무슨 소린지 도통 모르겠네."

모른 척하는 거 아닐까, 라고 여자는 의심했다.

"일부러 그런다니까."

언니가 다시 하품을 했다. 자기와 상관없는 지루한 애기로 들리는 모양이었다.

"언니 집에 며칠 있으면 안 돼?"

이 정도면 무슨 소린지 알 거라고 여자는 생각했다. 언니의 대답은 곧바로 도착했다. 곤히 자고 있는 애들을 일부러 발로 깨워서 울게 만든 듯 휴대폰 너머로 울음소리가 들려왔다. 이번에는 셋을 한꺼번에 깨웠는지 너무 시끄러워서 전화 통화를 하는 게 불가능할 정도였다. 언니가 먼저 말했다.

"나중에 다시 통화하자."

그러고는 여자의 대답을 듣지도 않고 다급하게 전화를 끊어 버렸다. 여자는 좀 서운했지만 어차피 언니 집에 가 봤자 쌍둥이들 우는 소리 때문에 밤에 잠을 잘 수 없을뿐더러, 기저귀라도 갈아 줘야 하는 처지가 될 것이고, 냄새 나는 건 그 집도 마찬가지일 것 같아서 차라리 잘됐다는 생각이 들었다. 여자는 신세를 져도 될 만한 사람을 물색하기 위해 휴대폰 주소록을 열었다. 적절하면서 적합한 인물을 찾아낸 여자는 망설이지 않고 통화 버튼을 눌렀다. 어제보다 차가워진 바람이 북쪽에서 세차게 불어오고 있었다.

택시에서 내린 여자는 슈퍼에 들러 귤 스무 개를 사 들고 친구의 원룸이 있는 좁은 골목길로 들어섰다. '갑'

으로부터 갑질을 심하게 당한 후 직장을 때려치우고 지금은 대학원에 진학해 수학과 석사과정을 밟고 있는 친구였다. 여자는 무려 한 달 동안 친구를 자기 집에서 지내게 해 준 적이 있었다. 그때 친구는 지방에서 대학을 졸업하고 꿈에 그리던 회사에 취직이 되어 서울로 올라와 방을 구하던 참이었다. 그러나 형편에 맞는 방을 구하기란 쉽지 않았다. 방이 없어 쩔쩔매는 친구의 모습이 과거 자신의 모습과 닮아서 여자는 모른 척할 수 없었다. 친구는 여자의 집에서 편하게 먹고 자고 씻고 싸면서 지냈다. 그러니 친구도 한 달은 여자를 자신의 집에서 먹고 자고 씻고 싸면서 지내게 해 줘야 한다고 생각했고, 갑작스러운 여자의 연락에도 친구 또한 당연히 그렇게 생각하는 것 같았다. 그때 어려운 처지에 빠진 자신을 외면하지 않았듯 친구로서 자신도 그래야 한다고 말이다. 그때 진 신세를 이번 기회에 갚으면 되겠다고. 한 달이면 푹도 여자의 집에서 나가고 없을 시간이었다.

여자의 예상대로 친구는 여자를 반갑게 맞아 주었다. 친구는 방을 따끈하게 데워 놓고 여자가 오기를 기다리고 있었다. 말할 기운도 없는데 구체적인 이유나 사정 같은 걸 묻지 않아서 여자는 고마웠다. 귤 봉지를 친구에게 건네준 여자는 피곤해서 곧바로 이불 위로 곯아떨어졌다. 얼마 만에 누려 보는 안락함인지 여자는 몇 시간을 깨지 않고 푹 잤다.

그렇게 푹 잔 것이 문제였다. 세상 모르고 자고 일어났더니 이불 한가운데 초코파이 크기의 생리혈이 둥그렇게 번져 있었다. 이번에도 똑바로 누워서 잔 모양이었다. 친구는 빨면 된다며 괜찮다고 했지만 들릴 듯 말 듯 지나가는 투로 넌 참 생리도 요란하게 한다, 온 동네가 다 알겠어, 라고 말했다. 이불이 곧바로 세탁기로 들어가는 바람에 여자는 손바닥만 한 무릎 담요를 바닥에 깔고 그 담요 크기에 맞게 몸을 웅크린 채 그날 밤을 보내야 했다. 빌려 입은 친구의 추리닝은 너무 타이트하고 불편해서 안 입은 것만 못했지만 친구의 성의를 무시할 수 없었다. 이불도 그렇고 추리닝도 그렇고 이래저래 여자는 또 잠을 이루지 못했다. 귤을 까먹으며 거실에서 새벽까지 한국 영화를 시청 중인 친구 때문에도 그랬다. 내용을 알아들을 수 없는 외국 영화였다면 차라리 신경이 덜 쓰였을 텐데 소리까지 더해진 말들이 자꾸 여자의 귀에 거슬렸다. 그렇다고 소리 좀 줄여 달라고 부탁할 수도 없었다. 아무리 과거에 진 신세를 돌려받는 떳떳한 입장이라도 마냥 편하고 눈치 없이 굴 수는 없었다. 편하고 부담 없이 지내라고 해도 남의 집은 남의 집이었다. 여자는 창문으로 들어오는 노란 가로등 불빛을 쳐다보며 이런저런 생각에 열중했다. 날이 밝아 그 가로등 불빛이 옅어질 때까지.

진짜 남의 집은 남의 집이었다. 친구한테 미안한 상황이어도 진 빚을 받는 것뿐이니 한 달은 꽉꽉 채우고 집으로 돌아가리라 다짐했건만 여자는 일주일도 되지 않아 친구의 눈치를 봐야 했다. 적어도 한 달은 내 집처럼 편하게 지내도 되겠지라는 안일한 생각이, 못 해도 한 달은 미안한 마음을 갖지 않아도 괜찮을 거란 방심에서 비롯된 소소한 생활 습관이 친구의 심기를 건드린 것이었다. 그러나 여자는, 친구가 어려울 때 자기 집에서 그랬던 것처럼 자기도 현재 힘들기 때문에 친구 집에서 똑같이 했을 뿐이었다. 친구 또한 여자의 심기를 건드린 건 마찬가지였다. 친구는 여자에게 욕실을 쓰고 나서 왜 매번 슬리퍼를 세워 두지 않느냐고 핀잔을 주었다. 물이 든 걸 모르고 신었다가 양말이 젖은 적이 한두 번이 아니라는 것이었다. 또 식사를 마친 뒤 밥그릇에 물을 부어 밥풀 불려 두는 걸 잊어버려서 설거지할 때마다 애를 먹게 하느냐고, 이러면 물도 두 배로 든다며 이맛살을 찌푸렸다. 비싼 수분 크림을 함부로 푹푹 찍어 바른다고 주의를 주었고, 샤워할 때 화장지가 젖지 않도록 조심하라고도 했으며, 세면대가 자주 막히니 머리를 감고 나면 머리카락을 꼭 좀 제거해 달라고 당부했고, 치약은 끝에서부터 눌러 짜라는 잔소리는 여기서도 빠지지 않았고, 위생을 위해 변기를 쓴 후에는 반드시 변기 뚜껑을 닫고 물을 내리는 습관을 가지라고 조언했고, 지나가는 말로 입이 하나 늘었다고 쌀이랑 화장지가 금방 떨어지는 것 같고 쓰레기봉투는 금세 차는 느낌이 든다고 했으며, 세탁기를 너무 자주 돌리는 것 아니냐는 말도 했다. 그리고 자기가 아끼는 티셔츠에 김치 국물이 묻었는데 잘 지워지지 않더라는 얘기도. 한 달을 머물러 고지서라도 날아든 날에는 전기 요금이며 수도 요금, 가스 요금이 평소보다 많이 나왔다고 타박할 것 같았다. 여자는 친구가 자신의 집에 머물렀을 때도 지금처럼 친구를 대했었나 곰곰이 생각해 보기까지 했다. 친구가 여자한테 과거에 진 신세를 갚으려는 게 아니라 서운했던 것들을 일일이 곱씹으며 그대로 복수하고 있는 게 아닌가, 하고. 언제가 됐든 이런 기회가 한번은 반드시 찾아오길 은근히 바라고 있었던 건 아닐까, 하고.

나중에 친구는 밥하고 빨래하고 청소하는 것마저 여자한테 은근슬쩍 떠넘기고 외출을 했다. 여자는 친구의 외출을 오히려 반겼다. 친구가 없으면 컴퓨터를 마음껏 쓸 수 있어서였다. 그날도 여자는 USB에 저장해 온 자료를 불러와 작업을 할 요량이었다. 여자는 친구의 컴퓨터에 일하는 데 필요한 프로그램을 이것저것 깐 뒤 일을 시작했다. 다행히 친구는 지도 교수와의 술자리가 있어서 들어오지 않았고 여자는 새벽이 돼서야 겨우 작업을 마치고 시안을 거래처에 넘길 수 있었다. 그날은 외박한 친구 때문에 TV 소음 없이 간만에 잠까지 푹 잘 수 있었다.

　다음 날 아침, 여자는 친구가 짜증을 내는 목소리에 잠에서 깼다. 일어나 친구의 방으로 가 보니 친구가 컴퓨터를 껐다 켜기를 반복하고 있었다. 친구가 굳은 얼굴로 여자에게 어제 내 컴퓨터 만졌니? 하고 묻자 여자는 프로그램 몇 개 깐 것밖에 없다고 대답했다. 친구는 컴퓨터가 하루아침에 버벅거리는 데다 자꾸 다운이 된다며 신경질을 냈다. 친구는 내일모레까지 논문을 작성해 지도 교수에게 제출해야 하는 상황이었다. 그러면서 친구는 세상에서 제일 싫은 게 자기 컴퓨터를 남이 만지는 거라고 경고하듯 말했다. 여자는 미안하다고 거듭 사과한 뒤 자기가 어떻게든 고쳐 보겠다고 했다. 여자가 컴퓨터를 손보는 동안 친구는 부엌에서 설거지를 했다. 그릇 하나가 깨져 나갈 것만 같았다.

　컴퓨터가 복구되자 짜증을 낸 게 좀 미안했는지 친구가 푸짐한 점심상을 차려 주었다. 며칠째 냉동실에 얼려 두고만 있던 소고기를 꺼내서 볶았고, 고등어도 두 토막이나 구웠다. 솔직히 여자는 그동안 친구한테 서운한 것도 많았고, 함께 지내면서 불편한 점도 있었던 게 사실이지만 친구라 그런지 정성껏 차려 준 점심 한 끼에 모든 불만이 사라지는 기분이었다. 친구는 다른 날과 달리 여자의 물컵에 친절하게 물을 따라 주고, 사과를 토끼 모양으로 예쁘게 깎아서 내왔다. 모처럼 디저트까지 맛있게 먹고 난 뒤 여자가 상을 치우려고 그릇들을 포개자 친구가 말했다.

"놔둬. 내가 할게. 설거지."

"됐어."

여자는 자리에서 일어나며 말했다.

친구는 극구 말렸고, 여자는 친구가 정말 자기한테 미안해서 그러는 모양이라고 생각하며 자리에 도로 앉았다. 그때 친구가 여자의 이름을 다정하게 부른 뒤 눈을 부드럽게 쳐다보며 말했다.

"저기, 부탁이 있어."

"부탁?"

여자가 눈을 치켜떴다.

"오늘 남자 친구랑 만난 지 500일째 되는 날이야."

500일이나 됐는데 친구의 볼이 소녀처럼 빨갰다.

"벌써 그렇게 됐어?"

여자는 부럽다는 듯 미소를 지으며 말했다.

"응."

"그래서?"

"오늘 저녁에 기념 파티를 하기로 했어."

"파티?"

"응. 파티."

"……"

"그래서 말인데……."

친구는 어렵게 꺼내는 말이란 걸 알아 달라는 듯 주저한 뒤 말했다.

"하루만 딴 데 가서 자고 오면 안 될까?"

방금 맛있게 먹은 점심과 디저트가 명치에 얹히는 기분이었지만 여자가 할 수 있는 대답은 한 가지뿐이었다.

"알았어."

친구는 기분이 좋아져서 콧노래를 흥얼거리며 상을 치우고 설거지를 했고, 생전 안 하던 방 청소를 꼼꼼하게 했다. 물론 청소를 다 끝내고 나서는 오랫동안 거품 목욕을 했으며, 젖은 머리를 치렁치렁 늘어뜨리며 침대보를 화사한 꽃무늬가 들어간 걸로 바꾸고 양초로 침대 머리맡을 장식한 뒤 구석구석 탈취제까지 뿌렸다. 장장 세 시간을 혼자서 바쁘게 움직이던 친구는 피곤했는지 머리를 말리지도 않고 곯아떨어졌다. 건넌방에서는 친구의 코고는 소리가 심술날 정도로 맛있게 들려왔고 여자는 차가운 벽에 등을 기대고 앉아 창밖의 가로등을 쳐다보며 이런저런 생각에 열중했다. 날이 어두워 그 가로등 불빛이 환해질 때까지.

여자는 휴대폰을 들여다봤다. 친구의 애인이 곧 들이닥칠 시간이었다. 여자는 자리에서 일어나 건조대에 널어 둔 자기 옷으로 갈아입고 지갑과 휴대폰을 챙긴 뒤

건넌방으로 갔다. 친구는 여전히 코를 드르렁거리며 잘
도 자고 있었다. 그게 더 얄미워서, 여자는 자기가 그동
안 덮고 잤던 냄새나고 허름한 이불로 친구의 머리를 둘
러씌웠다. 그러고는 발로 엉덩이를 푹푹푹, 있는 힘껏
차 주고 얼른 집을 빠져나왔다. 친구가 여자의 이름을
외치며 고래고래 질러 대는 비명 소리가 바깥까지 들려
왔다. 여자는 집을 나오기 전 미리 준비해 둔 A4 용지를
현관문에 붙이고 도망치듯 계단을 내려왔다.

어쩌다 보니 여자는 집 근처 놀이터에 도착해 있었
다. 해가 짧아 7시밖에 안 됐는데 날은 금세 캄캄해졌
고, 그때까지도 친구한테서는 계속 전화가 걸려 오고 있
었다. 여자가 현관문에 붙이고 온 A4 용지를 애인이 본
것이었다. 큼지막하게 빨간색 사인펜으로 쓴 문장을. 섹
스 실컷 해서 성병이나 걸려라, 이 배은망덕한 년아. 그
리고 그 밑에 자잘한 글씨로 빼곡하게 채운 친구의 과거
행실에 대해 낱낱이 폭로한 글들도. 여자는 끝까지 전
화를 받지 않았다. 대신 여자는 언니한테 전화를 걸었
다. 그런데 언니도 전화를 받지 않았다. 여자는 언니가
받을 때까지 계속 통화를 시도했다. 마지막으로 한 번만
더 전화를 걸어 보자며 통화 버튼을 눌렀을 때 전화기
가 꺼져 있다는 멘트가 흘러나왔다.
여자는 생리가 이미 끝났는데도 그 순간 아랫배가 찌

릿 아파 오는 걸 느꼈다. 그것은 마치 누군가 푹, 하고 배를 있는 힘껏 발로 걷어찰 때와 같은 통증이었다. 여자는 어디로 가야 할지 몰라 밤하늘을 올려다보며 놀이터를 서성거렸다. 집으로 가 봤자 푹은 더 커져서, 더 따뜻하고 말랑해져서, 어쩌면 어두운 물건 형태에서도 벗어나 왼쪽 어깨를 들썩이며 집 안의 모든 걸 차지하고 있을 터였다. 여자가 앉아 있을 자리 한 조각 남기지 않고 모조리. 냄새 또한 한층 더 지독해져 온 살림을 지배하고 있을 게 분명했다. 멀리서 보니 여자의 집 거실과 안방에 푹이 아직도 머물고 있다는 표시로 불이 환하게 켜져 있었다. 편의점에 가서 컵라면이라도 먹을까 싶었지만 거기도 왠지 편의점답지 않게, 24시간이라는 약속을 오늘도 저버리고 일찍 문을 닫았을 것만 같았다. 옆동네의 세븐일레븐에라도 가 볼까 싶었지만 좀 귀찮다는 생각이 들었다.

여자는 벤치에 다리를 올리고 무릎에 얼굴을 묻었다. 어디선가 많이 본 듯한 물건 같은 자세였지만, 그 웅크린 자세가 따뜻하고 편해서 그렇게밖에 할 수 없었다. 무엇인지는 모르겠으나 여자에게는 참고, 견디고, 다스리고, 이기고, 기다리는 시간이었다. 그때 깊은 겨울로 들어서는 찬바람이 풍선처럼 푹 꺼져 있는 여자의 몸을 푹, 차고 지나갔다. 여자가 그 바람에 이리저리 흔들렸다.

해가 지면

마음이 습기 찬 듯 일렁일 때가 있다.

그러면 창밖을 내다본다.

보이는 건 불 켜진 창문들이다.

어둠 속에 떠 있는 조각조각의 위안들.

밤이 좋은 이유는

불필요한 것을 없애고 불빛만 보여 준다는 것이다.

밤의 불안이 밤의 불빛에 묽어지면 이런 생각이 든다.

세상은 숨 쉴 수 있게 설계되어 있구나.

돌아보니 불 켜진 창문에 대한 이야기였다.

유리창 불빛에서 위안을 찾던 오랜 나의 습관.

소설이 먼저 나를 알고 있었던 것이다.

소설은 문장으로 창을 내는 일이라고 생각한다.
내가 낸 문장의 창이 어둠에 지워지지 않아서
당신 밤의 위안이 될 수 있으면 좋겠다.
비록 그 창이 외진 곳에 있을지라도.

나의 외진 곳에서

2020년 1월

장은진

내가 아는 이상한 여자들 이야기

김복희(시인)

우리에게 혼자 있을 수 있는 방 한 칸의 자유, 우리에게 우리의 내일을 꿈 꿀 수 있을 한 몸의 자유가 있다면, 우리는 불행하지 않은 것일까? 그래서 방과 몸이 있는 우리의 불우를 말할 자격을 누릴 수 없는 것일까?

결론부터 말하겠다. 장은진의 소설은 그렇지 않다, 라고 말한다. 세상에 말할 자격 없는 고통, 말할 자격 없는 고독은 없다. 한 사람의 고통, 한 사람의 고독이 있을 뿐이다. 그리고 그것은 누구나 말하고 싶다면 말할 수 있는 것이다.

『당신의 외진 곳』. 이곳은 지금 당신이나 내가 있는 곳에서부터 외따로 먼 것 같지만 아주 모를 곳은 아닌 것 같다. 장은진의 소설에는 부모 없는 아이나 어른, 남자한테 맞는 여자, 애인 없이 외로운 남자와 여자는 있지만 충격적이거나 엽기적인 범죄에 연루된 사람이나 상상도 못할 만큼 비참한 삶을 사는 사람은 등장하지 않는다. 그저 지금보다 조금 더 따뜻하게, 조금 덜 외롭게, 조금 더 나은 삶을 살기를 바라는 사람들이 등장한다. 바라는 것이 많지 않은 삶을 사는, 작은 방을 데울 적당한 다정함을 꿈꾸는 사람들. 그런 소망을 가진 이의 실감과 사정은 모르는 사람이 보면 적당히 견딜 만한 불우처럼 보인다. 이들에게는 방 한 칸과 움직일 수 있는 몸이 있기 때문이다.

이들의 불우는 자극적이거나 극단적이지 않다. 쉽지는 않겠지만 방과 몸이 있다면 적응을 할 수도 있을 것 같은 삶의 방식처럼 보이기 때문이다. 그러나 역설적으로 이 불우가 특별하거나 기이하지 않기 때문에, 상상 가능하며 보편적이기 때문에 누구와도 나눌 수 없는, 한 사람의 방 안에서만 벌어지는 고통이나 슬픔이 될 수도 있는 것이다. 그만큼 그가 그려낸 사람들은 '알 만한 외진 곳'에 산다.

세상에는 서울만 있는 게 아니고, 소도시도, 변두리도 있고, 중심 시가지만 있는 게 아니라 종점에서 한참 간 곳도, 언덕 높은 곳도 있는데, 있다고는 들어 봤는데 모르고 싶어서 잊고 있었던 것 같았다. 그리고 여기, 깜빡할 수 있겠지만, 외진 곳에 여자들이 산다. 「외진 곳」의 자매, 「울어 본다」의 여자, 「이불」의 남자의 나이 든 어머니, 「수리수리 마수리」의 여자와 야광 소녀, 「망상의 아파트」에서 남자에게 인사를 건네는 703호 여자, 「안나의 일기」의 안나, 자기 명의로 된 핸드폰도 없던 「이층집」의 어머니 박 여사, 「점거」의 여자. 중심인물이 남자인 「이불」과 「망상의 아파트」에서도 혼자 지내는 여자들이 중심 서사에 틈입한다는 점이 눈에 띄었다. 어리거나 젊거나 나이든 여자들이 고군분투하며 혼자서 밤에는 잠을 자려고 하고 아침에는 일어나려고 한다는 점을 지나치기 어려웠다. 잠을 자기 힘든 날에도 잠이 오기를 바라고, 일어나기 힘든 날에도 어쨌든 일어나서 하루를 보낸다. 이 여자들은 기적적인 성실함으로 먹고 자고 씻으며 삶을 이어 간다. 자기 자신을 가끔 방기하는 날은 있어도 인생 전체를 날려 버리려고 하지는 않는다.

세상의 많은 여자들이, 혼자인 일군의 여자들이 성실하게 하루하루를 넘어가고 있다는 것을 소설은 다시 알게 해 준다. 누구에게 보여 주기 위해서가 아니라 그것이 삶이니까. 그들은 "이것저것을 다 합해도 삶은 사는 것밖에는 아니"(「울어 본다」)기 때문이라고 덤덤하게 말한다. 이것은 이를테면 평범한 비범함이 아닐까. 허물어진 하루를 모아서 삶을 이어 나가는 것은 모종의 성실함이다. 성실함이란 낯설거나 기이하지 않은 만큼 잊히기 쉬운 비범함이다. 끓여서 식혀 놓은 보리차(장은진 소설의 인물들은 물을 사서 마시기보다, 끓여 마시는 사람들이 많았다.)를 마시며, 자신의 외진 곳에서 자신 스스로를 책임지며 살게 하는 여자들이 있다는 것, 타고난 씩씩함이 없어도 타고난 밝음이 없어도, 삶을 꾸려 나가는 힘을 지닌 여자들이 있다는 것. 그 외진 곳 자체인 듯 보이는 여자들의 이야기를 읽어 본 적이 언제고 있었을 것 같았는데, 없던 경험이었다. 쓰이지 않으면 남지 않는 것이 여자들의 성실함이니까.

이 성실함에는 마음을 추스르고 이어 가는 방식도 포함된다. 사람이니까, 사람이어서 누군가를 원망하거나 미워하는 마음이 들더라도 그것에 아주 마음을 빼앗기지는 않는 여자들의 단단함이 좋았다. 스스로를 탓하는 마음이 옅어서 좋았다. 그래서 지금의 비참, 지금의 고독보다 앞으로 이 여자들이 어떻게 혼자서 살아가게 될지 그것을 궁금해할 수 있었다. 장은진 소설에 나오는 여자들이 사람의 길을 보여 주는 것 같았다. 기실 어떤 사연이나 불우에도 불구하고 살아 있다면 사람은 어떻게든 살아가야 하는 것이라고, 혼자 사는 여자도 사람인데 뭐 다를 게 있겠나 뭐 다르게 대단해져야 하나, 라고 반문하며. 이들은 누군가를 파멸시키거나 누군가를 구원하는 자가 아니다. 욕을 좀 하고, 술을 좀, 담배를 좀 하면서 평범하게 자신의 혼자인 삶을 건사해 가는 여자들이다. 혼자가 두렵고 앞날이 막막하더라도 "참고 견디고 다스리고 이기고 기다리는"(「점거」) 사람인 것이다. 사람에게 매일 무슨 일이 일어나고 그 일들이 모여 한 사람의 방이 되고, 그것은 우리 모두가 지닌 고독이 되기도 하다. 나에게 일어나는 일이 고스란히 내게 남는다는 것, 이것은 누구에게 말해도, 누구나 알 법해서 무시당하거나 소거되기 일쑤다. 고독은 그 자체로는 위로받지 못할 것이다. 소통의 절대 조건으로서 이해가 요구될 뿐이다.

장은진은 첫 번째 소설집에서 "자학적인 고립과 결여 상태를 감수하지만, 그러면서도 그 출구 밖 타인들을 향한 소통에의 욕구를 포기하지 않는다"(김형중)는 평을, 두 번째 소설집에서는 "밖을 갈구하지만 안을 포기하고 싶지 않은 사람들을 위한 책"(정실비)이라는 평을 들은 바 있다. 장편 소설을 제외하고 세 번째 소설집인 이 책에서도 그는 소통이란 고립과 소외된 자리를 통해야만 가능한 것이 아닌가 하는 주제의식을 넌지시 건네고 있다. 우리에게는 누군가와 함께이든 아니든, 한 칸이라도 내 몸 누이고 내 밥 먹을 곳, 내가 앉아 있을 수 있고 혼자서 웃거나 울 수 있는 외진 곳이 필요하다고. 이 외진 곳의 필요는 실제로도 그렇지만 비유로도 그렇다.

젊음도 없고, 옆 사람과 그 사람의 말조차 없다면 감내하는 것뿐이었다. 사람한테는 매일 무슨 일이 일어나고 있었다. 내적 갈등이든, 걱정이든, 어떤 일에 대한 결과든. 사람들은 그걸 밖으로 드러내지 않고 해결 방법을 모색하기 위해 발버둥 치며 살아갔다. 그 많은 일들이 투명 유리에 비치듯 다 보인다면 일상은

살 수 없을 만큼 끔찍하게 시끄러울 것이고, 혼란 그
자체일 것이다. 네모집의 세입자들이 고요하게 보이는
건 실패와 좌절이 없어서가 아니라 감내하고 있어서
였다. 어떤 곳보다 더 많은 절망을 품고 사는 데가 여
길지도 모르니 어쩌면 죽기 살기로 버티고 있을지도.
　　　　　　　　　　　　　—「외진 곳」, 28~29쪽에서

　이 주인공들은 누군가가 자신을 구경하는 것을 원하
지 않는다. 이들은 누군가에게 전시되려고 사는 것이 아
니기 때문이다. 소통을 원하지만 동시에 자기 자신을 지
키고 싶은 사람들에게, 자신의 고독을 말하고 싶지만 고
독을 팔고 싶지는 않은 사람들에게 장은진의 소설은 하
나의 창문이 되어 줄 것이다. 물론, 투명한 창은 아니다.
고독은 그렇게 만만하게 자신을 구경하기를 허락하지
않는다.
　장은진의 주인공들은 누군가의 보호나 섣부른 동정,
위로는 거부한다. 우아하지 못해도, 세련되지 못해도 그
만이다. 죽기 살기로 버티는 데에, 내가 나의 고독을 사
는 데에는 누군가의 시선을 의식할 필요가 없다는 듯
살아간다. 스스로를 동정하지 않고 자신의 삶을 성실하
게 감내하며 혼자 살아가는 것이다. 혼자라도 괜찮거나,
혼자라서 괜찮거나, 그런 차원이 아니다. 반드시 혼자여
야만 하는 것이다, 사람은.

당신의 외진 곳

1판 1쇄 펴냄 2020년 1월 31일
1판 3쇄 펴냄 2020년 7월 16일

지은이 장은진
발행인 박근섭, 박상준
펴낸곳 (주)민음사

출판등록 1966. 5. 19. (제16-490호)
서울특별시 강남구 도산대로1길 62(신사동) 강남출판문화센터 5층
대표전화 02-515-2000 팩시밀리 02-515-2007
www.minumsa.com
ⓒ 장은진, 2020. Printed in Seoul, Korea
ISBN 978-89-374-9100-9 03810

* 이 도서는 아르코문학창작기금 지원사업에 선정되어 발간된 작품입니다.
* 잘못 만들어진 책은 구입처에서 교환해 드립니다.